KB070669

소 신 이 답 이 다

인생은
정면돌파

박신철 지음

육군 중사에서 중앙부처 국장이 되기까지
좌충우돌 늦깎이 공무원의 인생이야기

도서출판 행복에너지

소신이 답이다

인생은 정면돌파

초판 1쇄 발행 2021년 1월 11일
초판 2쇄 발행 2021년 2월 1일

지 은 이 박신철
발 행 인 권선복
편　　집 오동희
디 자 인 오지영
전 자 책 서보미
발 행 처 도서출판 행복에너지
출판등록 제315-2011-000035호
주　　소 (07679) 서울특별시 강서구 화곡로 232
전　　화 0505-613-6133
팩　　스 0303-0799-1560
홈페이지 www.happybook.or.kr
이 메 일 ksbdata@daum.net

값 17,000원
ISBN 979-11-5602-860-4 (03810)

소신이 답이다

인생은 정면돌파

박신철 지음

육군 중사에서
중앙부처 국장이 되기까지

좌충우돌 늦깎이 공무원의 인생이야기

뚝심으로 밀어붙인다! 소신이 답인 주인공!

늦깎이 공무원으로 시작하여 위풍당당하게 퇴직한 후
수협중앙회 조합감사위원장으로 재직 중인 드라마틱한 이야기

도서출판 행복에너지

프롤로그

돌아보니 자존自尊과 소신所信으로 60평생을 살았습니다. "틀린 것을 옳다 하지 않고 비뚤어진 것을 바르다 하지 않았습니다." 소신과 직언이 스스로 삶의 주인공이 되는 길이라고 여겼기 때문입니다. 지식을 배우는 것은 좋으나 평생을 다른 사람이나 인생 선배들의 삶을 따라만 하는 것은 의미가 없다고 여겼습니다. 아무리 아름다워 보여도 몸소 체험하지 않은 지식을 자기의 것처럼 여기고 사는 것은 술찌꺼기, 즉 조박糟粕과 같은 인생이기 때문입니다.

인생 60세에 노자의 대직여굴大直如屈이 마음에 와닿습니다.

'진정으로 곧은 것은 굽은 것처럼 보인다.' 인생이라는 항로에서 때로는 잠시 융통성이나 유연함이 필요하나, 역시 전체적으로는 정도正道를 걸어야 한다는 것이겠지요.

그러한 삶이 모두에게 편하지만은 않았을 것입니다. 저의 자존과 소신으로 때로는 혁신이란 이름으로 힘들어했을 주변 동료, 선후배님들의 마음을 이해합니다. 저로 인해 불편하시고 힘들어하셨을 분들에게 넓은 마음으로 이해해 주시고 용서해 주시기를 부탁드리면서 이제야 위로의 마음을 전합니다.

이 책은 제가 고아원에서 성장하며 겪었던 애환, 초등학교에서 대학교까지의 학창 시절의 이야기, 사병으로 입대하여 육군 중사로 5년이나 군대 생활을 하게 된 사연, 현대자동차 영업사원 시절의 애절한 마케팅 일화, 기술고등고시에 합격하여 해양수산부와 농림수산식품부에서 23년 동안 공직생활을 하면서 부딪혔던 에피소드, 상사에게 직언하다 결국 후진을 위해 고위공무원을 용퇴하게 되는 아쉬운 뒷이야기 등을 가능한 한 진솔하게 기록하려고 노력하였습니다.

박봉임에도 밤늦게 퇴근하는 것 아랑곳하지 않고, 지금까지 곁을 지켜 준 우리 집 중전마마 아내에게도 깊은 감사와 사랑을 드립니다. 당신이 없었다면 오늘날의 제가 있을 수 없었을 것입니다.

짧다면 짧고 길다면 긴 삶, 언제나 주변 사람들을 아끼고 사랑하며 초심을 지키며 살고 싶습니다. 제가 거쳐 간 모든 인연을 소중히 생각하며 추운 겨울을 덥혀줄 따뜻한 마음으로 부족한 이 책을 내놓습니다.

2021년 새해 계룡산에서

박신철

추천사

국무조정실장

구윤철

마하트마 간디는 "확신을 가지고 '아니요'라고 말하는 편이 단순히 남을 기분 좋게 해주려고 혹은 문제를 일으키지 않기 위해 '예'라고 말하는 것보다는 훨씬 낫다."고 했다. 대한민국을 선진국으로 이끄는 힘은 이렇듯 우리 사회에 소신 있는 사람들이 더 많아지는 것이다.

정책을 조정하고 각 중앙행정기관을 지휘·감독하는 자리에 있어 보니 소신이 얼마나 중요하고 값진 것인가를 더욱 실감하게 된다. 어떤 어려움 속에서도 늘 '소신이 답'이라는 신념으로 자신의 인생을 스스로 개척해 간 저자의 용기 있는 행보에 힘찬 응원의 박수를 보내며, 독자 여러분 모두에게 이 책『인생은 정면돌파』의 일독을 추천한다.

추천사

전 해양수산부 차관보

박규석

『인생은 정면돌파』는 단숨에 읽히는 책이다. 박 위원장 이야기라서 관심이 많은 탓도 있겠지만, 그 내용이 흥미진진하여 숨도 안 쉬고 페이지를 넘기게 된다. 그렇게 어려운 환경에서 자라 파란만장한 인생을 헤쳐 나온 박 위원장에게 존경의 박수를 보낸다.

공무원으로 완성된 저자의 모습만 보아온 나로서는 이 책을 통해 고아원생, 육군 하사관, 영업사원이었던 그의 인생유전을 보고 더 한층 삶의 무게를 느낀 동시에, 색다른 인간승리를 통해 한 수 배우게 된다. 출간후기에 언급되었듯이 『인생은 정면돌파』로 기운찬 행복에너지가 선한 영향력과 함께 방방곡곡에는 물론, 수산계의 후진들에게도 속속들이 전파되기를 기원한다.

추천사

더불어민주당 사무총장

박광온 국회의원

코로나19로 인해 사람들 간의 물리적 거리뿐 아니라 마음의 거리까지 멀어지고 있는 이때, 한 권의 책이 마음을 움직인다. 늦깎이 공무원으로 시작하여 위풍당당하게 퇴직한 후 수산업협동조합 감사위원장으로 재직 중인 박신철 저자의 드라마틱한 이야기가 그것이다.

시대의 큰 변화는 매일 매일의 작은 변화라는 티끌이 쌓는 태산인 것처럼, 어려운 시기일수록 개개인의 작은 깨달음만으로도 행복한 세상을 향한 첫걸음이 될 수 있을 것이다. 국난 극복과 포스트코로나 대비 등 중대 과제가 산처럼 쌓여 있는 현실 속에서도 우리 당이 희망찬 대한민국을 꿈꾸며 나아가는 이유다. 이 책이 그 행복한 첫걸음이 되길 기대해 본다.

추천사

국민의 힘 사모펀드 특위위원장
국회 정무위원회 위원
유의동 국회의원

박신철 위원장님은 저의 고향 평택 10년 선배님입니다.

오래 전부터 명성이 자자한 분이셨기에 한 권의 책에 선배님의 인생을 다 담기에는 부족하지만, 에세이 속에 삶의 궤적이 아주 담백하게 잘 담겨 있었습니다.

책 곳곳에서 선배님이 가진 강직함이, 강직함 속의 따스함이 봄 햇살처럼 녹아 있어 읽는 내내 흥미진진하고 훈훈한 마음이었습니다.

늦깎이 공무원으로 공직생활을 시작해서 경제인으로, 또 지역사회의 오피니언 리더로서 살아온 평생의 삶이 후배들에게 빛과 소금 같은 존재로 기억되길 소망합니다.

자전적 에세이 출판을 진심으로 축하 드리며 일독을 권합니다.

목차

4 대학 생활

5 사회 입문

6 공직 생활

2. 서기관(농림수산식품부)

3. 과장 시절

4. 고위공무원

1 출생 및 소년기

• 인생은 정면돌파!

우리 3형제만의 비밀,
고아원(孤兒院)에서의 생존기

나는 휴전선 접경 도시인 경기도 연천의 한 작은 시골에서 5남매 중 삼남으로 태어났다. 6·25동란이 끝나고 매우 어수선한 시기였다. 내가 기억하는 유년 시절, 그 동네는 전쟁의 상흔이 채 아물기도 전에 유독 군사훈련이 많았다. 주변에 폭탄 폭발물이나 화약 같은 것이 널려 있었고, 그로 인한 갑작스러운 폭발사고로 팔다리를 다치는 사람들이 여럿 있었다. 어느 날인가는 잠자는 도중에 쾅! 하는 대포 소리에 안방 문이 쾅! 하고 열려 버리는 그런 시끄럽고 위험한 전방도시였다.

아버지는 돈 벌러 집을 나가 몇 달씩 오지 않았다. 그때마다 큰형, 작은형 그리고 나 우리 삼형제는 배고픔에 물로 배를 채우곤 했다. 언젠가는 약 일주일 정도를 굶기도 했다. 허기가 질 때마다 매번 물만 먹다 보니 나중에는 맹물만 먹어도 구토가 나올 지경의 배고픔을 겪었던 기억이 난다.

그러던 어느 해 겨울이었다. 남한에 사는 유일한 친척인 고모가 양주라는 동네에 사셨는데 워낙 배를 곯은 우리는 그래도 좀 산다 하는 고모네로 밥을 얻어먹으러 가곤 했다. 연천군 군남에서 고모가 사시는 양주는 먼 거리인지라 산을 넘고 기차를 타야 했다. 차비가 있을 리 만무하여, 그 당시 기차가 언덕을 오를 때 속도가 떨어지는 틈을 타서 몰래 올라탔다. 타고 가다가 차표를 검사하는 차장이 오기 전에 뛰어내리는 위험을 감수했던 기억이 생생하다. 특히 당시 3~4세 정도의 아이였던 나에게는 더욱 위험한 짓이었다.

어찌 됐든 추운 겨울날 먼 거리를 손발이 얼어붙는 고생을 하며 고모네로 가서 눈치를 보며 끼니를 해결하곤 했다. 그렇게 세월을 보내다 어느 해 늦은 가을에, 갑자기 우리 삼형제는 고모를 따라 서울 어디인가로 가서 매우 비좁은 곳에서 차가운 밤을 보냈다.

알고 보니 아버지가 돈을 벌러 나가 장기간 오시지 않으니까, 고모께서 우리 삼형제를 서울의 한 고아원孤兒院으로 보낸 것이었다. 아마도 우리가 빈번하게 밥을 얻어먹으니까 고모께서도 고모부 눈치 보느라 고생이 많으셨으리라.

그 당시 내 나이가 3~4살 정도의 어린 시절이라 정확한 상황은 모르겠다. 지금 기억으로는 내가 너무 어려서 나만 따로

떼어 다른 곳으로 보내려 하니까 큰형과 작은형이 엄청나게 반대하여 얻어맞는 것을 본 듯도 하다. 여하튼 우리 삼형제는 서울 은평구 어디에 있는 고아원에 맡겨지는 신세가 되었다.

기억하기로 그 고아원은 비탈진 언덕에 있었다. 그해 겨울은 유난스레 추워 아침밥을 먹으러 가는 도중 얼음 비탈길에 여러 번 넘어졌다. 그렇게 고생하며 가서 기다리다 겨우 한 끼니를 해결한 기억이 또렷하다. 잠자는 방이 하나 있었는데 한 방에 나와 비슷한 또래 아이들 30여 명이 누워서 같이 잤다. 상대방 발이 얼굴에 오도록 하여 옆으로 상호교차하여 누워야 하는 매우 좁은 방이었다.

더욱 생생한 기억은 아침기상 시간이다. 아침점호 비슷한 걸 하기 위해 기상나팔이 울리자마자 매우 빠르게 운동장에 나가야만 했다.

한 방에 수십 명이 있다 보니 각자의 옷과 양말을 찾는 데 매번 아수라장이 발생되곤 했다. 나는 이미 3~4살에 그 아수라장의 틈바구니에서 치열한 삶의 현장을 느꼈다. 급하다 보니 옷이나 양말을 잡을 때는 서로 먼저 입으려고 당기고 싸우는 통에 옷이 찢기고 야단법석이 일어나는 일이 빈번했다.

그렇게 낯선 환경에 적응하면서 나보다 나이 많은 아이들이 고아원을 탈출하려다 잡혀와 발바닥을 각목으로 맞는 현장을 보았다. 고아원 측에서 시키는 노동이 너무 힘들어서 생긴 일들이었다. 그렇게 하루하루 힘든 나날을 견디느라 그해 겨울은 유난히도 길게 느껴졌다. 나의 형들은 나와 나이 차이가 있어 다른 방에 기거했는데 언젠가 큰형이 거꾸로 매달려 발바닥을 심하게 맞았다는 얘기를 들었던 기억이 난다. 그렇게 최악의 환경에서 생활하다 보니 지금은 아주 생소하지만 커다란 부스럼 같은 것이 머리에 생겨서 머리가 원형 모양으로 빠진 적도 있었는데 당시에 부르던 명칭이 기억이 나질 않는다.

그야말로 긴긴 추운 겨울이 지나가고 4~5월쯤 되는 어느 봄날, 큰형과 작은형을 다른 고아원으로 옮기려는 일이 발생했다. 내가 너무 어려 나를 남겨두고 가려는 걸 통사정하여 우리 삼형제는 마침내 그 지옥 같은 은평구 어느 고아원을 벗어나 안양 어딘가 호수가 있는 한적한 고아원으로 옮기게 되었다.

그곳에서의 생활은 이전의 고아원과는 판이하게 달랐다. 나이가 있는 형들은 밭일 겸 여러 가지 바깥일을 했지만 먹는 것이나 전반적인 생활여건이 훨씬 좋았다. 나이가 가장 어린 나는 형들이 일하러 간 사이에 주로 한글 공부를 하거나 그림을 그렸다. 그 당시에 나는 이미 한글 대부분을 그곳에서 배웠다. 가끔 어느 미국인 아주머니가 저 멀리 아래쪽 고아원 입구에 모습을 보이면 모두 다 반겼다. 그는 방문해서 과자와 선물 등을 가지고 나타나 우리를 설레게 했기 때문이다.

어느 봄날 오후, 나 혼자 모래 장난을 하고 있는데 큰형과 작은형이 미국으로 입양 갈 것이라는 얘기를 들었다. 그러면 나만 고아원에 남게 되는 셈이었다. 그런데 입양 가기 며칠 전에 극적인 일이 벌어졌다.

그날도 나 홀로 고아원 공터 모래밭에서 놀고 있는데 우리를 마지못해 고아원에 맡겼던 고모가 나타났다. 약 1년 6개월이 지났지만 낯이 익은 얼굴이었고 유난히 흰색 광목 치마가 지저분해 보였다. 얘기인즉 아버지와 어머니가 다시 오셔서 우리 3형제를 찾는다는 것이었다.

고모는 여기저기 수소문 끝에 마침내 다시 우리를 찾아내느라 고생이 많으셨단다. 그로 인해 흰 광목 치마가 그렇게 지저분하게 된 것으로 생각된다. 지금 생각해 보면 정말 2~3일만 늦었어도 큰형과 작은형은 미국으로 입양 가고 우리 3형제는 생이별生離別을 해야 할 처지였는데 마지막 순간에 다시금 집으로 돌아가게 된 것이다.

텃세와 이주,
우리 가족의 시골 오두막집 정착기

그날 이후로 우리 집은 경기도 연천에서 훨씬 남쪽 지방인 평택으로 이사를 했다. 그 당시 경기도 평택과 화성 사이의 바다에 제방을 막는 공사를 대대적으로 해서 막노동으로 벌어먹기가 쉬워 이사하게 된 것이다. 우리 아버지 대의 형제들, 소위 삼촌들이 여러 분 계셨다. 일제 해방기 때에는 연천 동네에서 제법 뼈대 있는 집안으로 이름나기도 했다고 한다. 6·25사변 시절 잘나가시는 삼촌들 대부분이 북으로 가셨고 거기서도 높은 자리를 할 정도이셨다고 후일 얘기를 들었다. 사실 평택은 전혀 우리 집안과 인연이 없는 동네였다.

어찌 됐든 평택으로 이사 와서는 전반적으로 먹고사는 형편이 좋아졌다. 처음에는 평택군 포승면 원정리 호암이라는 동네에 남의 집 셋방살이로 정착했다. 기억하기로는 기존 동네 사람들의 소위 텃세가 제법 있었기 때문에 몇 번의 이사를 전전하게 되었다.

한 번 중간에 살게 된 곳은 벌판 가운데 달랑 우리가 사는 집 하나 있는 동네였는데 동네 이름이 '거지 펄'이라고 불렸다. 정말 바람 하나 피할 곳 없는 그런 황량한 곳이었다. 반면에 기존 동네 사람들의 텃세가 별로 없어서 오히려 오랜만에 가족적인 분위기를 느꼈다. 어떤 이유에서 그런지는 잘 몰라도 또다시 이사했는데 원래 형성된 마을에서 가장 멀고 외진 골짜기의 집이었다. 지금 생각해 보니 이렇게 동네에서 제일 후미지고 먼 곳까지 밀리고 밀려 이사하게 된 것엔 몇 가지 이유가 있었다. 마침 그곳에 우리 소유의 집 같은 초가집이 있었기도 하고, 제방 공사하는 노동현장에서 상대적으로 가깝기도 하여 노동하기가 편리하였기 때문이라 생각된다.

얼마 전까지만 해도 당시 우리 집이 있던 산골짜기 안에 작은 초가집이 홀로 있는 지역을 '멍거니'라고(경기도 평택군 포승면 원정리 109) 불렀다. 동쪽으로 앞이 훤히 열려 있어 바다가 바로 연결되어 있고 멀리 지금의 아산만 영인산이 보이는, 아침마다 해돋이를 볼 수 있는 그런 곳이었다.

경기도 연천에서 고아원, 그리고 평택 이사 후 마지막 외딴곳 초가집에 안착하기까지 오랜 시간이 걸렸고, 그러는 사이 여동생이 생겼고 나중에는 막내까지 태어났다.

외딴집에서 부모님은 연일 석산에서 중노동으로 우리를 건사하셨고 덕분에 우리 형제들은 더 이상 굶는 일은 없었다. 물론 중간에 쌀이 떨어져 어머니가 산 너머 부잣집 할머니한테 쌀을 꾸러 가시는 것을 몇 차례 보기도 했다. 그때마다 눈물을 보이시는 어머니를 보면서 나는 마음속으로 가난을 극복하겠다는 굳은 결심을 하곤 했다.

아무리 막노동을 해도 집에 딸린 식구가 많다 보니 생활은 좀처럼 나아지질 않았다. 당시 10여 살 정도였던 형들은 고모네가 있는 경기도 양주나 문산 지역으로 머슴살이를 하면서 생활하기도 했다. 작은형은 서울의 어느 철공소에 가서 일을 배우며 숙식을 해결했다. 형들은 집안 살림에 보탬이 되기 위해 엄청나게 고생했다. 그 덕분에 나와 내 밑의 동생들은 학교에 다닐 수 있었지만 정작 본인들은 공부시기를 놓쳐 학교를 제대로 다니지 못했다. 반면 나는 학교 갈 나이가 지나 늦깎이에(9살) 입학해서 학교에 다니는 기회가 주어졌고, 아버지, 어머니, 형들은 무진장 고생을 하여 하루하루를 사는 형국이 지속되었다.

다행히 고아원에서 이미 한글을 익혔던 터라 학교생활은 별 문제가 없었지만, 등하굣길이 20리나 되는 먼 길이어서 힘도 들었다. 그래도 그 와중에 여러 가지 추억이 생겼다. 부모님께서 열심히 방조제에 필요한 석산의 막노동을 한 덕에 끼니를 거르지는 않았지만 살기는 여전히 어려웠고, 어떤 때는 막노동을 하시고 돌아오신 어머니께서 한 끼 거리가 없어서 산 너머 부잣집에 가서 쌀 한 되를 얻어 끼니를 해결하는 모습을 보면서 나는 성장해 갔다.

〈회상 1〉

이랬더라면!

유년시절, 배고픔과 고아원, 이사와 오두막 정착기까지의 고난과 달리 내가 평범하고 안정된 부잣집에서 성장했다면 나는 과연 어떻게 되었을까?

돌이켜 보면, 유년시절의 배고픔과 고통은 정신적으로 역경을 반드시 극복하겠다는 각오를 다지게 만드는 밑바탕이 되었다.

흔히들 입버릇처럼 말하듯 역경을 역(易)이용, 오히려 기회로 만드는 근성을 갖게 했다.

내가 만약, 유복하게 자랐다면 어쩌면 격변기의 한국 근대사에서 나는 제대로 적응하지 못하는 존재가 되었을 수도 있었겠다는 생각이 든다.

어려서의 고난과 어려움, 인생 전체를 놓고 볼 때 오히려 인생 후반기로 갈수록 크나큰 복이 될 수 있었다는 생각, 지금까지도 여전하다.

2 학창시절

• 인생은 정면돌파!

원거리 학교 길과 라디오 드라마 '태조 왕건'의 추억

초등학교 졸업 기념에서, 맨 뒷줄 가장 왼쪽이 저자

나의 등하굣길은 어찌 보면 학교에서 보내는 시간보다 더 많은 시간을 할애해야 할 정도로 먼 길이어서 오가는 과정에 온갖 추억들이 생겨났다. 1~2학년 때는 학교 주변의 아이들한테 시달림을 받기도 했지만, 3학년부터는 적응이 되어 등하굣길에 대부분의 친구가 나를 기다리고 내가 중심이 되어 학교를 오가곤 했다. 학교에서는 3~5학년까지 3년 내내 반장을 하기도 했다. 가난하고 못살아 모양은 남루했지만, 공부도 잘하고 뭐든 적극적으로 해결하는 학생이었던 모양이다. 어느 해 겨울인가는 눈이 몹시 많이 와서 어떻게 등교는 했는데 집에 가는 것이 문제였다. 가는 길이 너무 멀고 추운 데다가 친구 하나는 눈밭에 넘어져 빠져나오지 못하는 것을 내가 끝까지 끌고 집에 데려다준 적도 있었다.

초등학교 5학년 반장 시절엔 선배 졸업자들이 약간의 선금을 주셨는데 나는 그 돈으로 토끼 몇 마리를 사들여서 학교 뒤편에 토끼굴을 파서 키웠다. 방과 후에는 토끼 먹이를 구하기 위해 온 동네의 채소나 토끼풀을 뜯으러 다녔고 토끼들은 굴 안에서 잘 성장하여 자체 번식을 엄청나게 하였다. 중간에 몇 마리를 팔아서 학교비품을 사기도 했다.

졸업하던 해 겨울방학 때 눈이 많이 왔는데 학교에 와 보니 토끼굴 입구를 막는 장치가 떨어져 나가 토끼가 밖으로 탈출하는 사고가 생겼다. 동네 개들이 토끼를 물고 다니고 난리가 났는데 알고 보니 방학 기간에 학교 주변의 선배들이 몰래 토끼를 꺼내 팔려다가 난 사고였다. 동네 개들이 토끼를 물고 다니는 걸 보는 순간 마음이 무너져 내리는 슬픔을 느꼈다. 하여튼 졸업하면서 남은 토끼를 팔아 초등학교 교정에 커다란 거울을 사 주고 온 기억이 지금도 새롭다. 학교생활은 고학년으로 갈수록 잘 적응하여 공부도 1~2등 하고 친구들 사이에서는 대장으로 불릴 정도로 잘하였다.

집에서의 생활은 여전히 어려웠지만, 과거처럼 굶지는 않았다. 방학 때나 방과 후에는 땔감 마련을 위해 나무를 하거나 야산을 밭으로 개간하기 위해 아버지가 파다 만 산을 삽으로 파는 일을 주로 하곤 했다. 처음 이사 온 곳이라 밭이고 논이고 아무것도 없는 때인지라 외딴집 산골 주변의 야산을 주로 일구어서 식량을 마련하려던 것이었다. 하도 삽질을 많이 해서 신발에 구멍이 났던 기억도 있다. 그 덕분에 지금도 삽질 하나는 잘하는 편이다.

우리 식구는 밭을 개간하여 주로 고구마를 많이 심었다. 워낙 끼니가 없기도 하였고 어머니께서 동네 다른 집에 마실을 갔는데 그 집에서 먹던 고구마를 감추는 걸 보시고 자존심이 상해 보란 듯이 고구마를 많이 생산하기 위해서 그랬노라는 이야기를 살아생전 어머니에게서 듣기도 했다. 하여튼 그렇게 개간하여 만든 밭에서 생산된 고구마는 건넌방 안에 소위 '통가리'라는 싸리나무 통을 만들어 그 안에 보관했다. 그 고구마는 겨우내 우리의 먹거리가 되거나 간식거리 역할을 했다.

고구마! 하니 외딴 초가집에 이사한 지 얼마 안 되어 먹을 것이 없어 고구마를 수확한 남의 집 밭을 하염없이 삽질한 생각이 난다. 막막한 마음에 배는 고프고 하니 하염없이 삽질하다 보면 작은 고구마 줄기 하나가 깊은 땅속에서 발견되기도 하는데, 이것을 계속 파면서 따라가다 보면 어떤 때는 밭의 경계를 벗어난 지역에서 큰 고구마를 발견하기도 했다. 그 때의 기쁨이란 마치 무슨 노다지를 찾은 느낌이랄까…. 하여튼 고구마에 대한 추억은 슬픔과 기쁨으로 버무려져 있다.

어려서 고구마를 하도 많이 먹다 보니 성장해서는 손도 대지 않았는데 요즘에는 고구마가 다이어트 건강식품이라는 이유로 주목을 받는 것을 보고 여러 생각이 들기도 한다. 산골짜기의 유일한 외딴집이었지만 한두 해가 지나가는 동안 부모님의 끊임없는 막노동과 더불어 주변 야산을 개간해 간 덕분에 생활은 점차 안정을 찾아갔다. 나는 주로 방과 후나 주말에는 동생들을 돌보고 나무하기, 밭 개간하기 그리고 먼 곳에 있는 우물에서 미리 물 길어다 놓기 등 나름대로 부모님을 돕기 위한 일들을 스스로 찾아서 했다.

시골의 유년 시절 중 특별하게 기억나는 것은 3~4학년 여름방학 동안 『삼국지연의』를 마당의 멍석 위에서 읽었던 일이다. 하필 해가 넘어가는 오후쯤에 형주성에서 관우가 죽는 장면을 읽고 너무나 슬퍼 눈물을 글썽이던 기억이 난다.

초등학교 등굣길이 약 8km 정도가 되니 매일 아침 일찍 집을 나서는데 길 떠나기 전에 들었던 라디오 드라마 '태조 왕건'이 있었다. 왕건이 후삼국을 통일하는 과정에서 연전연승하면서도 스스로 왕이 되려 나서지 않고 신숭겸 등 주변 동료들에 의해 추대되는 과정을 보면서 큰 감명을 받아 등굣길 내내 가슴에서 감동이 사라지지 않았다. 지금도 나는 명예나 지위는 스스로 만드는 게 아니라 주변에 의해 만들어지는 것이라는 생각을 변함없이 갖고 있다. 그런 생각을 갖도록 해 준 어릴 적의 라디오 아침 드라마가 아직도 생각난다.

또 다른 시골 학교의 기억이 있다. 점차 학년이 올라가면서 학교생활도 익숙해져 3, 4, 5학년 동안 연속 반장을 했는데, 5학년 어느 오후엔가 서울에서 얼굴이 뽀얀 여학생이 전학을 왔다. 그런데 그 여학생은 얼굴만 예쁜 게 아니라 상당히 영악해서 걸핏하면 남학생들을 선생님께 일러바쳐 우리를 자주 혼이 나게 만들어 나중에는 남학생들의 공적이 되다시피 했다.

하필 그 여학생이 내가 사는 동네 옆으로 이사 와서 우리는 자주 부딪치게 되었다. 언제부턴가 나의 책상 밑에 10원짜리 동전과 학용품 등이 놓이곤 하여 이상하다 싶었는데 알고 보니 그 여학생의 행동이었다. 자기 딴에는 내가 가난하고 불쌍해 보여서 그런 행동을 했겠지만 나는 자존심 때문에 손도 대지 않았다.

그러다 한번은 사고가 생기게 되었는데, 대부분의 다른 친구들은 당시의 시골 버스를 이용하곤 했지만 보통 약 8km를 걸어서 통학했던 내가 그날은 웬일인지 집에 가는 버스를 기다리면서 친구들과 장난치고 놀고 있었다. 그때 그 여학생과 내 친구 간에 약간의 시비가 생겼다. 내가 말리는 상황에서 그 여학생이 나를 붙잡고 한동안 시비를 하는데 화가 많이 났는지 내 옷을 잡아당기는 통에 옷과 책보자기가 찢기고 말았다. 그 바람에 나도 화가 났고, 사실 그 여학생을 때릴 수도 있었지만, 당시 나의 머릿속엔 여자를 때리는 것은 아니라는 나름의 정의감 같은 것이 있었기에 할퀴어지고 책보자기가 찢기는 와중에도 눈물만 흘리고 참았다. 그리고 버스 정류장을 떠나 늦은 밤길을 홀로 걸어 집으로 왔다. 정작 문제는 다음 날 발생했다. 늘 가난하지만 대쪽 같고 자존심 강하신 어머니께서 찢기어진 옷과 책보자기, 그리고 여기저기 할퀴어진 몸을 보시고 엄청 화가 나셔서 나를 혼낸 것은 물론 그 여학생의 집에까지 가셔서 한바탕 싸움 아닌 싸움을 하시게 된 것이다.

그 집과 우리 집은 사이가 좋지 않아졌고 자연히 그 여학생과도 멀어지게 되었다. 그 후로 그 여학생과 어쩌다 같이 먼 하굣길을 걸을 때면 시골 신작로의 양쪽 자갈길을 말도 없이 이십 리 이상 걷곤 했다.

나는 초등학교 시절 제법 키가 큰 편이었고 그래서 그런지 구기운동을 좋아했다. 시골은 대개 동네가 산골짜기별로 형성되다 보니 그에 따라 동네별로 행동하는 경우가 많았고, 축구시합도 동네별 대항이었다. 언젠가는 동네별 내기를 하게 됐는데, 사실 우리 동네는 원주민들도 있었지만 앞서 얘기한 대로 큰 제방 공사로 인해 이주해 온 사람들이 많은 곳이라 단합이 잘 안 되는 편이었다. 소위 원주민 마을에서나 학교에서도 약간은 무시하는 경향이 있었다. 그래도 통학 시에 친구들이 나를 중심으로 다니면서 은근히 나를 따랐기 때문에 내가 아이들 특성에 맞게 포지션을 정해 주었다. 예를 들면 어떤 애는 공은 못 다루지만 힘이 좋고 근성이 있으면 상대편 스트라이커를 죽도록 따라다니게 하고, 달리기를 잘하는 친구는 하프라인을 넘어 상대편 진영에 있게 하는 등의 전략으로 친구들을 단합시켰다.

처음에는 밀리다가도 내가 시킨 작전대로 하다 보니까 만회 골도 넣고 나중에는 상대방이 무시하는 친구가 어쩌다가 골까지 넣는 일이 생겨 결국 우리 동네가 이기게 되었다. 물론 상대 팀은 승복하지 않았지만, 최소한 우리 동네 팀은 한 팀으로 단합하게 되어 다시는 다른 동네에서 무시하지 못하게 되었다. 물론 그 이후로 우리 동네 친구들은 나를 더욱 따르게 되었다.

시골 촌놈과 도시 여학생, 신작로의 설렘!

초등학교를 졸업하고 중학교에 갔을 땐 앞서 말한 그 여학생은 이미 우리 또래를 한참 앞질러 성숙하여 주로 선배들과 어울리곤 하였다. 시골 중학교는 보통 4~5개의 지역(리)에 있는 서너 개의 초등학교에서 모이는데 나는 초등학교 때보다 공부를 잘했다. 초등학교 때 나보다 공부를 잘했던 친구들이 어느 순간 나보다 한참 아래 있는 것이었다.

축구선수로 뽑혀 1년 정도 운동을 했고 그런 와중에도 학교성적은 반에서 2~3등을 했다. 수업 마치고 청소시간이 되면 내가 쓸어 놓은 학교 길을 잘 알지 못하는 여학생들이 어질러 놓곤 했는데 당시 나는 왜 그런지도 몰랐을 정도로 순진 그 자체였다. 당시 중학교는 집에서 30여 리 되는 거리여서 주로 자전거로 통학을 했다. 친구 몇 명과 함께 자전거를 한 줄로 서서 자갈이 깔린 시골 신작로 한쪽을 터덜거리면서 신나게 달리곤 했다. 특히 초등학교 때 책보자기를 자전거 뒤에 매달아 달리면 도시락 속의 숟가락 소리는 거친 노면을 지날 때 유난히도 딸가닥거렸다.

언젠가 중학교 전체에서 매일 1등을 하는 친구가 있었는데 2학년 기말고사쯤인가 외부기관에서 보는 시험에서 어쩌다가 내가 1등을 해버리는 일이 생겼다. 그 때문에 그 친구가 우는 것을 보고 다시는 1등 하지 않겠다고 약속을 했던 생각이 난다. 지금은 고인이 된 그 친구(이름 계방)는 나중에 나와 같은 고등학교로 유학을 가게 되었다. 당시 중학교는 전체 학생을 모아놓고 거의 매일 조회를 했고, 대개 그 자리에서 정기적으로 성적이 좋은 학생을 불러 상장(우리는 '학력장'이라 부름)을 주곤 했다. 나는 축구를 하면서도 그 학력장을 자주 받곤 했다. 공부는 별로 할 틈도 없고 놀기도 바쁠 때인지라 별로 신경 쓰지 않았지만, 영어단어 시험을 자주 보는데 노는 통에 미리 암기하지 못했고 통상 시험시간 바로 전 노는 시간에 대충 얼른 암기해서 통과했고 대부분 다 맞추었다. 하여튼 그때부터 벼락치기 공부를 좀 잘했던 것 같다.

그렇게 중학교를 마치고 나는 그때까지 한번도 가본 적이 없는 평택군에 있는 고등학교(평택고)에 소위 유학을 가게 되었다. 내가 다닌 학교는 합격선이 200점 만점에 거의 180점 정도는 되어야 하는 제법 '좀 하는' 학생들이 모인 곳이었다. 같은 중학교에서 공부 좀 한다는 친구들 9명이 같이 입학하였다. 70년대 후반이라 유난히 교내 서클이 많았고 특히 폭력 서클이 대부분이었는데, 주변 학교에서 대장질하는 애들도 다수 있어서 빈번하게 싸움이 일어나곤 했다. 나도 언젠가 그런 그룹에 속한 애들한테 덤비다가 방과 후에 여러 명이 나의 자취방까지 찾아와서 폭력을 당한 기억도 있다. 하여튼 당시는 민주화에 대한 열망 등 사회적 욕구가 분출하기 직전의 민감한 시기였다.

언젠가 고교 2학년 여름으로 기억되는데 당시 경기 남부지역에서 제법 명문이던 우리 학교의 우수한 선생님들이 주변 천안의 사립고교로 대거 스카우트되는 사건이 발생했다. 이 때문에 우리 학교의 전 학년이 삭발하고(당시 머리는 상고 머리, 삭발은 머리 바닥까지 깎는 것) 학년별로 스크럼을 짜고 내리쬐는 학교 운동장의 트랙을 선회하면서 데모 아닌 항의를 했던 기억도 있다. 당시의 구호가 "교장 물러가라!"였고 옆 동네의 학교는 천안 북일고였던 생각이 난다.

고교에서 나는 반에서 10등 안에 드는 정도의 공부를 했다. 제법 똑똑한 애들이 많다고 생각하며 학교생활을 했기 때문에 공부보다는 쉬는 시간과 방과 후에 친구들과 토론을 위해 신문을 읽고 세상 돌아가는 이야기를 위해 준비를 많이 했던 기억이 있다. 역시 그때까지도 집안이 어려워 간신히 학교에 다닐 정도였기 때문에 3년 내내 자취를 했다. 자취를 같이 하는 친구와 나는 집에서 가져온 김치나 쌀이 떨어지는 목요일 이후에는 근근이 끼니를 해결하고, 주로 학교 반 친구들이 싸 온

반찬을 나누어 먹는 경우가 다반사였다. 주말에 집에 왔다 자취방으로 가는 일요일 나의 책가방에는 보통 책 대신에 쌀과 김치만이 가득 들어 있었으므로 만원 버스에서 가방을 받아주는 사람에게 민망스러웠던 기억이 지금도 있다. 잘못하면 가방 속의 김치봉지가 터져 냄새가 진동하니까 말이다.

그런데 고2쯤 되던 어느 날, 그날도 여전히 주말에 집에 와서 열심히 집안일 돕고 자취방으로 가던 버스 안, 누군가 김치와 쌀만 가득한 나의 가방을 잡아채다시피 하여 자신의 무릎 위에 갖다 놓는 일이 생겼다. 만원 버스에서 보니 여학생이었고 그 여학생은 나를 자신의 옆자리에 앉으라고 눈짓까지 한다. 알고 보니 초등학교 시절 서울에서 전학 왔던 예쁘지만 조숙했던 그 여학생이었다.

나는 순간 당황해서 멈칫거리는데 자꾸 앉으라 해서 엉겁결에 그 여학생 옆자리에 앉고 말았다. 초등학교 졸업 이후 한 5년여 만에 옆자리에 앉았는데 예상과 달리 떨리지도 않고 이야기도 잘 되었다. 그날 이후 그 여학생이 그리 나쁜 학생이 아니라는 생각이 들어 우리는 자주 만나 이야기를 나누곤 했다. 그전까지만 해도 그 여학생은 얼굴만 예쁘지 못되고 조숙한 학생이라 시골 친구들 사이에서는 가까이하면 안 되는 그런 대상이라는 것이 무의식 속에 자리 잡고 있었다. 나중에 친구들의 왜 그 애하고 가까이하느냐는 말도 있었지만 나는 개의치 않고 자주 만나서 소위 청춘의 설렘을 이어 나갔다.

어머니께서도 소문을 들으시고 넌지시 “너 그 이발소 집 딸하고 만나냐?”라며 물었고, 순간 나는 옛날 일 때문에 혼날 걱정을 하였다. 하지만 오히려 어머니는 한번 집으로 데려오라 하시며 그냥 넘어가 주셨다. 사실 초등학교 6학년 때 내 옷과 책보자기를 다 찢어놓은 사건을 일으킨 그 학생이었기 때문에 걱정이 되긴 했다. 돌아가신 어머니가 엄하고 무서운 분이셨지만 때론 그렇게 아들의 입장을 헤아려 주시다니 지금 생각해도 멋진 분이셨다.

그날 이후 주말이나 방학이 되면 자전거를 타고 그 여학생 집으로 놀러 갔고 그 애가 주며 읽으라는 책도 읽곤 했다. 지금도 기억나는『청춘의 사랑고백』뭐 그런 종류의 청소년 체험수기 책이었다. 나로 하여금 이성에 대한 첫사랑을 유도하기도 했다. 그 애가 준 책을 읽다 보면 책 가운데 군데군데 내 이름이 적혀 있던 것으로 미루어 아마도 그 여학생도 나를 좋아했던 듯싶다. 당시에는 너무 순진해서 알아채질 못했으니 그 여학생이 나를 많이도 일깨워 주었던 셈이다.

당시 그 애는 안양에 있는 무슨 예술고등학교에 다녔을 정도로 끼도 있던 학생이라 내가 한참은 부족했을 것으로 생각한다. 그렇게 청소년기의 이성에 관한 관심이 한창 진행되던 터라 공부는 자연히 멀어졌고 졸업하고 대학 가자마자 바로 군대에 갔다. 이 또한, 내가 집안 사정으로 학교를 2년 늦게 다녔기 때문이기도 했다.

〈회상 2〉

늦깎이 입학

청소년 시절, 나는 집안 사정상 2년 늦은 9살에 국민학교에 입학했다. 인생을 살면서 이때 2년 늦은 출발 덕분에 무언가 매번 늦거나 뒤쳐졌다. 군대 가는 것도, 나중에 사회에 진입할 때도, 고시시험 때에도 나이제한에 걸리고 심지어는 결혼 후 출산하는 것까지도 매번 부담이 되거나 데드라인에 걸리기 다반사였다.

반대로 내가 조기입학이나 또래와 같이 다니고 입학했더라면 나는 어땠을까?

나는 젊은 시절 내내 2년 늦은 출발로 인한 손해를 반드시 역전시키고야 말겠다는 생각을 하며 살아왔다. 그러면 과연 나는 막판 뒤집기를 했을까?

생각해 보면 뭐 특별한 역전극은 없었지만, 남들이 다들 안 될 것이라던 고등고시 합격한 일, 후배들과 결혼시기가 비슷한데, 첫아이 출산예정일이 맨 마지막이었다가 갑작스레 한 달 반 먼저 조기출산을 한 일 정도가 기억된다.

이 부분은 참으로 극복하기 힘들었다.

3 군대 생활

인생은 정면돌파!

갑작스러운 육군 장기 하사관 말뚝!
인생이 바뀌다!

대학 1학년 2학기에 바로 군대에 갔다. 당시 1982년도는 '광주 민주항쟁' 직후인지라 군에서 대학생을 보는 시각이 별로 좋질 않아서 그런지 이유 없이 아이솔 막사라고 하는 곳에서 쇠몽둥이로 빈번하게 허벅지를 구타당했다. 경기도 양주에 있는 25사단 신병교육대를 어렵게 마치고 자대 배치 후 얼마 안 되어 소대의 고참들과의 우연찮은 싸움, 소위 하극상으로 인해 나와 싸움에 동참한 우리 동기들은 엄청나게 얻어터졌고, 깨어 보니 막사 뒤편 야산의 쓰레기 구덩이에 던져져 있었다.

나중에 선임하사가 와서 하는 말이 너희들은 감방 아니면, 장기하사(소위 말뚝)로 가는 길뿐이라고 했다. 할 수 없이 싸움에 동참했던 몇몇 동기들과 같이 장기하사로 전환하는 데 서명하고, 우리는 육군 제3하사관학교에 입교하게 되었다. 이것이 내 인생의 갑작스러운 대변혁의 단초가 될 줄은 꿈에도 몰랐다.

소위 말뚝 박은 장기하사관 훈련은 그야말로 인간개조 악

몽 같은 훈련이었다. 대부분의 동기생이 군대 생활을 할 만큼 한, 위로는 병장에서부터 말단으로는 일병 초까지 소위 자대에서 사고뭉치 꼴통들이 모여 있는 곳이고 대부분 독이 올라 있는 사람들이었다. 나는 경력으로 따지면 바닥을 기는 수준이라 처음에는 무조건 남들을 따라 했고, 다행히 대부분의 훈련내용이 구보(달리기) 중심이어서 폐활량이 좋은 나는 전반적으로 훈련성적이 좋았다. 생각해 보면 3개월 훈련 기간 내내 맨발로 산이고 벌판이고 뛰어다녔을 정도로 훈련 강도는 대단했다. 나중에 보니 발바닥이 무슨 나무판처럼 딱딱해져 있었다.

지금도 기억나는 것은 우리 동기들과 다른 훈련생들과의 빈번한 싸움이다. 사실 거의 일방적으로 공격하는 일이 잦다 보니 영내 지하 감방에 7~15일씩 영창을 갔다 오곤 했다. 흔히들 하는 유격훈련을 가는데 전혀 일정을 알려주지 않다가 갑자기 밤 12시에 완전군장을 꾸리고 5분 뒤 연병장 집합 명령이 떨어지고, '잠시 군기 잡는가 보다'하고 연병장에 집합했는데 그 즉시 바로 어디론가 이동이 시작되었다.

그렇게 시작된 행군, 칠흑 같은 어둠 속에서 밤새도록 이 산 저 산을 넘고 넘어 사람들 진을 다 빼놓았다. 다음 날 오전 큰 산을 기진맥진 넘으니 바로 앞에 큰 호수와 암벽이 앞을 가리는데 알고 보니 유격훈련장이었다. 그야말로 기가 막힌 반전이었다. 지금은 전북 어딘가 있는 '고산' 유격장이라는 것만 기억난다.

호수 아래쪽은 유명한 관광지, 호수 위쪽은 민간인 출입금지 구역인 악명 높은 유격장이었다. 그 유명한 유격 PT체조 덕분인지 몰라도 다른 기수는 훈련 중에 사망자가 꽤 있었다고 들었는데 우리 기수는 사고 없이 훈련을 마쳤다. 그 훈련장은 훈련코스가 산악의 절벽 등에 있었고, 코스 대기 장소가 비좁은 암벽 사이 공간인 데다가 거기서 PT체조를 하다 보니 잘못하면 절벽으로 추락할 것 같아서 오히려 군기가 더 들었던 것이다.

물론 나는 팔로만 하는 코스를 제외하곤 대부분 겁나는 것이 없어 1차에 합격이었다. 유난히 팔 힘이 약해서 그런지 매달려 똥물 건너는 코스는 매번 불합격하여 똥물에 빠지곤 했다. 지금 생각해 보면 그 경관 좋고 물 좋은 곳은 국민에게는 좋은 휴양지이지만, 훈련받는 나에게는 고통의 장소였다. 역시 세상은 같은 것을 놓고도 천당과 지옥이 공존하는 것이라는 것을 새삼 느꼈다. 보는 사람에 따라 같은 것도 천양지차지만 본래 대상은 그대로인 것을 인간들이 제멋대로 이름 짓고 좋고 싫고 나쁘다는 등 재단하는 것이다.

孤輪獨照江山靜(고륜독조강산정)
自笑一聲天地驚(자소일성천지경)

> 외로운 달 홀로이 강산을 비춰 고요한데
> 스스로 웃는 한 소리가 천지를 놀래키는구나.

나는 군에서 필수적으로 갖추어야 하는 구보, 사격, 교육의 3가지를 잘할 수 있는 자질이 있었나 보다. 원래 폐활량이 좋아 웬만한 구보에는 별로 땀도 안 났고, 본래 단기 시험은 무진장 잘 보는 스타일이라 교육에 따른 시험도 한두 달 이내 교육받아 본 것은 전체 그림이 통째로 떠오르다 보니 대개 완전하게 통과했다. 좀 떨어지는 게 사격인데 이상하게 너무 집중하다 보니 잘 안 맞았다. 그래도 중간 이상은 되었다. 그렇다 보니 육군3하사관학교 졸업식 때 동기 300여 명 중에 차석으로 졸업, 육군교육 사령관 상장을 받았다. 학교 다닐 때도 상은 여러 번 받아보았지만 군대 가서 상을 받다니 조금은 이상했다.

하여튼 졸업성적이 우수하니 좋은 곳으로 간다고 조교들이 얘기했다. 자대배치를 받는데 나는 거의 마지막으로 원주 3군단인가 하는 곳으로 발령되어 그곳에서 더블백을 메고 육군 GMC 트럭을 타고 온종일 북으로만 달렸다.

최동북단 DMZ, 금강산을 바라보며 청춘을 보내다!

금강산을 배경으로(GP)

도착해 보니 우리나라 최동북단 건봉산 밑에 있는 당시 동경사단의 예하 부대로 전입되었다. 아무리 사고친 장기하사지만 전방군대 생활이 미숙한 터라 한동안은 부대적응에 고생한 기억이 난다. 또렷이 기억나는 것은 사단 특무상사가 날 매우 귀여워했는데 이 양반은 옛날 판문점 도끼 만행 사건 때

현장을 지휘해서 그런지 하여튼 눈에 불이 나는 것 같았다. 마주 보기가 겁이 났었는데 이 선배 특무상사께서 자대에 가면 “자네가 하고 싶은 대로 다 해라.”라며 나머지는 당신께서 처리해 주신다고 응원해 주신 기억이 난다. 전입 간 부대가 전방 DMZ에 투입되어 수색과 매복을 하는 부대인지라 강도 높은 훈련을 받았으나 잘 적응해 갔다. 바라보이는 험악한 산악들, 정확히 말하면 건봉산 너머 계곡들(향로봉과 건봉산 사이 고진동 등), 그리고 북한 땅인 금강산의 수려한 경관을 질리도록 보면서 기약 없이 인생의 청춘기를 보냈다.

건봉산 훈련 중에

말이 나온 김에 얘기하면 영하 20도 이상의 강추위에 DMZ에 매복을 나갔다. 한번은 통문을 통과, 가假 매복지점을 1차 점령하고 완전히 어두워지면 진眞 매복지점으로 이동, 낮에 연습한 대로 매복조를 지형에 맞춰 전개하고 사격 방향 설정, 클레이모어claymore 지뢰 설치, 팀 간 견인줄 연결 등을 완료하고 침투 간첩을 기다리는 통상의 매복 작전에 들어갔다. 그런데 날이 너무 추워 새벽까지 꼼짝없이 버티다간 전 대원이 얼어 죽을지도 모른다는 생각을 하는 차에 팀 내 고참들의 자꾸 이동하자는 견인줄 신호가 왔다.

매복대장인 나는 급한 대로 일단 철수하여 바람을 막을 수 있는 동굴(평상시 수색할 때 보아 둠)로 이동하여 밤을 보내고 새벽에 철수하곤 했다. 물론 이러다 만약 전투가 발생하면 낭패다. 왜냐면 우리의 매복지점을 후방포대가 알고 있고 유사시 포사격 지원을 받는데 약속한 곳이 아닌 엉뚱한 데 있으니 말이다. 어찌 됐든 얼어 죽는 것보다 일단은 살고 보아야 하니 할 수 없었다. 한편 생각해 보면 매복대장으로서 대원들을 동상으로부터 구했으니 꼭 잘못된 것만은 아니었다.

특별히 매복과정에서 기억나는 것은 매복진지에서 철수하려면 문제가 되곤 했던 클레이모어이다. 당시 클레이모어는 뇌관에 전선을 연결하여 후폭풍에 의한 안전거리를 계산하여 설치하는데, 클레이모어 본체에서 이 뇌관을 분리해야 한다.

날씨가 워낙 추워 손도 얼고 클레이모어도 얼어붙고 하여 이것 하나 분리하는 데도 엄청나게 고생했다. 결국은 손으로는 안 풀리니까 이빨로 물어 조금씩 돌리곤 했는데 잘못되어 터지면 끝나는 것이다. 신경도 쓰이고 겁도 났지만 우선 얼어 죽게 생겼는데 요것 하나 빼느라 엄청나게 시간이 지체됐던 기억이 생생하다.

최전방 부대인지라 사고도 자주 발생했는데, 한번은 GP(비무장지대 안의 전방초소)에서 상황병이 오전에 잠자는 부대원들을 사격하고 북으로 도망친 사고가 발생했다. 당시 GOP(지상관측소) 작전소대에 있던 우리 부대가 상황을 정리하려 투입되었다. 이미 사고를 치고 도망친 탈영병을 잡기 위하여 당시 눈 덮인 비무장지대를 쫓아 내려가니 이미 향로봉과 금강산을 경계로 흐르는 작은 강인 '남강'을 막 넘어서고 있었고, 북측에서도 마중을 나와서 우리와 대치했던 일촉즉발의 상황도 기억난다.

GOP훼바에 있는 작전소대에 있을 당시에도 여러 가지 사건·사고가 있었다. 우리 부대는 소대장으로 대개 육사를 막 졸업한 젊은 소위들이 많이 오는데 이들은 이론적으로는 무장이 되어있지만, 계급만을 믿고 무리하게 행동하는 경우가 많았다. 비무장지대는 알 수 없는 지뢰밭이 가득하고 어디서 북한군이 출몰할지 모르는 위험한 곳이라 경험이 매우 중요하다. 한 번은 지도상 수색로가 있긴 한데 위험해서 거의 관리가 안 돼 있는 수색코스를 무리하게 개척하려다 젊은 소위와 부대원들이 지뢰를 밟았고, 그 소대장은 사망하고 부대원들도 크게 다친 사고도 있었다. 그렇기 때문에 전방에 투입되기 전에 전입된 신입 장교들은 대개 후방 부대에서 기고만장한 버릇들이 고쳐진다.

어떻게! 그것은 매주 토요일마다 뛰는 완전군장 구보를 통해서 현장의 쓴맛을 보게 하는 것이다. 그 당시 완전군장 구보는 한 16km를 뛰는데 우리 부대원들은 거의 매주 뛰다 보니 대개 적응이 되어 낙오자가 거의 없고 나의 구령 소리에 맞춰 일사불란하게 정해진 시간 내에 완주했다. 물론 처음 하는 병사들은 낙오하기도 하는데, 문제는 새로 온 신병 같은 소위들이다. 뛰기 전에 큰소리를 치고 병사들을 무시하다가 막상 구보가 시작되고 한 10km 남짓까지는 상당히 빠르지만, 일정한 속도로 달리다 보면 뒤처지기 시작하고 조금 지나면 입에 거품을 물고 길 양옆에 있는 전봇대를 잡고 하소연하게 된다.

그러면 나는 소대 내의 한 중간 선임자쯤 되는 상병에게 군장을 대신 메게 하고 나중에는 총까지 들어주면서 끝까지 낙오 없이 데리고 들어온다. 나는 소대 전체의 대열과 속도 조절을 하면서 달리고 이미 훈련도 되어있기도 하고 또한 폐활량이 큰 편이어서 잘 지치지도 않고 땀도 별로 안 나는 체질이었다. 신참 소대장 덕분에 기록은 한참 떨어지지만 이런 경험을 한 번 하고 난 소대장들은 대부분이 소대원들과 소통하고 어느 정도 길이 들게 된다.

한 번은 대원들과 어느 여름날 비무장지대의 정해진 수색 코스를 정찰하고 복귀하는 도중 대원 중 어느 일병인가 하는 친구의 철모가 떨어져 저 깊은 골짜기 밑으로 굴러떨어지는 일이 발생하였다. 그것을 주워 와야 하는데 아무도 선뜻 나서질 못한다. 왜냐면 어디에 지뢰가 묻혀 있는지 모르는 미확인 지대이기 때문이다. 모두 머뭇거리는지라 수색대장인 내가 나서 여름 풀숲으로 뒤덮인 계곡을 조심스레 내려가 철모를 주워 왔다. 어디서 지뢰를 밟을지 모르는 위험한 상황이지만 대장인 내가 해야 할 일이라고 생각해 무사히 철모를 주워 온 것이다.

비무장지대에서의 매복과 수색정찰은 대원 간 신뢰와 헌신이 매우 중요하다. 당시 부대원들은 위험을 무릅쓰는 솔선수범으로 인해 나에 대한 신뢰가 대단했다. 선임하사인 나는 DMZ 경험도 상대적으로 많고 또한 늘 병사들 입장에서 그들을 대변해 주었기 때문이다.

제대 말년 육군 중사,
군기 교육대 입소하다!

마지막으로 기억하고 싶지 않은 사건이 하나 있다. 1980년대 동부전선은 빈번하게 GOP 철책 공사가 진행되었다. 공사 구간 중 위험하고 어려운 구간은 대개 우리 부대가 맡아서 진행했고 선임하사인 내가 전체 공사를 맡아 처리하곤 했다. 그러다 보니 부대 내에서는 내가 어려운 임무를 잘 처리하기로 이름이 나 있었다. 그런데 전역을 얼마 안 남기고 그날도 GOP 철책 공사를 마치고 작업 막사로 이동하는 중, 웬 헌병 백차가 전방에 나타나 다가오는 게 이상하게 느껴졌다. 그 헌병백차는 다름 아닌 고생하고 막 돌아온 나를 체포하러 온 것이었다. 평상시 헌병부대와 우리 부대는 관계가 좋질 않았고, 후방에 있는 동안 내가 헌병들을 자주 혼내고 술을 먹고 다녔다는 등 군기를 어겼다는 이유로 여기 전방까지 잡으러 온 것이다.

나는 현장에서 체포되어 즉시 사단헌병대에 있는 군기교육대로 끌려갔다. 다들 아시는 것처럼 군기교육대에는 계급이 없고 다 같은 훈련병 취급을 한다. 평상시 나를 보고 경례하던 헌병들도 처음 하루 이틀은 대우하더니 그 이후로는 안면몰수하는 등 모멸감을 견디면서 군기 교육을 받았다. 다행히도 헌병대대 내에 선배 중사가 있어 훈련은 어렵지 않게 받았는데 내가 군기 교육훈련을 받는 동안 나의 원래 부대원들이 나를 구제해 달라는 탄원서를 사단장과 헌병대에 보냈다는 것을 나중에 들었다.

수색대에서 잘나가는 육군 중사가 갑작스레 군기 교육이라니! 그것도 전역을 얼마 남기지 않고…. 사실은 나도 기가 찰 일이었다. 그래서 그런지 예상보다 빨리 마치고 부대에 복귀했다. 사실 군기 교육기간 내내 헌병대 대장이 수시로 내가 훈련을 잘 받나 주시하고 있었기 때문에 나는 쉽게 퇴소하기 어려울 것으로 생각했다. 그만큼 평상시에 내가 헌병대에 괘씸죄로 찍혀 있었던 모양이었다.

이후 즉시 제대하려고 했으나 번번이 전역 지원서가 접수되질 않았다. 왜 그런지 몰라도 신청을 할 때마다 전역 명령이 나오질 않아 나중에는 내가 군단에 직접 가서 접수했다. 7~8번 신청 만에 겨우 전역 명령을 받았다. 드디어 5년여 만에 전역이다. 그때가 1986년 8월경, 나는 한 달여 기간을 남겨두고 다시 대학을 가기 위해 공부를 했는데, 언젠가 GP에서 데리고 있던 어떤 부하직원이 하는 말이 생각났다. 오대양 육대주를 누비면서 남자답게 살 수 있는 직업이 있다는데, 내용인즉 원양어선 선장이 되는 것이란다. 그 말에 나는 한 번도 가본 적이 없던 부산에 있는 부산수산대학이라는 곳을 가기로 마음먹고 준비를 했다.

〈회상 3〉

군대, 하사관 말뚝?

군대, 사병으로 입대하여 중간에 피치 못하게 장기하사관 말뚝! 5년여의 청춘을 조국과 함께했다. 가뜩이나 2년 늦은 학교 입학, 여기에다 장기간 군복무라니, 내 인생은 왜 이런가? 자꾸만 뒤처진다는 생각이 들었다.

내가 만약, 정상적으로 제대했다면 어떻게 되었을까?

되돌아보면, 장기간 군대복무는 내 인생에 큰 변화를 가져왔다. 겉으로 보면 큰 손실이다. 하지만 오늘날 정부 고위관료로 퇴임 후 현재에 이른 것도 군대와 연관이 있다.

내가 군 제대 후 부산수산대를 가게 된 것이 군대에서의 인연에서 출발한다. 경기도 출신인 내가 가본 적 없는 부산을 가게 된 것이 군에서 나의 전령을 하던 부산수산대 출신의 부하직원 때문이었다. 전 세계를 누비는 마도로스의 꿈을 갖게 된 것이다. 그 인연으로 바다를 알게 되었고, 고시합격 후 해양수산부의 업무를 하게 된 것도 출발점은 군대에서 장기복무하면서 시작된 것이다.

이렇게 보니, 군대 장기하사 말뚝이 결국 내 인생의 가장 중요한 항로의 출발이 되었으니, 결국 화(禍)가 복(福)이 된 것이다. 또한 군 수색대에서 오랫동안 DMZ의 수색, 매복을 하면서 부하직원들의 통솔과 조직관리, 위험을 무릅쓰는 확실한 결단, 추진력 등 인생에 필요한 덕목을 갖추게 되었으니 결코 손해만은 아니었다.

그야말로 전화위복轉禍爲福이었다.

4 대학 생활

• 인생은 정면돌파!

오대양 육대주, 전 세계 바다를 누비는 마도로스를 꿈꾸며!

1986년 9월 무사히 제대하고 한 2~3개월 바짝 공부해서 같은 해 11월경에 늦깎이로 학력고사를 다시 보아서 1987년에 전혀 생각지도 않았던 부산수산대학에 나름 좋은 성적으로 입학하게 되었다. 한 5년여 만에 다시 전혀 다른 대학으로 온 것이다.

와서 보니 이 대학의 어로학과는 정말 가관이었다. 학번 중시 문화, 조폭과도 유사한 기수문화 등 좀 전에 있던 군대 수색부대보다 더 거친 문화를 가진 집단이었다. 공부는 뒷전이고 교내 학생체전을 위해 체력훈련을 매일 아침 한다거나 정신이 나약한 후배에 대한 체벌이 전체 학년이 모인 학회와 같은 상황에서 공공연하게 이루어지는 상상하기 힘든 그런 조직이었다. 특히 나는 동기생들보다 한 6~7년 나이가 많았기에 학교 초기에 상당한 갈등이 있었다.

그런 와중에도 시험은 거의 내가 1등을 했다. 다른 동기생들이 워낙 공부를 하지 않기도 했고, 졸업 후 원양어선 선장을 하기 위해 체력, 배짱 등을 키우기 위한 나름의 전통에 의한 훈련을 받느라 정신없이 보내야 했기 때문이기도 하다. 나도 공부는 잠깐 집중해서 할 뿐이지 오랫동안 꾸준하게 하는 체질이 아니라서 필요할 때만 했지만, 나보다 학번이 빠른 상급자들과의 갈등은 여전히 지속되었다. 그 당시 군대에서 이 학교를 소개한 소위 졸개 후배였던 친구가 당시 학번이 꽤 고참(1982)인지라 간간히 그 친구의 도움을 받기도 하면서 원양어선 선장을 양성하는 학과에 점차 적응해 나갔다.

늦깎이 대학 시절 기억나는 것은 성경Bible과의 인연이다. 방학 중에 고향 집에 갔는데 평택고 다닐 적에 같이 자취하며 지낸 소위 중학교 불알친구(이름 호영이)가 시골집까지 찾아왔다. 삶의 근본문제인 죽음과 사는 방법에 대해 건전한 토론을 하는데, 그 친구는 성경에 근거한 죽음 이후의 세계 또는 십계를 준수하는 현실적 삶을 계속 주장하고, 나는 아무래도 유교적 전통이나 불교적 관점에서 절대적 신을 인정하지 않아서 논쟁이 2~3시간을 지나 하룻밤이 새도록 지속되었다. 나중에는 다툼으로 발전해서 감정싸움까지 갔다.

고교 시절에 공부도 잘하고 똑똑한 친구여서 개인적으로 서로 믿고 인정하는 사이였는데 졸업 이후 근 10여 년 만에 만나 토론하다가 싸운 것이다. 그 이후로 논쟁 중에 나왔던 성경책, 기독교 종교철학, 종교역사 등을 자연스레 읽게 되었다. 나름대로 성경책을 2회 읽어보고 카타콤을 중심으로 한 세속화 이전의 기독교 역사와 원리주의 등을 읽고 공부하게 되었고, 그 후부터는 그 친구의 주장처럼 성경에서 권하는 대로 현실 생활에 계율을 적용해 보았다. 기억으로는 거의 2년여 기간 동안 성경 그대로 생활해 보니 세상 속 인간관계가 완전히 단절되어 홀로 고립하게 되었고, 그러다 보니 소위 이단이라고 하는 종교집단과 어울리게 되는 그런 생활을 하게 되었다.

나의 경험상 지금 남은 생각은 성경 말씀대로 세상을 살 수는 없다는 것이고, 성경도 종교도 인간의 필요 때문에 만들었다는 것이다. 고교 친구 덕에 종교에 대한 나름의 깊은 성찰을 하게 되었고 그 결과 나만의 삶의 방식을 고민하는 계기를 얻었다.

그렇게 대학 3학년을 마치고 대학 선배가 운영하는 원양어업회사(스페인 라스팔마스)에 취직했다. 소위 공부 좀 하는 후배 중에서 선발되어 간 것이다. 들어가 보니 선배 회사는 스페인에 있고 나는 한국 현지에서 원양어업에 필요한 선수품, 원양어선의 선원 등을 수급해 주는 일이었다.

그러나 현지의 어선이 워낙 낡고 오래되어 경영이 어렵고 사고도 빈번하여 가족을 잃은 유족들의 슬퍼하는 모습을 자주 접하다 보니 회사를 한 8개월여 다니다가 그만두었다. 원래 부산에 온 목적대로 원양어선에 항해사로 승선해야 하는

데, 나이도 좀 되고 해서 승선기회를 놓치게 되었다. 배를 타지도 못하게 되고 할 수 없이 어업과 관련 없는 현대자동차의 영업사원으로 입사, 자동차 영업을 시작하였다.

5 사회 입문

• 인생은 정면돌파!

명지대 교수

이정환

저자는 오랜 기간 동안 국가와 국민을 위해 봉사하면서 남다른 소명의식을 가지고 있었다. 세월호 침몰사고 때의 헌신적인 노력과 유가족을 배려하는 모습에서 공직자의 참모습을 보여주었다. 또한, 중국 및 일본과 어업협상과정, 통영 굴 수출중단 재개과정 등에서 전문가로서 냉철한 판단과 실행능력을 보여주었다. 급변하는 글로벌 환경에 어떻게 대응할지, 앞으로 어떻게 나아갈지 고민하는 분들, 특히 모든 젊은이들이 꼭 읽어보기를 권하고 싶다.

단숨에 마지막 장까지 읽고 나니 저자에 대한 벅차오르는 감격과 함께 다음의 문장이 머릿속에 남는다. "고위공무원 역량평가에서 일을 수동적으로 하고 국민의 편익보다는 자신의 안위만을 위해 안일하게 하신 분들은 낙방을 많이 한다. 나는 특히 일반적인 사고로는 답이 안 나오는 문제에 해결능력이 좋았다."

추천사

머니투데이 부사장

박동원

일생을 살아가면서 피할 수 없고, 부딪히고 해결하며 나가야만 하는 일들이 끊임없이 이어지는 것이 인간의 삶의 모습이 아닌가 합니다. 연어가 강물을 거슬러 올라가듯이 주어진 어려운 상황을 슬기롭게 헤쳐 나가며 살아오신 박신철 위원장의 모습이 생생하게 그려집니다. 영세 어업인들을 위해 정책을 펼치고 각종 어업분쟁을 해결해 온 그의 발자취가 인상 깊었습니다. 자신의 인생을 진지하게 살아내고 참된 공직자의 모습을 유지해 온 것이 제 마음에 울림으로 남습니다.

문전박대,
자동차 판매 영업의 바닥을 체험하다!

오대양 육대주를 누비는 원양어선 선장(소위 마도로스)이 되려는 꿈은 간데없고 자동차 영업사원으로 사회에 첫발을 디디게 되었다.

그전에 대학 4학년 인턴취직 시절에 봉급을 받게 되면 통상학과 후배들과 한잔하는 등 대부분 봉급을 유흥비로 쓰곤 했는데, 그날도 한잔하고 학교 기숙사로 돌아가는 길이었다. 달은 밝게 떠 고요한 가운데 학교 앞 건널목에 서 있다가 신호가 바뀌어 건너가다 반대편에서 이쪽으로 건너오는 어떤 여인을 보았다. 술김인지 몰라도 달빛에 스쳐 지나가는 그녀 모습이 너무나 환상적이라 길을 다 건너갔음에도 멍한 감정이 가슴에 남았다. 순간 이러다가 평생 후회할지도 모른다는 생각에 급히 되돌아 무단횡단하여 그녀를 쫓아가 같은 버스를 타고 그녀의 집까지 몰래 따라갔다. 소위 단번에 마음에 들어 무작정 쫓아다니기를 부지기수, 마침내 전화번호도 알아내고 여러 우여곡절 끝에 통화했으나 바로 끊어버렸다. 집 앞에서 쫓겨나기도 여러 번, 지금은 고인이 되신 장모님께 '신분도 모르고 직장도 변변찮은 놈이 무슨….'이라며 문전박대까지 당하다가 마침내 마음을 준 그녀가 오늘날 나의 색시가 된 것이다. 물론 결혼은 그 후 몇 년 뒤에 하게 된다. 이제 본격 자동차 영업 얘기를 해 보자.

멋도 모르고 뛰어든 자동차 영업, 자본주의 사회에서 모든 자본요소를 투입하여 생산, 판매하는 상품교환의 단계에서, 어찌 되었든 고객에게 판매하여 수익을 새로 마련하는 마지막 단계가 중요하다는 생각만으로 시작하게 되었다. 활동지역이 부산지역(중앙동)인지라 아는 사람도 없고 해서 무조건 사무실, 가게점포를 방문해서 인사하고 명함을 주고받는 것이 일이었다. 그런데 이런 과정이 쉽지만은 않다. 일례를 들면 영업은 통상 어느 빌딩을 정하면 맨 위층부터 아래층으로 훑어 내려가면서 방문하는데, 작은 사무실마다 입구를 지키는 분이 대부분 여상女商을 졸업한 비서가 대다수이다. 그런데 당시에는 우리 같은 여러 영업사원의 출입을 막으려고 소위 '잡상인 출입금지'라고 문구를 적어 붙이는 등 문전박대가 다반사였다. 자존심이 무너지는 모멸감이 밀려왔다.

그렇지만 어찌하랴! 그 젊은 여상 출신 비서를 통과하지 못하면 차를 팔 대상을 만나지도 못하는데…. 어떤 수단과 방법을 쓰더라도 여비서와 친하게 지내는 것이 급선무였다.

나는 당시 추운 겨울날 어린 여비서를 통과하기 위해서 거리에서 파는 따끈한 풀빵을 사기도 하고 어떤 때는 뜨끈한 오뎅 등을 들고 가기도 하며 매일 같은 시간대에 공격하였다. 이때 중요한 것이 '같은 시간대'에 변함없이 가는 것이다. 왜냐하면, 처음에는 미심쩍지만, 매일 가다 보면 오늘 올 때가 됐는데 하고 기다리게 되고, 그렇게 나중에는 마음이 열리고 신뢰가 생기기 때문이다. 처음 한두 번은 외면당하지만, 대부분 일주일이면 안면을 트고 그다음 날부터는 자기 사장이나 임원진의 차량 정보까지 알려주곤 한다.

일단 출입문을 통과하면 그냥 무조건 들어가 인사부터 했다. "현대자동차 세일즈맨 박신철입니다."라고 하면, 대개는 명함 놓고 가세요! 라든가 아니면 묵묵부답 또는 무시가 대부분이었다. 좋은 분은 명함을 주기도 하고, 그것도 안 되면 나오면서 친해진 여비서로부터 사장 명함을 받기도 하는데, 어찌 되었든 방문대상자의 명함을 받아내야 한다. 처음에는 멋쩍고 창피하고 이걸 왜 해야 하나 하지만, 그것도 '반드시 고객을 만들어야겠다.'라는 신념을 갖고 자주 하다 보면 웬만한 무시는 무감각하게 된다.

왜 고객의 명함을 받아야 하는지 궁금하겠지만, 명함에는 미래 고객의 주소, 이름, 회사명, 전화번호 등 모든 정보가 있기 때문이다.

당시 나는 부산역에서 공동어시장 주변 상가까지 거의 모든 빌딩을 다녔으며 하루에 명함을 거의 100여 장씩 확보하곤 했는데, 이러한 과정은 3~4개월 지속되었다.

지금도 우리 집 어딘가에 그 당시 발에 물집이 나도록 가가호호家家戶戶 방문하며 얻었던 명함들이 노란 대봉투에 보관되어 있다. 과연 결과는 어땠을까?

같이 입사한 부산의 연고가 있는 동기들은 처음부터 판매계약을 하기 시작하는데 나는 거의 3개월 동안 한 대의 차도 계약하지 못했다. 당연히 회사 내 선배들의 눈치도 보아야 했고 봉급도 적어 마음고생이 심했다. 그래도 비가 오나 눈이 오나 맨투맨 현장방문은 계속되었다. 그러던 중 3개월이 지나면서 삐삐(당시의 문자호출기)가 울리기 시작하더니, 나를 찾는 고객들이 하나둘 연락을 해 와서 4개월째에는 4대를 팔고, 6개월이 지나자 호출을 감당하지 못할 정도가 되어 사무실 내 다른 선배가 판매를 가로채는 일도 다반사였을 정도로 연락이 빗발쳤다.

이유는 간단했다. 나는 같은 시간대에 날씨와 관계없이 방문해서 인사하고, 오지 말라고 해도 꾸준히 오고 가고, 처음 방문 때만 차 판매 얘기를 하고 그다음부터는 그냥 인사만 하다가 어쩌다 손님이 차량 문의를 하면, 그때야 비로소 성실하고 자신 있게 차에 관해 설명했던 것이다.

어찌 보면 그러한 무식한 추진력과 성실함이 사람들에게 박신철이라는 인간에 대한 신뢰감을 심어주게 된 것인지도 모른다. 나중에는 나한테 차를 산 사장님들이 자기 주변의 지인들에게 자동차 얘기가 나오면 날 소개하기도 하고, 나 대신 열정적으로 설명해 주시기도 하였다. 나는 사무실에 있는데 나를 신뢰한 많은 고객이 현장에서 나를 대신해 영업을 해주고 있는 것이다.

지금 회상해 보면 당시 나는 소위 맨땅에서 차팔이를 하면서 '자동차'라는 제품을 판 것이 아니라 박신철이라는 인간의 신뢰와 성실을 팔았다고 생각된다.

이것이야말로 영업의 핵심가치이다. 그리하여 한번 세팅된 나의 고객망은 이후 상당한 성과를 거두며 살림에도 도움을 주었다.

* 精誠所至 金石爲開(정성소지 금석위개)
정성이 지극하면 쇠와 돌도 열린다.

☞ **〈정성 실천 방법〉**

작은 일에도 지극정성하면 → 겉으로 드러나고 → 드러나면 명확해지고 → 명확하면 다른 사람이 감동하고 → 감동하면 변화하고 → 변하면 새롭게 된다.

전 세계를 대상으로 돈 되는 것을 찾아라!

그러던 중 변화가 찾아왔다. 자동차 영업 중에 만난 고객 중 한 분이 당시 케세이퍼시픽Cathay Pacific 항공사 한국지사장을 지낸 분이었는데, 무역회사를 설립했으니 합류해서 같이 일하자는 제안이 왔다. 사실 나도 영업을 계속할 생각이 없었기에 한동안 자동차 영업과 무역회사 일을 병행하다가 무역회사 쪽으로 옮기게 되었다.

당시 1990년 초는 중국이 막 개방되어 수산물 수입이 급증하는 시기였다. 나는 낙지, 바지락 등을 수입해서 판매하기도 하고, 부산 신발공장의 원료인 가죽 원피를 호주 등지에서 수입 공급하는 등 여러 품목을 취급하면서 무역에 대한 능력을 습득하였다.

그런데 애로사항으로 작은 무역회사가 한 품목을 소위 히트치면서 돈을 좀 벌 때쯤이면 바로 큰 기업에서 동일품목을 수입하여 치고 들어오는 바람에 안정적인 수입품목을 유지하기 힘든 상황이 계속되었다. 안정된 거래선이 없는 상황에서 소규모 개인 무역회사가 수익을 내려면 남들이 하지 못하는 고관세의 품목을 수입해서 독점 판매를 해야 했다.

당시의 고율 관세는 주로 참깨, 고추 등 국내 농업을 보호하기 위한 품목이었는데 그중 면화도 포함되어 있었다. 면화를 원료로 제작한 물수건이 당시에 선풍적인 인기품목이었는데 면화의 관세율이 높은 것이 문제였다.

수입과 관련된 에피소드를 한 가지 얘기하면, 위에서 거론한 물수건의 경우 면화의 고관세 부담을 경감시키기 위해 저가로 수입신고를 하고, 차액은 사람 편으로 들고 오는 핸드캐리로 전달하면서 관세를 낮게 무는 방식으로 쉽게 말해 편법을 쓰곤 했다. 한 번은 물수건 수입을 위해 파키스탄에서 원료를 공급하고 중국 현지에서 원산지 표기 등을 확인하고 선적해서 오는 중에 물건에 원산지 표기가 안 되어있는 것을 알게 되었다. 원산지 표기가 없으면 40 피트ft 컨테이너 전량을 반송해야 하니 회사로서는 손해가 막대하다. 어떻게든 통관시켜야 하는 상황인 것이다.

담당과장인 나는 일부러 컨테이너가 도착했음에도 수입신고를 연기하고 보세창고 지정을 폐쇄된 창고가 아닌 한적하고 오픈된 야적장으로 지정했다. 철저한 수입신고를 회피하려고 일부러 비가 오는 날 수입신고를 하고, 비 내리는 야적장에 쌓인 물건의 샘플로 확인해야 하니, 아무래도 현장에서 간단한 검사로 유도하기 쉽기 때문이다. 동일한 방법으로 동일한 여건을 만들어 원산지 표기가 되지 않은 물수건 40ft'를 무사히 통과시킨 적이 있었다. 물론 당시에는 수입면장 허가가 되자마자 보세장치장 문밖에서 바로 전국의 유통업자에게 즉시 물건을 넘긴다. 물수건이 별거 아닌 것 같지만, 장당 1원의 중간이윤을 보더라도(원가 5원 내외) 워낙 수량이 많다 보니 한 번 통관시키면 수천만의 이익이 발생했다.

가죽 원피, 수산물, 물수건 등 돌아가면서 수입 유통시키고, 수출은 주로 아직 중국이 개방되기 전이라 무선호출기를 운영할 수 있는 중개국 설치 운영에 필요한 스테이션 장비들을 미국 등지에서 바로 홍콩(심천)으로 수출하는 중개무역으로 회사에 이익을 주었다. 주로 실무과장인 내가 대부분 업무를 여직원 2명과 처리하고 내 위로 전무, 사장 등은 주로 돈 관리만 했다.

그런데 대개 연말이면 관세청 부산세관에서 소위 고관세 품목을 수입하는 업체들을 대상으로 불시조사하는 일이 연례적으로 있던 시기였다. 내가 다니던 회사도 고관세 품목인 물수건을 수입했던지라 불시 점검을 받았다. 한번은 물건을 받아간 유통업자가 구속되었다는 연락이 와서 확인해 보니 원산지표시가 없는 물건을 유통시키다 적발되었는데 수입업체가 우리회사인지라 나도 조사를 받게 되었다.

사고가 터지면 매번 사장, 전무 등 윗사람은 다 빠져나가고 실무과장인 내가 주로 조사를 받고 수습도 해야 했다. 당시에는 이런 사고를 예상해서 그런 물건처리에 관한 서류나 메모조차 남기지 않고 일을 했기 때문에 세관조사실에서 밤샘 조사를 받고도 운 좋게 문제없이 나와, 나중에는 조사관하고 아침 해장국을 같이 먹고 헤어지곤 했다.

여하튼 맡은 바 업무는 어떤 변화나 역경에도 잘 처리하다 보니 사장이 날 꽤 신뢰했던 것 같다.

그렇게 우여곡절을 겪으면서 회사에 돈도 많이 벌어주고 지내왔는데, 세월이 지나면서 내가 벌어주는 이익은 점진적으로 증가하는데 봉급은 입사 당시 수준인 130만 원이 마냥 유지되고 인상되질 않았다. 불만을 제기하면 사장은 이 회사 나중에 되면 자네가 할 건데 하면서 계속 무마하니 속으로 불만이 쌓여갔다.

〈회상 4〉

자동차 영업, 무역업무?

나는 전 세계를 누비는 마도로스의 꿈을 안고 부산수산대에 갔는데, 이상하게 시기가 맞지 않아, 애초 목표와는 달리 항해사를 하지 못하고, 육상에서 자동차 영업으로 사회생활을 시작하였다. 만약, 목표대로 마도로스가 되었다면 어땠을까? 그리고 자동차 영업과 무역회사는 내 인생에서 무엇이었나? 목표대로 원양어선에 승선하여, 항해사 그리고 선장이 되었다면 나름 괜찮은 인생이었을 것 같다. 돈도 많이 벌고, 오대양을 누비면서 즐거웠겠지만, 인생은 단조로웠을지 모른다.

반면 사회 첫 생활로 시작한 자동차 영업과 무역실무는 자존심 상하고 힘들었지만, 이후 공직자 생활에 알게 모르게 도움을 주었다. 통상 고위 공무원들은 대개 나와 마찬가지로 고시를 통해 입문한다. 대부분 사회경험 없이 대학 졸업 후 고시공부만 하다가 국가의 중요 정책을 수립하고 결정하는 일을 하게 된다. 그러다 보니, 대개 현실적 감각이나 시장을 잘 모르고 진행하는 경우가 많고, 문제에 대한 창의적 접근도 쉽지 않다. 반면에 나는 나름 영업을 통해 고객을 알았고, 무역을 통해 영세업자들의 고충과 시장을 알았다.

이를 통해 공직기간 동안 보다 현실에 뿌리를 두는 정책을 수립하거나, 공공의 편익을 위해 창의적으로 문제를 해결하는 데 그러한 경험들이 도움을 주었으니, 인생의 항로와 다른 엉뚱한 경험이 크나큰 도움이 된 것이다.

☞ 인생은 역시 무엇이든 현실에 뿌리를 두어야 하고 자기만의 창의적 삶을 살아야 한다!

아무도 모르게 주경야독 고시 공부하다!

어느날 대학후배가 찾아와 내년에 고등고시(기술)가 있으니 공부를 좀 하라고 책 몇 권을 가져왔다. 사실은 그전에 한 번 본 적이 있는데 2차에서 낙방해서 포기하고 있었던 차라 다시 해야겠다는 마음이 들었다. 물론 연말이면 들이닥쳐 불시조사하는 공무원에 대한 불만도 일부 있었다.

공부는 회사 퇴근 후 저녁 9시부터 다음 날 6시까지 했는데, 식사 후 조금, 그리고 새벽 1시쯤에 약 20분 정도 깊은 선잠을 자면서 밤새워 공부하고 아침이면 정상 출근해서 일했다. 전에 한 번 했던 터라 그사이 잊어버린 것이나 부족한 부분을 중점적으로 보면서 본격적으로 약 4개월여를 집중해서 했다. 물론 회사 간부나 주변 사람들 모르게 했고 업무처리는 지극히 정상적으로 해 나갔다. 당시 결혼한 지 1~2년차 정도였기에 경제적으로 모든 걸 해결해야 하는 상황이라 불가피한 여건이었다. 그렇게 4개월여 밤새워 집중적으로 일하며 공부하여 마침내 시험을 보았다. 막상 시험장에 가보니 기분이 홀가분하였다.

다른 수험생들은 시험장 책상 위에 책과 준비서들이 가득한데 나는 달랑 볼펜 몇 자루만 들고 들어갔다. 아시는 분들은 아시겠지만, 볼펜의 손잡이 부분에 반창고를 몇 번 감아서 미끄러지지 않고 오래도록 잘 써지도록 준비한 나름의 특수 볼펜이다. 고시 시험장에서 기억나는 건 당시 시험지 공개방식이다. 우선 시험통제관이 종이 한 번 울리면 원형으로 밀봉된 두루마리 시험지를 가지고 와 칠판에 붙이고, 마지막 종이 울리면 밀봉된 끝을 푼다. 그 순간 주관식 2차 시험문제들이 드디어 세상에 드러난다. 두루마리가 떨어지는 순간은 마치 조선시대 과거 시험장이 연상되곤 했다. 어찌 됐든 나는 단시간 공부했음에도 2차 시험문제를 과목마다 예측해 보고, 시험 시작 전 다른 친구들에게 이야기하곤 했는데, 두루마리가 펼쳐지는 순간 여러 과목에서 조금 전 쉬는 시간에 예측한 분야가 뜨는 것이 아닌가? 일부 모르는 문제도 있었지만 나는 운이 억세게 좋았던 것 같다.

대개 내가 예측한 분야인지라 일사천리로 적었다. 하지만 양은 주어진 모눈종이의 반도 못 쓰는 경우가 많았다. 일주일간 진행된 2차 시험을 마칠 때쯤, 답안지 수량이 적으면 떨어진다는 얘기도 들렸지만, 최종적으로 좋은 성적으로 합격했다. 내가 회사생활을 하며 자주 술을 마시고 다닌 것을 아는 후배 수험생들이 내가 좋은 성적으로 합격한 것을 인정하지 못하고 이의를 제기했다는 뒷얘기를 듣기도 했다.

고등고시 하면 떠오르는 것은 나중에 면접을 보고 최종합격자를 확인하는 것이었다. 당시 나는 부산 장모댁 주변에 거주했는데 최종합격 여부를 버튼식 공중전화로 확인할 수 있었다. 아무도 모르는 곳에 있는 곳의 공중전화기를 돌리고 수험번호를 대니까 "최종합격"이라는 메시지가 들린다. 순간 너무 기쁘고 설레는 마음에 아무도 없는 길거리를 하늘 높이 뛰었던 기억이 난다.

합격 소식을 안 이후에도 한동안 무역회사는 계속 나갔고, 나중에 신문에 합격자 명단이 발표되자 우리 사장 친구들과 나를 한때 조사했던 세관공무원이 전화를 하여 "이름이 같은데 혹시 당사자가 아니냐?"고 물었던 기억도 있다. 그렇게 다양한 사회경험을 하고 34살 늦깎이로 공직사회에 입문하게 되었다.

6 공직 생활

인생은 정면돌파!

추천사

한국건설자원협회 회장

정병철

인생에 있어 고난과 역경이 없다면 눈부신 성공도 그 빛이 바랠 수밖에 없다. 또한 그러한 고난과 역경 속에서도 최선을 다한 노력이 없다면 성공 또한 이뤄내기 어려울 것임은 당연하다 할 것이다. 『인생은 정면돌파』는 저자가 고난과 역경 속에서도 어떻게 이를 극복하고, 보다 나은 내일을 위해 최선을 다해 노력해 왔는지에 대한 진솔한 고백서와 다름없다.

책 제목처럼 그는 부당한 현실을 회피하는 대신 정면 돌파를 택했고, 거침없이 나아가 끝내 자신이 원하는 것을 성취했다. 공직 늦깎이로 23년을 같이한 동료이자 친구인 저자의 위풍당당威風堂堂, 좌충우돌左衝右突, 초지일관初志一貫한 삶에 존경과 박수를 보낸다. 친구인 것이 자랑스럽다. 코로나19로 몸도 마음도 힘든 이때, 긍정의 메시지를 선물해 줄 이 책이 더 많은 이들에게 읽히기 바란다.

추천사

행정안전부 국장

고기동

행정안전부에서 일하는 입장에서 재난에 대처하는 일이 얼마나 중요한지 잘 알고 있습니다. 때로는 제한된 시간 안에 최대한 피해를 막는 일이 필요하기도 합니다. 박신철 위원장의 이번 도서 안에서 그러한 활약을 보았습니다. 통영 굴 전격 수출중단의 위기일발 상황에서 노련하고 침착하게, 동시에 신속하게 문제를 해결하여 단기간에 수출재개라는 성과를 이루는 장면에서 박수를 치고 싶었습니다.

이러한 분들이 우리나라 공무원으로 있는 한 나라의 미래는 밝을 것입니다. 박신철 위원장이 전해주는 여러 이야기를 읽으며 그들의 노고에 한 번 더 감사하게 되었습니다. 본 도서를 통해 많은 분들이 교훈을 얻을 수 있을 것이라 생각하며 추천합니다.

공직입문(1995) 및
러시아 해외연수

1995년 연수원 동기들과

1995년 4월에 중앙공무원연수원에 전년도 고시 합격생 300여 명(행정, 외무, 기술)이 입교하여 그해 11월 말까지 분임별로 나누어 연수를 받았다. 살면서 말로만 듣던 천재 소리 들을 만한 친구들이 많았다는 게 기억이 난다. 어느 조직이든 역시 팀 단위 활동은 리더십과 단결이 활동의 핵심이다. 나는 8분임

소속인데 늦깎이 고시합격으로 전체 연수원생 중 연장자순으로 상위 10위 안에 드는 위치라 분임 내에서도 당연히 왕고참이었다. 연수원에서 여러 분야에 걸쳐 공부했지만, 무엇보다도 기억에 남는 것은 해외연수 프로그램이었다.

당시 분임별로 연수를 가고 싶은 나라를 선택했는데 대부분 분임에서 잘사는 선진국을 선호했다.

러시아 상트페테르부르크 광장에서

그러나 우리 분임은 내가 당시 개방되기 전의 구舊소련에 가자고 주장해서 러시아를 선택했다. 나의 논리는 다른 선진국은 언제든지 가볼 수 있지만 개방되기 전의 러시아는 쉽지 않으니 이번 기회에 경험하자는 것이었다. 연수는 모스크바, 상트페테르부르크 등을 다니며 약 한 달간 지속되었다. 당시 현대전자 권총강도 사건이 모스크바에서 발생한 지 얼마 안 된 시점이라 분위기가 많이 경직되어 있었다. 상황이 여의치 않은지라 모스크바 시내에 함부로 나가는 것이 통제되고 하는 그런 여건이었는데, 나와 한 동기 둘이서 전날 낮에 만났던 모스크바 고리키 대학 유학생을 만나러 밤에 몰래 출타했다. 물론 나는 모스크바의 밤거리를 경험하고픈 마음도 있었지만, 사실은 호텔 방이 2인 1실이라 당시 내 방을 비워 호텔에 남은 동기들에게 편안한 기회를 주려는 의도가 있기도 했다. 그렇게 해서 생긴 여러 추억은 지금도 동기들을 만나면 즐겁게 회자되곤 한다.

처음 타보는 모스크바 지하철 에스컬레이터는 엄청나게 급경사다. 60도 이상은 되어 보였고 속도 또한 빨라서 마치 무슨 전쟁용 지하벙커에 내려가는 기분이었다.

지하 100미터 깊이에 있는 지하철도 매우 거칠게 들어오고 문도 여유 시간 없이 급격하게 쾅! 하고 닫혔다. 보이는 구조물도 육중하기 그지없어 여실히 공산주의의 획일성과 견고함이 피부에 느껴졌다. 그렇게 경직된 분위기 속에서 야간 지하철을 타고 내린 모스크바 시내의 한 아파트 앞에서 현지의 유학생을 무사히 만났지만, 그 친구의 아파트 방까지 들어가는 것이 난관이었다. 열쇠 4~5개를 열고 지나서야 드디어 아파트 방문이 나타났다. 들어가 보니 동토의 대지 위에 세운 건물인지라 좁았고 난방용 히트라인이 방마다 조그맣게 달려있고 모든 것이 전기로 작동되는 방식이었다. 모스크바 시내는 시베리아 동토에서 불어오는 찬바람을 막기 위해서인지 건물을 연이어 크게 지어 놓았다. 1920년대부터 아파트를 지어 바람을 막고 생활했다니 대단하다는 생각이 들었다.

그날 새벽 러시아 전통의 검은색 빵과 커피로 아침을 먹고 다시 호텔로 돌아오는 길에 전철역과 주변 도로가 눈에 띄었다. 이색적이게도 도로와 도로 사이가 매우 넓고 거기마다 대부분 화단이나 정원이 조성되어 있다. 더욱더 인상적인 것은 모스크바 시민들의 독서방식이다. 어젯밤 지하철 내부에서도 우리는 우리만 동양인이라 승객들이 쳐다볼 줄 알고 신경이 쓰였는데 막상 그 사람들은 무관심하고 대부분이 신문도 아닌 책을 읽고 있었다. 그런데 오늘 아침 찻길가의 정원 주변에서도 유모차를 미는 여인네들, 벤치에 앉은 노인들도 하나같이 책을 읽는 모습이 대다수였다.

러시아 모스크바

그동안 내가 공부하고 인식한 러시아의 모습과는 전혀 다른 풍경이었다. 러시아 하면 획일과 전제화된 공산주의 전형의 매우 경직된 사회구조로 생각했던 터라 매우 충격적인 장면이었다. 물론 도시 주변의 풍광은 건물이 육중하고 레닌, 스탈린 등의 공산혁명 인사들의 동상들은 경직된 분위기를 풍겼으나 그 외의 것은 내 생각과 달랐다.

더욱더 놀라운 것은 볼셰비키 혁명의 발상지와 같은 곳에 위치한 볼셰비키 극장에서 볼 수 있었다. 모스크바 크렘린궁 바로 옆의 볼셰비키 극장은 볼셰비키 발레단의 공연이 자주 있어서 우리도 발레 본고장의 공연을 보러 갔다. 놀라운 광경은 입구에서부터 생겼다.

으레 발레 공연 하면 사회적으로 지위가 있는 사람들이 보는 줄로 알고 있었는데 여기는 전혀 아니었다. 할아버지와 손자, 아기를 업은 여인네, 노동자 등 온갖 신분의 모스크바 시민들이 매우 자연스럽게 입장하고 있는 것이 아닌가! 볼셰비키 극장 외벽에 걸린 낫과 망치로 대변되는 공산주의의 상징은 굳건하건만, 이에 아랑곳하지 않고 여기 시민들은 매우 자연스럽게 수준 높은 발레공연을 감상하고 있는 것이다.

당시 러시아는 정치적으로 불안하고 경제 상황이 그렇게 좋질 않았는데도 말이다. 빵은 풍족하지 않지만, 거리나 지하철에서 본 책을 읽는 시민과 수준 높은 발레공연을 자연스럽게 감상할 줄 아는 모습은 그야말로 문학적 소양이 대단히 높은 민족이라는 것을 새삼 느끼게 하였다. 그래서인지 러시아는 톨스토이, 도스토옙스키, 스탕달, 고리키 등 인류 역사에 영감을 준 대문호들이 유독 많이 배출된 듯 보인다. 모스크바 여정에서 기억에 또 남는 것은 모스크바 대학의 박물관이다. 물론 광대한 시베리아, 우랄산맥 등에서 발견된 여러 화석,

우주에서 떨어졌다는 운석 등도 인상적이지만 우리나라의 조선 중기~일제강점기까지의 문화 유적들을 수집해 놓은 한국관을 별도로 마련해 놓고 이를 토대로 우리를 연구하고 있다는 것이다. 그렇게 기존의 나의 인식을 뒤바꿔 놓은 모스크바 여정을 마치고 우리는 상트페테르부르크(성 페테르부르크)로 이동했다.

상트페테르부르크는 러시아의 근대화에 기여한 피터 대제가 당시 발트해 진출을 위해 바닷가 늪지 위에 세운 인공도시이다. 러시아 황제들의 여름별장이 있고 현대와 고전이 어우러진 도시이다. 러시아가 부동항을 만들어 대양으로 진출하기 위한 노력의 일환으로 만들었다지만 화려함과 견고함이 함께 있고, 이웃 국가인 핀란드의 겨울전쟁 전진기지였던 그곳이 이제는 러시아 제2의 현대도시가 된 것이다.

초임지 (수산과학원 기획계장) -정의의 DNA, 공직사회에 부딪히다!

연수를 마치고 나는 당시 수산청으로 배속되어 초임으로 수산과학원 남해수산연구소 기획계장으로 보임했다. 그곳은 전남 여수였다. 당시 남해연구소는 서쪽으로 전남 무안에서 동으로 울산, 그리고 남으로는 제주도를 포함하는 업무구역을 가진 수산분야 현장연구기관이었다. 처음 공직이다 보니 모든 것이 낯설었다. 나보다 하위 직급인 주사들이 슬리퍼를 신고 다니는 것이 왠지 부러워 보일 정도였다. 처음 1~2개월이 멋모르고 지나다 보니 점차 적응되었다. 와서 보니 관료 시스템의 비효율이 여러 곳 눈에 띄었다.

한두 가지를 기억해 보면 기획계장의 업무 중 하나가 이 연구기관의 전년도 실적을 책으로 발간하는 것이었는데 여기서 계약부서와의 갈등이 시작되었다. 나의 직무는 당연히 책의 형식이나 내용, 재료 등의 실력 관리는 물론 있는 인쇄업자를 선정하여 전체과정을 관리해서 좋은 발간물을 만드는 것이다. 반면 바로 옆방에 있는 서무계장, 경력이 많은, 소위 닳고 닳은 공무원은 하는 일이 계약, 경리 및 서무업무 담당이다.

바로 옆방이라 작은 문을 사이에 두고 내가 온 지 얼마 안 되어 이 서무계장이 내 방에 와서 우리 직원들한테 지시하고 화를 내고 갔다. 처음에는 예사롭지 않게 넘겼는데 또, 아니 자주 그런 일이 반복되었다. 그때부터 갈등의 시작이었다. 결국에는 내가 나서 "내 방 일은 내가 알아서 하니 당신은 서무업무나 신경 써라"라는 식으로 응대했다.

그런 와중에 연구보고서 연간실적을 발간하는데, 내가 생각한 능력 있는 인쇄소가 아닌 예전부터 문제가 있던 업체와 계약한 것이다. 일하다 보니 역시나 문제가 한두 곳이 아니다. 납기가 지연되고 내용도 교정도 다 엉터리기 때문에 내가 납품 조서에 서명을 해주질 않았다. 업체 측에서는 납품을 완료해야 대금을 받는데 검사 조서에 서명을 못 받으니 계속해서 옆방의 서무계장한테 종용하는 모양이었다.

그럴 때마다 나는 영구보관할 발간물인데 형식이나 품질에 문제가 많으니 계속해서 보완 명령만 내리니까 업체 입장에서는 죽을 맛이었다. 나중에는 바로 위 상급자인 과장이나 소장한테까지 납품받으라는 압박이 들어왔다. 나는 물건이 제대로 안 되었는데 납품받으라니, 이 양반들이 국민 세금을 엉뚱하게 쓰라는 것인지 기가 막히고 이해가 되지 않는 상황이 계속되었다. 처음부터 예측했지만, 인쇄업자와 옆방의 서무계장하고 무언가 사전에 커넥션이 있었고 이 때문에 서무계장은 정식절차로 잘 안 되니까 내 상관에게까지 영향을 미치는 상황이었다.

결국에는 납품지연으로 인해 지연 부과금을 물리게 되고 그리되다 보니 업자는 옆방의 서무계장한테 극렬하게 항의하는 사태가 벌어졌다. 결국에는 옆방의 서무계장이 나한테 정식으로 사과했다. 사실 나는 전혀 사과를 받거나 봐주고 싶은 생각이 없었는데 차상위 상관들도 있고 옆 사무실의 동료이기도 해서 만족하지는 않지만, 어느 정도 교정을 해서 납품조서에 서명하고 납품을 받아 준 적이 있었다. 이후로도 옆방의 고참 서무계장과의 악연은 지속되었다.

그 기관은 연구기관인지라 연구원들의 바다 출장이 빈번하고, 늦게 귀사해서 초과근무를 하는 경우가 허다했다. 당시에는 초과근무를 하려면 서무계장이 서명해야 가능했다. 그런데 이 초과근무 승인 및 관리에 대해 연구원들의 불만이 대단했다. 늦게까지 초과근무를 해도 잘 인정해 주지 않는 것은 물론 사전허가 또한 매우 까다롭게 한 모양이었다.

물론 서무계장은 예산 절감 차원에서 철저하게 관리한 측면도 있었을 것이다. 그런데 문제는 형평성이었다. 옆방의 서무계 직원들의 근무상황을 늘 보고 있어 잘 파악하고 있는

데 어느 날 근무일지를 보니까 전날 초과근무를 하지 않은 것이 분명한데 직원들이 허위로 근무한 것으로 서명이 되어 있었다. 심지어는 서무계장 본인이 전날 일찍 퇴근한 것을 보았는데도 초과근무를 한 것으로 허위 기록되어 있는 것이다.

한두 번은 그냥 보아 넘겼는데 직원들 불만은 계속되고 너무한 일이었다. 마침내 어느 날은 출근하자마자 옆방으로 가서 초과근무 대장을 확인했다. 전날 근무 안 하고 초과근무한 것으로 허위기록된 직원들을 골라서 타인한테는 원칙을 엄격 적용하면서 정작 본인들에게는 허위로 한 것에 대해 공개적으로 질책을 했다. 공무원을 시작한 지 한 4~5개월밖에 안 된 초짜 사무관이 닳고 닳은 고참계장의 직원들을 야단친 것이다. 그 고참 서무계장은 나중에 얘기를 듣고 아마도 기가 찰 일이었을 것이다. 그러나 어찌하랴! 본인들이 분명 잘못했으니. 이렇게 해서 바다 출장연구원들의 초과근무에 대한 불만을 해소하고 불공평에 대한 문제를 본의 아니게 해결한 적도 있다.

지금까지의 것은 사무실 밖의 외부인과의 갈등이고 내부에서도 사건은 많았다.

연구기관 기획계장의 업무 중 하나가 연구 조사선을 관리하는 일인데 당시 내가 관리하는 선박이 거의 30여 척에 달했다. 그런데 일정규모 이상의 선박은 3~4년인가 정확하지는 않으나 정기적으로 선박을 조선소에 상가하여 선체 외부를 검사토록 규정되어 있었다. 그러나 중앙정부 소속기관의 선박 관리예산은 한정되어 있고 수행해야 할 사업은 과다해서 늘 선박 수리예산이 부족했다. 당시 일제강점기부터 우리나라 전 해역의 수온, 염분, 자원 등을 조사하는 일명 '정선조사'라 불리는 업무를 주로 수행하는 약 350여 톤 되는 선박이 있었다. 건조 당시부터 부실하게 건조되어 늘 문제가 발생하였던 배를 수리하게 된 것이다.

급한 대로 우선 운항을 해서 정해진 국가사업을 완수해야 하는 상황인데, 사업비는 한정되어 있고, 수리를 하려면 규정상 조선소에 무조건 상가해야만 하고, 그러면 전체 수리를 못하는 상황이었다. 수리비가 부족하여 해당 연도의 정해진 선박 운항이 불가하고 업무수행도 완수하지 못한다. 매년 수행해야 할 국가사업인데 직원들은 정해진 사업을 못 하더라도 규정대로 조선소에 배를 상가해야 한다고 주장했다. 규정을 준수하느냐, 아니면 근 100여 년간 지속한 국가사업을 중단하느냐의 문제에 직면한 것이다.

사실 나는 별 고민 없이 직원들의 반대에도 불구하고 상가하지 말고 운항에 필요한 급한 부분만 수리하고 해양조사업무를 수행하도록 선박을 출항시켰다. 사소한 규정은 위반하더라도 국가 전체의 업무수행이 중단돼서는 안 된다는 생각에 너무나 손쉽게 결정한 것이다.

그러나 이렇게 규정을 무시하고 국가적인 업무수행을 한 사실이 발각되어 3~4년 뒤에 난생 처음 감사 지적을 받게 되었다.

또한, 초임지에서의 에피소드가 많은데 그중 하나가 역시 선박수리 예산이다. 내가 속한 기관(수산과학원) 전체 선박의 2/3 정도의 선박을 남해수산연구소에서 관리 운항하는데, 문제는 늘 유류비, 수리비가 부족했다. 그래서 앞에서 거론한 것처럼 규정을 위반해 가면서까지 업무수행을 하다 보니 자연스럽게 전체사업비가 적정하게 배분되는가를 따지게 되었다. 당시는 연구소의 상급기관인 과학원 선박실에서 유보사업비를 가지고 있다가 기관별로 수요에 따라 추가 배정하는 것이 관례였다. 그런데 전체 선박의 2/3 이상을 보유한 우리 기관의 사업비가 너무 적어 추가로 배정해 달라고 요청을 하면 번번이 거부하는 것이었다. 내가 있던 연구소가 중앙정부의 2차 소속기관이다 보니 1차 기관인 수산과학원의 담당자가 재량행위를 남용하고 있는 경우였다.

나는 선박 척당 운항일수, 사업규모, 척수 등 여러 변수를 적용하여 나름대로 합리적인 배분 기준을 만들고 그에 따라 사업비를 배분해 보니 현재보다 훨씬 많은 사업비가 지원되어야 하는 상황임이 확인되었다. 할 수 없이 과학원장 미팅 시에 내가 만든 배분방안을 직접 보고하겠다고 하니 담당 선박 계장이 부산에서 여수까지 득달같이 달려왔다. 자료를 보내줘도 검토도 하지 않더니 기관장에게 특별보고하겠다고 하니 스스로 와서 추가 배정해 주겠다는 것이다. 과거 그 누구도 본원 선박담당 계장한테 논리적으로 요구한 적도 없고, 본원 담당계장이 여수까지 와서 사과한 적도 없던 터라, 이번 일로 해서 상부 기관인 과학원 내부에서 남해연구소의 기획계장이 꽤 경력이 오래되고 노련한 사무관인 것으로 여길 정도로 내가 매우 집요하고 적극적으로 업무처리를 한 기억이 난다.

나는 이런 와중에도 틈만 나면 연구원들을 따라 바다의 연구현장에 나간다거나 사무실의 연구동에 놀러 가 물고기, 어선 그리고 바다현장의 어려움 등을 보는 등 자연스럽게 어촌의 현장감을 익혀 나갔다.

마지막으로 초임지에서의 기억은 당시 김영삼 대통령이 해양수산부를 출범시키시고 '바다의 날' 행사를 여수 광양항에서 개최하면서 준비했던 일이다. 당시 대통령 행사는 상당히 보안이나 사전준비가 철저했는데 내 업무는 참석자들의 선물을 준비하는 것이었다. 수천 명의 참석자한테 전달할 선물을 준비하는 것도 어려운 일이거니와 더욱더 신경 쓰이는 것은 역시 보안 문제였다. 중요인물이나 귀빈은 앞자리에, 일반 참가자들은 뒤쪽으로 통상 배치하는데, 중요도와 신분에 따라 선물의 종류와 가짓수가 달라 그에 맞춰 포장하는 것도 일이었다. 거기다가 선물 포장 안에 폭발물 등이 들어가 사고가 발생할까 봐 청와대BH 보안요원들이 선물보관 창고, 포장장소 및 포장하는 과정 하나하나를 감시하고 확인하는 통에 작업이 엄청나게 지연되었던 기억이 났다. 어렵게 행사 전날 밤까지 포장을 마치고, 당일 행사 시작 전에 각각의 초청 인물에게 맞는 선물을 좌석에 갖다 놓는 것도 보통 일이 아니었고, 그것도 보안요원의 감시하에 실행했으니 당시만 해도 대통령의 경호수준을 짐작할 만했다. 무사히 바다의 날 행사를 마치고 바다현장인 남해수산연구소에서 본부(해양수산부) 해양정책실로 발령이 난다. 1년여 지방의 현장근무를 마치고 본부에서의 근무를 시작하게 되었다.

〈회상 5〉

공직초임지 여수, 고참 공무원과의 대립?

고시합격 후 처음 주어진 자리가 지방의 국립 연구기관 기획계장인데, 바로 옆방의 고참 서무계장과의 대립과 갈등이 매우 심했다. 당시 연구원들의 초과공무승인에 대한 차별, 자신이나 자신 소속 직원들의 허위 근무는 인정하고, 반면 다른 과 직원들한테는 너무나 까다롭게 한 것에 대해 상관없는 내가 크게 비판하고 바로잡았다.

그 때문에 고참 선배 공무원과의 갈등과 대립이 시작되었는데 만약, 내가 모른 체했다면 어땠을까?
그냥 넘어갔다면 고참 선배와의 관계는 물론 원만했을 것이고, 이후 업무적으로도 무난하게 협조되었을 것이다. 그러나 나의 불의에 저항하는 DNA는 나를 어려운 길로 몰아붙였다. 주변 사람들에게 형평에 맞는 배려를 해주었다는 좋은 평판도 있었지만, 보다 중요한 것은 일부 공무원이 자신의 권한을 자신에게 관대하고 타인에게는 엄격하게 적용하는 잘못된 관행을 고쳤다는 데 의미가 있다고 생각한다.
이후로도 오랫동안 이 분하고 업무협조가 잘 안 되고 갈등 관계가 있었지만, 나의 잘못된 것을 참지 못하는 DNA는 비록 현실적인 손해를 가져오는 것을 알면서도 고쳐지지 않았고 아직까지도 후회는 없다. 박신철이라는 인생의 색깔이니까!

본부 사무관

● 국무총리실 파견

엘리베이터 요약보고(JP)를 훈련받다!

중앙부처 본부에서 처음 생활하다 보니 기안도 제대로 못 하고 나이는 많은 늦깎이 사무관이라 여러모로 적응하는 데 한동안 애를 먹었다. 당시 해양정책실은 생긴 지 얼마 안 된 신설부서인지라 무슨 일이든지 새롭게 처음 하는 것이 대부분이었다. 처음 모신 분이 천 모 과장인데 나 같은 초짜 사무관은 잘 보이지도 않았는지 고참 사무관들만 데리고 일을 했다. 또 이분이 워낙 추진력이 대단하신 유능한 선배인지라 몇 수 배우기도 전에 얼마 안 되어 다른 과로 발령이 났다.

또 바로 내 앞자리에 나보다 연장자이기도 하고 고시기수도 빠른 고참계장이 있었는데, 막 미국에서 유학을 마치고 와서 그런지 적응을 잘 못해서 툭하면 과장한테 깨지기 일쑤였다.

나중에는 기수만 선임자면 뭐 하나! 일을 제대로 못하는데! 하면서 박살나게 깨지는 것이었다. 그 선배는 못한다고 깨지고 나는 초짜니까 부르지 않고 하여 우리는 무언가 공감대를 가지게 되었다. 가끔 끼니를 놓치면 청사 건물 지하에 있는 햄버거집에 자주 갔고 그때 처음으로 햄버거를 먹게 되었다. 2~3개월이 지나면서 점차 적응이 되고 해서 해양수질오염, 해양환경 기준 등에 관한 일을 했고, 당시에는 우리나라에 해양환경공정시험법도 없는 상황이라 예산집행 잔액을 가지고 새롭게 공정시험법도 제정하였다.

그때 같이 일했던 분이 인하대 해양학과 박 모 교수님인데 이분이 굉장한 괴짜이자 천재 교수였다. 나하고는 생각이 잘 맞기도 하고 해서 시험법을 만드는 데 예산이 부족하여 자체 학교비용을 들여가면서 제대로 된 제도를 만들었던 기억도 있다. 나중엔 이분하고 가까워져 한번 학교 연구실에 찾아갔는데 이건 교수님 방이 아니라 무슨 철공소에 온 것처럼 온갖 전기시설, 각종 공구로 난장판이었다. 해양측정 장비, 분석 장비 등 필요한 아이디어가 생각나면 즉시 연구실에서 개발하는 그런 교수였는데 당시 해양학계에서도 괴짜 선생으로 유명했다.

당시 해양환경과는 추가적인 신설업무가 많아 나중에는 여러 개의 부서로 분화되었다. 처음에 해양보전과, 그다음으로 해양생태과 등으로 분화되어 아마도 오늘날에는 해양환경정책관실로 유지되고 있을 것이다. 당시 해양환경이나 해양보전과를 거쳐 간 과장들 중 해양수산부 내에서도 소위 악질과장으로 유명한 분들이 다수 있었다. 나는 불행히도 소위 3대 악질이라는 분들을 모두 모시게 되었다. 멋모르고 악질과장들과 함께 일하면서 주변에서는 나더러 "저 신참 사무관 퇴근도 못 하고 고생한다."라고 했지만, 서서히 중앙부처 사무관으로서 자질과 내공도 쌓이게 되었다.

해양환경 측정망, 수질오염, 습지(연안 습지~갯벌) 등의 여러 업무를 했는데 유독 기억에 남는 것은 습지濕地 업무이다. 1996~7년경은 습지에 대한 개념조차 낯설었던 시절이었다. 당시 우리 부 초대 차관으로 재정경제부 차관 하시던 임 모 차관이 오셨는데 그야말로 실세 차관이었다. 내가 신설된 습지담당 사무관이었는데 당시 환경처가 습지보전법 제정을 추진하는 과정에 동 법안이 차관회의에 상정되었다. 내용을 보니 습지는 내륙과 연안으로 나누어지고, 연안습지가 전체의 90% 이상을 차지하였다.

연안습지가 다름 아닌 바닷가의 갯벌이라는 사실을 안 임 차관께서 차관회의에서 우리 부처는 제안도 안 한 법안인데, 동 법안을 우리 부와 환경처의 공동법안으로 추진하는 것으로 의결하셨다. 그야말로 실세 차관의 영향력을 현실로 본 것이다. 그때는 갯벌에 관한 부서가 막 신설되었기 때문에 정책

자료도 거의 없어서 여러 난관에 직면하곤 했는데, 가장 어려운 점은 같이 일할 전문가가 부재한 것이었다. 그나마 할 수 있는 분이 해양연구소의 제 모 박사였다. 나는 적극적인 성격이라서 있는 자료와 예산을 들고 경기도 안산에 있는 해양연구소에 직접 찾아가서 같이 일하자고 하며 갯벌생태 및 생물 분야의 전문가를 발굴하게 되었다.

나중에 습지보전법이 제정되고 해양연구소 제 모 박사는 안산 지역사회에서 '갯벌생태학교'와 같은 사회 환경운동을 하였고 그것을 모티브로 하여 안산 지역 국회의원에 이어 나중에는 안산시장도 하셨다. 돌아보면 작은 인연이지만 그분에게는 매우 중요한 인생의 전환점이 되지 않았나 생각된다. 그러던 중 해양환경과가 분화되어 나는 해양보전과로 가게 됐고 거기서 1997년 IMF를 겪었다. 얼마 안 되어 국무총리실로 파견근무를 가게 되었다.

당시는 DJP연합으로 김대중 대통령 시절이라 김종필 총리를 모시게 되었다. 나에게 주어진 업무는 우리나라 물 관리 업무를 총괄 조정하는 일이었다. 총리를 자주 볼 수는 없었지만 내 직속상관인 조정관이 해양수산부는 1주일에 1건씩 총리보고서를 만들라고 지시했고, 나는 매주 총리보고서를 만드느라 고생해야 했다. 왜냐면 총리보고서는 한 장짜리 보고서였는데 그 한 장 안에 모든 내용을 축약하고 논리적인 구조까지 가져야 했기 때문이다. 그런 보고서를 작성하는 데 익숙하지 못했기 때문에 매주 여러 번 퇴짜를 당하는 수모를 겪었다. 그와 같은 과정을 겪으면서 모진 훈련을 받았다.

오죽하면 우리 조정관이 워낙 머리가 좋고 복잡한 두뇌구조를 가진 분이라 그렇구나 하고 생각하며 다른 직원들도 퇴짜 맞고 한 일주일 고민해서 다시 들어간 데 비해 나는 퇴짜를 맞자마자 2~3시간 후에 다시 들어가서 또 퇴짜! 근성이 치밀어 올라와 또다시 보고서를 들이미니 조정관님도 미칠 지경이었을 것이다. 준비도 안 된 사무관이 무작정 밀고 들어오니 말이다. 나중에는 비서한테 나의 출입을 통제하라고 지시한 적도 있을 정도로 나는 매우 적극적이고 저돌적인 스타일이었다.

그렇게 혹독하게 보고서 작성요령을 훈련받고 나중에는 총리께서 10층에서 1층까지 엘리베이터 타고 가는 동안에 이해할 수 있을 정도의 보고서를 작성하기도 했다.

돌아가신 총리님은 총리주재 장관회의를 하면 BH에서 하는 것보다 장관들이 더 많이 참석한다고 했을 정도의 중심적인 역할을 하셨다. 당시의 국무조정실장이 정 모 장관이셨는데 이분이 워낙 유능하셔서 각 부처 간의 대립이나 갈등되는 내용도 노련하게 사전조정하셨기 때문에 총리께서는 결론만 내는 상황을 연출하셨다. 그러면 총리께서 하는 멘트가 늘 "그려 그게 솔루션이구먼."이었다.

어찌 됐든 국무총리실 파견근무를 통해 우리나라 먹는 물의 근본 제도와 지역별 상수원, 상하수도 구역 제한규정, 낙동강에 대한 대구~부산시민의 갈등, 진안 댐에 대한 광주~대전시의 입장 등 전국 곳곳의 입장과 여론 등을 알게 되었다.

육지는 그렇고 해양에 대해서는 '해양오염방지 5개년 계획'을 관계부처 합동으로 작성하여 심의회에 상정하는 작업을 한동안 했다.

내가 근무한 총리실은 여러 부처에서 파견된 공무원들이 근무하는 소위 용병부대와 같은 곳이었다. 이런 곳에서 자기 역할을 하지 못하면 소위 왕따를 당하거나 심하면 해당 부처 자체를 평가절하하기도 한다. 그 당시만 해도 해양수산부는 청에서 부部로 승격된 지 5년 정도밖에 안 되는 기관인지라 전통 있는 부처에서는 조금은 밑으로 보는 경향이 있었다. 더구나 나는 소위 TO(정원) 없이 임시파견되었기 때문에 1년간 근무하고 평가결과에 따라 정식 TO에 반영할지를 판단받는 입장이었다. 따라서 같은 입장에 있는 여러 부처와 경쟁하는 처지였다. 내가 무엇이든지 적극적으로 해서 그런지 그해 연말평가에서 좋은 결과를 받았고 각 부처 파견자 중 유일하게 정식 TO를 인정받는 등 잘 적응해 갔다.

그러던 중 갑자기 우리 조정관이 날 호출해서 가보니 감사원에서 감사 지적 확인서에 서명하라는 것이었다. 알고 보니 몇 해 전 초임지인 남해수산연구소에서 규정을 무시하고 선박을 운항했다는 지적인데, 이를 보고 오니 조정관이 진작 얘기하지 않았냐고 말씀하시는 등 그 어려운 조정관님도 날 인정해 주시게 되었다.

● **해양정책실**

모두 무관심인 해양폐기물,
물고기 관점에서 종합대책 처음 수립하다!

1년여의 국무총리실 근무를 마치고 원래 있던 해양정책실로 복귀하였다. 복귀하자마자 새롭게 구상한 업무가 당시만 해도 개념조차 거의 없었던 해양폐기물 업무였다.

총리실에서 해양오염방지 5개년 계획을 수립 평가하면서 느낀 주요 내용이 수질오염 문제였다. 실제 해양오염에 영향을 주는 물질은 수질 이외에도 대기, 고형화된 폐기물 등 다양했는데, '왜 수질만 관리할까?' 하고 생각했다. 또한 IMF 이후 일자리 마련을 위해 연안 바닷가 쓰레기 수거 사업을 처음 기안했던 생각도 있고 해서 이제 본격적으로 해양폐기물 문제를 구상하게 되었다.

국가에서 새로운 사업을 추진하려면 그에 대한 종합적인 검토가 필요하다. 통상 하는 방법이 현황, 문제점, 목표, 중

장기 추진계획, 투자계획 및 경제적 효과 등이 포함된 종합적인 대책을 수립하는 것이다. 당시에는 얘기한 것처럼 해양폐기물에 대한 개념도 거의 없던 시절이라 정책자료가 거의 없었다. 할 수 없이 처음 한 달 정도는 통계 등 관련 자료를 닥치는 대로 수집했고 이후부터 대책수립에 착수했다.

이 새로운 대책을 수립하면서 누가 시킨 것도 아니고 온전히 나 스스로 수산분야를 담당하는 공무원으로서 바다의 주인인 물고기가 서식하기 좋은 환경을 만들어 주는 것이 결국 어족자원은 물론 해양생태계 보전에도 도움이 될 것이라고 생각하였다. 이러다 보니 아무 도와주는 사람도 없었고 오히려 과장은 중간보고를 하면 책상 서랍에 넣어 놓고 검토는 안 하며 시비를 걸어왔다.

물론 총리실에서 기본적인 훈련은 받았지만, 온전히 혼자서 전혀 새로운 분야의 종합대책을 수립하는 것은 처음인지라 많이 부족했다. 자료도 부족한 상황에서 매일매일 새로운 아이디어를 짜내고, 그것에 따라 단위사업명을 정하고 그에 대한 세부사업을 책상머리에서 상상으로 만드는 작업이 몇 개월간 계속되었다. 지금 생각해 보면 어떻게 그것을 했을까? 했을 정도로 현재도 시행되고 있는 해양폐기물 수매제도, 선상 폐기물 집하장, 장마철 집중호우에 의한 강 하구 표층 쓰레기 수거 방안 등 다양한 아이디어들이 사업으로 포함되었다. 나중에는 어업과정에 발생하는 폐기 어구에 의한 폐해를 해소하기 위해 '어구실명제'에 대한 초기개념도 포함하는 등 하루하루 새로운 아이디어와 현장을 연결하면서 약 3개월의 작업을 해서 초안이 완성되었다.

마침내 우리나라 최초의 '해양폐기물 종합대책'이 탄생한 것이다. 당시 우리 과 과장은 여러 가지로 악명이 높은 양반이었다. 무엇이 마음에 안 드는지 몇 차례 보고해도 검토하지 않아서 싸우기도 여러 차례, 포기하고 당시 국장이셨던 김 모 국장님하고 주로 협의 보고해 가면서 거의 완성해 갔다. 기억이 희미하지만 최종적으로 이 모 국장님한테 결재를 받았다. 정말로 피나는 노력의 결과물이었다.

이후 추진은 일사불란하게 이루어졌다. 그때부터는 폐기물 종합대책을 근거로 해양폐기물 수거 및 관리를 위한 예산을 확보해야 했는데, 사실 이 대책을 시작할 때부터 국무총리실에서 내가 모셨던 유 모 조정관, 총리실에서 같이 근무하던 기획재정부 파견 과장과 예산확보의 필요성에 대해서 사전협의하면서 대책을 수립했었다.

나는 동 대책을 실효적으로 실행하기 위해서 매년 1,000억 원의 재정을 투입하자고 주장했다. 난생처음 보는 사업에 난데없이 대규모 재정투자를 주장하니 재정당국 입장에서는 기가 차서인지 바로 퇴짜를 놨다. 어찌 보면 당연하다.

나는 사실 일할 때 국민 공공의 이익에 들어맞는다고 판단되면 물불을 가리지 않고 무쇠처럼 밀어붙이는 저돌적인 스타일이다. 그럼에도 기본적인 논리는 가져야 하는데 재정당국의 입장은 기본적으로 쓰레기 처리는 쓰레기를 버린 사람, 즉 오염 원인자 부담원칙이 기본적인 처리방식이니 버린 자가 처리해야 한다는 것이다. 논리는 맞다. 사실 궁지에 몰린 것이다. 고민 끝에 나의 주장은 이러했다.

바다에 쓰레기가 유입된 것은 어제 오늘의 일이 아니고 아주 오랫동안 상시로 유입된 것이다. 심지어 기간을 확대해 보면 인간이 최초 살면서 쓰레기를 발생시킬 때부터 버린 것이다. 소위 뻥을 좀 치면 "고생대 이후부터 버려 왔는데 어떻게 오염 원인자를 다 찾느냐?" 이러하니 우선 현재 버려진 쓰레기는 이번 한 번만 국가재정을 투입해서 처리하자는 논리였다. 전국 해안의 바닷속에 버려진 쓰레기를 일제히 한 번 청소하고, 그 이후부터 오염 원인자 부담원칙을 적용하자는 것이다. 어찌 보면 황당하지만 한편 그럴싸했다.

이후 나는 기획재정부 예산담당자를 밥 먹듯이 찾아갔고, 한여름에는 수박도 사 가고 그야말로 탱크처럼 정면돌파로 들이밀었다. 그리하여 처음 주장한 연간 1,000억 투자에서 매년 130억 원의 규모로 10년간 투자하는 것으로 신규예산을 확보하게 되었다.

그때까지만 해도 아무 관심 없이 먼 산만 보던 과장도, 관련 산하기관도 태도가 싹 바뀌고 있었다. 예산이 확정되자마자 해양오염 관련 여러 기관의 관계자가 내 책상 옆에서 대기하고, 한동안은 해양폐기물 종합대책을 보여 달라고 난리가 났다.

이후 바로 다른 업무로 자리를 이동했고, 그 후 4~5년 뒤쯤 충남 태안, 경남 통영 등 어촌현장에 갔는데 지역 어민들이나 하는 얘기가 공직자로서 자긍심을 갖게 했다. "지금까지 해수부에서 한 일 중 바다쓰레기 수거사업, 이것이야말로 가장 잘한 일"이라는 것이다. 가슴 속에 뭉클 희열이 솟았고 어려움 속에서도 도전하고 추진했던 일에 공직자로서 자부심이 생겨났다. 비록 봉급은 박봉이고 매일 밤늦게 집에 가면서 거의 가정을 포기하다시피 주말에도 일했는데 아! 이래서 공직에 보람이 있구나! 하는 생각이 들기도 했다.

〈회상 6〉

해양폐기물 대책, 담당과장과의 갈등을 피할 수는 없었나?

1999~2000년 초 해양폐기물에 대한 개념이나 사회적 관심도 없던 시절, 오로지 물고기가 살기 좋은 물속세상을 만들고자 해양폐기물에 대한 대책을 고민하고 최초의 종합대책을 수립했다.
대책을 수립하는 과정에서 혼자 고민하고 검토한 자료를 전혀 검토해 주지 않는 담당과장의 갈등과 대립은 당시 조직 내에서 소문이 날 정도였다. 만약 당시 내가 담당과장하고 싸우지 않고 대책을 수립할 수는 없었을까, 아니면 그냥 시키는 일만 했다면 어땠을까? 당시 나의 상관이던 과장은 부처 내에서 악질과장으로 소문이 나 있었고, 거기다 신참 사무관이 무언가 새로운 것을 한다니까 대책(안)을 중간보고하면 아예 보지도 않고 보고서는 책상 서랍 안에서 시간만 보내곤 했다. 하도 보고를 해도 검토도 하지 않고 해서 한번은 보고서를 책상 위에 내팽개치면서 크게 다투기를 여러 번 했다.

그다음부터는 과장은 그냥 패스하고, 주로 다음 상급자인 국장한테 보고하고 추진했다. 당시 담당과장과 싸우지 않고 원만하게 추진하는 것은 지금 생각해도 쉽지 않았을 것이다. 왜 그런지 그분은 거의 모든 사무관을 괴롭혔고, 특히 나에게는 무슨 감정이 있는 것처럼 더 악랄하게 했으니까, 내가 못 참고 대립하고 갈등하는 상황이 우리 부처 직원들의 관심사가 될 정도였다.

그렇게 상관과의 갈등과 대립 속에 우리나라 최초의 해양폐기물 종합대책이 탄생되었으나, 그런 과정에서 나에 대한 평판은 상관한테 대들고 말을 잘 안 듣는 사무관으로 자리매김되었다. 이것은 이후 나의 승진과정에 결코 좋게 작용하지 않았다.

돌이켜보면, 누가 시키지도 않았는데 내 스스로 물고기들이 살기 좋은 환경을 만들기 위해 고군분투하여 공식적인 결과는 좋았지만, 개인적인 평판이나 승진에는 악영향을 받은 것이다.

글쎄 싸우지 않고 참으면서 일을 했으면?

그냥 시키는 일만 했다면 오늘날 해양폐기물 정화사업은 아예 태어나지 못했거나, 상당 기간 후에나 시작되었을 것이다.

☞ 역시 인생은 비록 상급자가 알아주지 않아도 자기 일을 스스로 찾아서 전체의 편익을 위해 밀어붙이는 것이 시간이 지난 후에도 후회하지 않는 것이다. (자율, 창의, 추진력)

새만금 간척, 갯벌복원을 이야기하다! (노무현 대통령과의 인연)

이후 내가 해양보전과 보전 담당 업무를 할 때쯤 지금은 고인이 되신 노무현 대통령께서 우리 부 장관으로 오시게 되었다. 당시 나의 업무는 해양수질 보전인데 서해안에서 새만금 공사가 한창 진행 중이었다.

해양수산부장관이셨던 고(故) 노무현 대통령과 함께

장관으로 부임하신 노 대통령은 매우 특이한 분이셨다. 통상 신임 장관의 업무보고는 국장, 과장 및 해당 사무관이 정해진 순서에 따라 장관실에서 진행하는 것이 일반적인데, 노 장관님께서는 본인이 직접 우리 국장실로 내려오셔서 그것도 일방적인 보고형식이 아니라 핵심현안을 토론하는 방식으로 일을 진행하셨다. 워낙 소탈하시고 격의 없는 토론을 좋아하는 분이셨다. 나는 당시 얼마 전까지 갯벌보전 업무를 담당했고, 보고 당시에는 우리나라 해양수질을 관리하는 사무관이었기 때문에 새만금 간척에 대해서 여러 입장을 견지하고 있었다.

관련 분야의 담당 사무관으로서 나는 고민이 많았다. 작금의 우리나라는 바다로 유입되는 강들이 하구언河口堰으로 대부분 막혀있고, 다행히도 유일하게 한강하구만이 바다와 연결되어 한강하구의 인천 강화갯벌이 보존되어 있었다. 이것 때문에 수도권의 5천만 시민이 발생시키는 오·폐수를 수용, 정화하고 있는 형국이다. 여기에 서해안 중심의 동진강과 만경강 하구를 간척하여 방조제를 막으면 서해안 전체의 연안 수질은 과연 어떻게 유지될 수 있을까 하고 늘 고민하였다. 이에 새만금 간척사업을 막지 못하면 자정 능력을 상실한 서해안 연안 오염을 해결하기 위해 한강하구-철원-원산 라인의 추가령지구대라는 곳에 운하를 건설하여 동해의 청정해수를 서해에 유입시키는 프로젝트까지 구상할 정도로 새만금 간척에 대해 고민을 하고 있었다.

그러던 차에 장관 업무보고 시에 새만금 방조제 건설에 관한 토론이 격렬하게 벌어졌다. 당시 차관, 국장 등 고위 간부들은 그동안 새만금 간척사업에 수십조 원이 투입되었으니 어쩔 수 없이 공식적인 반대를 하지 못하는 처지였고, 나와 코드가 맞았던 임 모 과장과 나는 반대입장을 분명하게 밝혔다. 당시 행정부 내 새만금 사업에 대한 입장은 해당 업무를 추진하는 농림부의 파워와 이미 투자된 비용 때문에 섣불리 반대입장을 표명할 상황은 아니었으니 우리 부 고위 간부들의 처지가 이해는 갔다.

그럼에도 불구하고 나는 네덜란드, 독일 등 유럽선진국의 간척 이후 생태계 보호 차원에서 간척 후 복원사례를 설명하면서 갯벌 보호의 중요성을 설명하였다. 한참 설명을 듣고 토론을 하는 와중에 새만금 간척사업의 불가피성을 주장하던 차관과 국장에게 당시 노 장관께서 "당신들은 문제가 있네. 잘 모르면 빠지라." 식의 강도 높은 핀잔을 하신 기억이 난다.

노 장관께서 과거 부산에서 NGO 활동을 하실 때, 낙동강 하구언 건설을 반대하는 운동을 하셨다. 그때는 국가정책에 영향을 줄 수 없는 처지였지만, 이젠 장관이니 새만금 간척사업에 대해 분명하게 반대 입장을 취해야 한다고 하셨다. 그 후 대통령과 독대하시어 우리 부의 반대 입장을 분명하게 전달하셨다고 한다. 하지만 우리 부의 반대에도 새만금 방조제는 무식하게 완공하게 되었다.

당시 행정부 전체의 분위기가 반대를 하면 왕따를 당하는 상황에서 우리 부의 반대입장을 대통령께 표명하신 것은 대단한 소신과 용기였고, 그것은 나에게 신선한 충격으로 다가왔다. 돌이켜 생각해 보면, 이 사건을 계기로 자기 소신을 사심 없이 용기 있게 추진할 수 있는 원동력을 얻은 것 같았다. 당시 장관님은 토론이 길어지면 휴식도 했고 그때 직원들과 맞담배도 피우는 등 매우 소탈하신 모습을 보였다.

각설하고 나는 당시 새만금 간척에 대한 소신 있는 토론으로 인해 실세 국장한테 찍히게 되었다. 노 장관님께서 한 8개월여 만에 퇴임하시자마자, 나는 아무 업무적인 연관도 없는 선박안전실로 방출되었다. 시간이 지난 후에 알게 되었지만 나와 같이 새만금 반대 입장을 가졌던 임 모 선배과장은 당시 부이사관이셨는데도 서기관이 가는 지방청 과장으로 좌천되시어 꽤 오랫동안 고생하시기도 했다.

물론 선박실에 좌천되긴 했지만, 근무하면서 전 세계 경제활동에 필수적인 유류수송에 따른 국제적인 오염사고에 대응하기 위해 만든 '유류오염손해보상배상법'을 담당하면서 IOPC펀드(국제유류오염보상기금)의 기능이나 구조도 알게 되었고 해사 검정 등 여러 분야의 업무를 접하면서 알기 어려운 선박실 직원과의 네트워크도 구축할 기회를 얻기도 했다.

〈회상 7〉

새만금 간척 반대, 그냥 넘어갈 수도!

1990년대 말, 새만금 간척사업이 막바지에 다다를 즈음, 우리 부 장관으로 노무현 전 대통령이 오셨다. 노 전 장관님은 특이하게도 본인이 직접 일하는 부서에 오셔서 특정 현안을 놓고 토론하는 식으로 일을 처리하셨다. 당시 이슈는 새만금 간척에 대한 입장이었다.
장관님을 제외한 국장, 차관은 찬성 입장인데, 나는 반대 의견을 개진했다. 나도 이분들과 동조할 수는 없었나?
담당 사무관으로서 의견을 안 내거나 의견을 동조했다면, 노 장관님 퇴임 이후 어려움은 없었을 것이다. 그러나 나의 무언지 모를 불의에 항거하는 DNA는 반드시 손해를 보더라도 직언이나 할 소리를 하고야 만다. 지금 생각해도 내 인생의 가치관이 용납치 않았고, 오늘 노 장관님과 또다시 같은 토론을 한다 해도 역시 동일하게 소신발언을 할 것이다.

● 양식산업과

고가의 전복, 대중화의 기초를 다지다!

이후 나는 1년여 선박안전실 근무를 마치고 나의 본류라고 할 수 있는 수산분야의 양식산업과에 근무하게 되었다. 가서 보니 전임자가 추진하던 '기르는 어업육성'이 한창 진행 중이었는데 기르는 어업정책의 대표과제인 '양식단지 사업'이 온통 문제 사업으로 인식되던 시기였다. 과도한 양식수산물 생산으로 인해 가격이 폭락하는 등 시장이 교란되어 더 이상 대규모 양식단지 사업추진이 불가능한 상황이었다. 그런데도 관련 예산은 2~3개소(사업비 100억 원/개소)가 남아 있어 이미 추진 중이던 사업의 정리와 더불어 남은 예산의 집행도 문제가 되는 상황이었다.

아시는 분은 아시겠지만, 우리나라 수산물 소비 중 어류의 소비패턴을 보면 바다에서 어획되는 어류는 다양한 형태로 소비되나, 양식어류는 대개 회 중심으로 소비된다.

양식어류 수요량이 대개 10만 톤 이하에서 소비되는데 10만 톤을 초과해서 생산 공급되다 보니 가격이 급락하는 등 시장이 난리가 난다. 그래서 나는 업무를 맡자마자 더 이상의 양식 면허를 제한하고(당시 가두리 양식장 또는 육상 수조식 양식) 패류 양식에 관심을 가졌다. 패류 양식은 대개 마을 앞 어장에다 치패를 뿌리고 자연상태에서 성장 후 수확하는 방식이다. 그중에서도 전복은 고가어종임에도 양식이 활성화되지 못하고 있었다. 나는 건강식품인 전복을 대다수 국민이 대중적으로 즐길 수 있도록 해야 한다는 생각으로 거의 1억 미 이상을 생산할 수 있는 양식 면허를 신규로 내주었다. 주변에서는 대량생산으로 인한 폐해를 다들 걱정하는 분위기였다.

그렇지만 나는 어류양식은 매일 인공사료를 주고 물 관리를 위해 에너지를 투입하는 등 관리비용이 많이 들지만, 전복의 경우 먹이가 미역, 다시마 등 해조류로 사료에 대한 부담이 적고 특별한 물 관리도 필요 없이 그냥 연안 바닷가에서 양식하는 방식이기 때문에 걱정보다 자신이 있었다. 그렇게 해서 양식단지 잔여 사업 2건을 완도와 진도에 각각 배정하여 어류가 아닌 전복으로 품종을 변경하여 사업을 추진하였다. 완도는 사실 우리나라 수산업의 메카와 같은 곳인지라 정부지원도 많았고 대규모 지원 사업이다 보니 사업자와 완도군과의 갈등으로 사업추진이 원활하지 못했다.

반면 진도군은 새롭게 처음 하는 전복양식이라 지자체도 적극적으로 지원해서 우리나라 최초의 대규모 전복양식 단지 사업이 정착되고 오늘날에도 정상 운영되고 있다. 전복의 최대 생산지역인 완도지역은 비록 양식 단지사업은 실패하였지만, 천혜의 양식여건을 갖춘 덕분에 많은 수의 가두리양식면허를 처분, 최고의 부자 어촌이 되었다. 오늘날 고급전복이 삼계탕에 들어가는 전복 삼계탕이 수도권에서도 유행할 정도로 전복의 대중화에 이바지하게 된다. 20여 년 전 다들 너무 많은 신규면허로 문제가 될 것이라고 했지만, 오히려 고급의 고가 전복이 대중적으로 소비되는 데 기여한 것 같아 다행스러운 생각이 든다.

그 이후에도 유통가공, 품질위생, 어촌인력부서 등 다양한 경험을 했지만 유독 생각나는 일은 어촌인력과에서 보험업무를 담당했던 것이다.

한미FTA 보험협상, 미국의 맛을 보다

당시 한참 미국과의 FTA협상이 진행 중이었고 나는 수산분야 보험(공제)담당자로서 기획재정부 국제금융심의관을 모시고 미국과의 FTA협상에 참여하였다. 난생 처음 뉴욕으로 가서 미국 상무성 직원들과 협상을 하게 되었다. 나의 업무는 1차 산업인 수산업 분야의 정부지원 보험인 공제가 일반 보험과는 달리 보험업법 적용을 받지 않게 하는 것이었다. 우리나라보다 첨단의 금융기법을 가진 미국기업이 FTA협정으로 인해 한국시장에 들어오면 가뜩이나 취약한 1차산업의 안전장치가 해제되는 것을 막기 위한 것이다.

당시 미국 측도 보험업법 적용을 받지 않는 우체국보험, 농·수협, 신협 등이 보험시장에서 큰 비중을 차지하고 있는 것을 알고 있었기 때문에 절대 양보하지 않을 것 같은 분위기였다. 그래서 나는 우리 어업 분야는 사고율이 매우 높고 또한 공제보험 역시 막 시작하는 단계인지라 시장도 별로 크지 않기 때문에 정부 지원이 불가피하고 해서 현 단계에서 보험업법 적용은 시기상조임을 강력하게 주장했다.

처음 며칠은 완강하게 미국 측이 주장했지만, 우리 측도 협상테이블을 박차고 나오는 등 협상대표인 기획재정부 신 모 국제금융심의관과 쇼를 하기도 하면서 결국에는 한미FTA 금융분야 협상에서 수산분야 공제는 보험업법 적용에서 제외키로 어렵게 합의에 이르게 되었다.

협상은 일주일간 계속되었는데 내 분야는 중간에 타결되어 여유시간이 생겼다.

나는 미국 대사관에 파견 나온 우리 부 주재관 집에 초대되어 갔다. 그때가 12월이라 뉴욕도 춥고 눈이 굉장히 많이 왔던 것이 생각난다. 그 친구가 해병대를 제대한 친구인지라 나하고 한마디로 코드가 맞아서 그런지 그 집에서 담근 술을 거나하게 먹고 술에 취해 눈 덮인 마당에서 뒹굴고 어울렸던 기억이 어렴풋이 난다. 어떻게 시내에 있는 숙소까지 왔는지 전혀 기억이 나질 않는데 중간에 조금씩 떠오르는 기억으로는 택시 타고 어렵게 숙소 근처까지 와서 내렸다.

문제는 택시에서 내렸는데 날이 너무 추워 바닥이 얼음판으로 변해버린 데다 술까지 취해 넘어지지 않으려고 택시를 잡고 술김에 무엇이라고 소리를 친 모양이다. 그때 소란 때문인지 주변에 있던 경찰이 온 듯싶었다. 문제는 그때부터였다. 다가온 경찰한테도 내가 소리치고 빙판에 넘어지고 하니까 나를 부축하려던 경찰에게 소란 피우는 것을 주변 사람들이 보았다고 한다.

다음 날 새벽 깨어보니 얼굴에 상처가 나서 피가 말라붙어 있고 얼굴이 엉망이었다. 나중에 추론해 보니 택시에서 내려 길을 건너려다 바닥이 눈과 얼음 빙판이기 때문에 넘어져 다쳤고 그 와중에 뉴욕 경찰하고도 언쟁이 좀 있었던 것 같았다. 나중에 주변 동료들이 다들 큰일날 뻔했다고 한다. 왜냐면 미국 경찰한테 시비를 거는 등 말을 안 들으면 즉시 총을 쏘거나 구금시킨다는 것이다. 아마도 무사히 넘긴 것은 비록 술에 취해 있었지만, 가슴 앞에 '한미FTA 협상단원'임을 나타내는 표기가 있으므로 그냥 넘긴 것이 아닌가 생각된다.

● 수산경영과

기금 통폐합 시절,
양식재해 재보험기금을 신설하다!

그렇게 미국과의 인연을 고통스러운 추억으로 남기면서 나는 수산분야 정책보험과 인연을 맺게 되었다. 나도 이젠 경력이 붙어 8~9년 차 고참 사무관, 전문성이 요구되는 정책보험(공제) 업무를 맡았다. 알고 보니 양식수산물의 자연재해 피해로부터 어업인의 경영안정을 도모하기 위해 자연재해 보험을 과거 30여 년 전부터 추진하고 있었으나 아직 도입하지 못하고 있었다.

그때까지 태풍, 적조, 이상수온 등 자연재해에 의한 피해가 발생하면 '자연재해대책법'에 의거 피해 규모에 대해 최대 5천만 원까지 국가가 보조금(재난지원금)을 지급하고, 나머지 부족한 부분에 대해서는 낮은 이자로 융자 지원하는 방식을 취해왔다. 문제는 국민의 세금인 정부재정을 일부 특정 개인에게 나누어 주는 분배 정의의 문제도 있지만, 지원한다 하더라도 어민 처지에서는 실제 피해 금액보다 매우 적은 수준의 지원밖에 이루어지지 못하기 때문에 피해 어민의 불만이 큰 상황이었다.

이러다 보니 정부는 국고를 지원하고도 비난을 듣고 수혜자인 어민은 또 나름대로 불만이 매년 쌓여가는 형국이다. 그런데 막상 보험을 도입하려 하니 자연재해는 예측 불가한 규모와 시기에 발생하는데 정부 예산은 연간 단위의 집행계획에 의해 엄격하게 통제되어 관리되고 있어 도저히 맞출 수가 없었다. 그래서 예측할 수가 없으니까 불가피하게 일정규모를 '예비비'로 편성하여 필요시 대응해 온 것이다. 매년 자연재해는 빈발하는데 위와 같은 방법으로 대응함으로써 피해어업인의 불만은 쌓여가고 정부재정은 매년 무의미하게 투입되곤 했다.

나는 자연재해 보험업무를 맡고 불특정한 시기와 규모와 관계없이 언제든지 집행이 가능한 일정규모 수준의 펀드가 필요함을 느꼈다. 그래서 2007년경부터 '양식수산물재해보험기금'의 신설을 추진했다. 그러나 정부 내 기금이 너무 남발된 상황이라 새로운 기금은커녕 있는 기금도 통폐합하는 추세였다. 그럼에도 불구하고 기금 신설 담당부처인 기획예산처를 하루가 멀다고 쫓아다녔다.

별다른 논리가 없었다. 우리나라 국민들의 수산물 소비량은 증가하고 있는데, 어업, 즉 잡는 어업은 바다의 불확실성으로 인해 생산량이 일정하지 못하고 증산할 수도 없는 반면, 양식어업은 인위적인 경영과 관리를 할 수 있는데, 매년 반복되는 자연재해 피해로 인해 성장하지 못하고 있다는 논리뿐이었다. 하도 내가 가열차게 주장하고 매일 찾아오니까 당시 기획재정부 담당 사무관도 포기하고, 일단은 '기금신설심의회'에 상정은 시켜보자고 동의하고는 이후부터는 자기도 더는 어쩔 수 없다고 하였다.

당시 기금신설심의회 의장은 기획재정부장관이고, 위원들이 대학교수, 민간단체 등 민간전문가들로 구성되어 있었다. 나는 어렵게 기금심의 위원명단을 확보한 후 설득이 될 만하고 반대 가능성이 큰 위원들을 맨투맨으로 찾아다니며 열악한 양식어업의 경영 안전망과 이를 위한 기금 신설의 필요성을 적극적으로 설명하면서 설득하였다.

사실 기금 신설을 추진하면서도 다들 어려울 것이라는 주변의 얘기도 있고 당시의 기금운용 현황을 볼 때 성공할 확률이 매우 희박한 상황이었다. 물론 우리 사무실에서는 안 될 거라고 보고 전혀 지원이고 뭐고 있을 리 없고 나 혼자 알아서 하는 실정이었다.

나중에는 기획재정부장관에게까지 별도의 설명을 하였는데 최종 기금심의회 결과, 심의회를 통과하였고 최종적으로 기획재정부장관의 결재를 받았다. 정말 꿈 같은 일이었다. 이로써 30년 숙원사업인 '양식수산물재해보험법' 제정의 최대 난관인 기금 신설이 확정됨과 아울러 법안제정도 일사천리로 무리 없이 추진되었다.

기금 폐지 및 통합분위기 속에서 새로운 기금신설을 통한 새로운 양식 분야 재해 보험법이 그해 연말 국회를 통과하였다. 공무원 사회에서 새로운 법률을 제정하고 대규모 신규사업 또는 새로운 제도를 만들어 보는 것은 중앙부처 공직자라면 반드시 해보아야 하는데 나는 동시에 세 가지 일을 경험하였다. 이후 하위법령 및 보험상품 개발 등을 거쳐 민간보험시장에 양식재해위험에 대한 보험상품이 출시되었다.

여기서 궁금하실 것 같아 자연재해보험시장의 구조를 말씀드리면, 여러분도 자연재해에 대한 피해 규모나 시기를 예측할 수 없기에 보험 메커니즘이 작동되기 어렵다는 것은 예상할 수 있을 것이다. 이러한 문제 때문에 과거에도 여러 번 민간시장에서 자생적인 재해보험상품을 개발해 출시한 적은 있으나 거대 피해와 이에 따른 대규모 손실로 민간보험사가 해당 상품을 철수시켜야 했다.

그래서 나는 자연재해 보험 분야에서 민간보험시장의 위험보장능력을 활용할 수 있도록 하는 안전장치를 만들었다. 민간보험사가 감당하기 어려운 거대손해에 대해서는 국가가 책임지고 보상해 주는 소위 '국가 재(再, Re)보험제도'를 도입한 것이다. 예를 들어 사고율 140%를 기점으로 140%까지 구간의 위험은 민간보험 메커니즘이 작동되어 참여한 민간보험사가 보험금을 지급하고, 140%를 초과하는 손해는 앞에서 설명한 '재해보험기금' 즉 국가에서 위험을 담보하는 안전장치를 둔 것이다.

나중에 MB정부 시절에 우리 부가 농림부에 통합되어 가 보니까, 농림분야가 우리보다 먼저 자연재해보험을 도입했다. 하지만 이러한 안전장치가 없어 참여한 민간보험사가 거대손해로 인해서 보험시장이 중단된 적이 있다며, 내가 만든 양식수산물재해보험과 농작물재해보험을 합치자는 제안이 왔을 정도로 나름 자연재해보험시장에서 민간보험의 위험보장 능력을 활용할 수 있는 좋은 제도를 만든 것이다.

● 카이스트(MBA) 교육파견

기술관료에 경영학적 공부, 균형 잡힌 관료로 거듭나다!

나는 사무관 10년 차가 지나도 승진이 되질 않아 한국과학

기술원KAIST으로 2년간 교육파견을 가게 되었다. 배경은 당시 노무현 대통령 시절 중앙부처 공무원들, 특히 전문직 공무원들의 경영마인드가 필요하니 카이스트 MBA 코스에 자리를 만들게 되었고 전 부처의 사무관들이 추천되어 시험을 보았다. 극소수의 인원을 선발했는데 왠지 내가 합격하여 카이스트 MBA, 당시 삼성그룹의 이건희 회장이 삼성전자의 핵심인재 양성코스로 만든 과정에 들어가게 되었다.

물론 학비도 굉장히 비싸고 학사과정 자체도 쉬운 과정이 아니었다. 특히 자연과학이 학문적 배경인 나에게 경영학 석사MBA 과정의 대부분 과목이 낯설고 어려웠다. 같은 분야에 입학한 민간분야의 학생들은 대부분 삼성전자의 핵심과장들, 금융 분야 및 대기업의 핵심우수인력들인데 이들과의 경쟁은 더욱 어려웠다. 오죽하면 1학년 1학기 성적이 전체에서 하위 10%권 수준이었다. 물론 동기생들이 한참 나이가 어린 후배들이고 이들 대부분은 경영학적인 배경을 가진 터라 잘하기도 했다.

그래도 고시 합격한 중앙부처 사무관으로서 은근히 부아가 치밀기도 하고 마음속에서 해야겠다는 근성이 치밀었다. 1학년 2학기 때부터는 다른 젊은 동기생들이 피해 기는 매우 어려운 과목을 줄줄이 신청하고 정면돌파를 시작하였다. 당시 모두가 피해 가던 과목 SCM(공급사슬 관리), 조직론 등은 매우 악명 높은 과목이다. 그때를 회상해 보면 SCM 과목을 강의하던 교수는 미국 하버드 대학에서 강의하시다 오신 분이라 미국 MBA 방식으로 영어로 강의하고, 질문과 답변도 영어였다. 어려움의 백미는 시험이었다. 주간시험이나 기말시험은 늘상 소위 말하는 오픈 북이다. 그러나 문제가 시험시간인데 이것이 거의 무제한이었다.

나도 시간이 좀 걸린다기에 물 한 병과 김밥 한 줄을 사 가지고 시험에 들어갔는데 오픈 북인데도 문제가 어렵기도 하고 감이 잡히질 않았다. 오전 10시에 시작하여 점심을 시험장에서 대충 해결하고 오후 6시 30분경 교실 밖으로 나왔다. 내가 실력이 부족하기도 해서 대충 일부 아는 문제만 적고 나왔는데도 말이다. 그나마 나는 양호한 편이다. 수강생의 50%가 나와 비슷한 수준이고 마지막까지 열정을 쏟은 학생은 다음 날 새벽 5시까지 시험을 봤다는 후문이다. 나도 공부 좀 해 보았는데 보다보다 이런 시험은 난생처음이었다. 어찌 되었든 가장 어렵고 기피 1호 대상인 SCM 과목을 가까스로 통과했다.

또 다른 과목이 조직론이라는 것인데 유명하신 김 모 교수님께서 매주 Harvard Business Review나 관련 논문을 2~3편을 읽고 발표를 시키는 것이었다. 나는 경영학 용어도 낯선 데다 영어로 읽고 이해해서 발표하는 것이라 다른 동기생보다 시간도 엄청나게 소비되었다. 어렵게 발표를 했는데 담당 교수께서 "박신철 학생은 그것밖에 못 합니까?"라고 핀잔을 주는 것이다. 용어도 모르고 충분하게 이해하지 못하니까 예리한 질문에 답하는 수준이 만족스럽지 못한 것이다. 과목이 어려워 극소수(10명 내외)만이 듣는 과목인데 공식적인 핀잔을 들으니 순간 정말 자존심이 상했다. 나는 주말에도 집에 가질 않고 Harvard Business Review를 공부하고, 다른 동기들이 2번 정도 읽을 때 나는 4~5번은 읽어서 어느 정도 이해가 될 때까지 열심히 공부했다. 당시 대부분 동기생의 집이 서울 시내였음에도 공부를 제대로 하기 위해 학교 내 기숙사에 들어와 생활하고 주말에만 집에 가는 형식이었다. 과정도 어렵고 공부량도 많아서 집에 못 가는 것이다. 이러한 고난의 시간이 어느 정도 지난 후에야 강의도 이해가 되고 Harvard Business Review도 발표가 원활한 수준이 되었다. 결국에는 어려워서 다들 회피하는 '조직론' 과목에서도 나름 좋은 성적으로 통과했던 기억이 난다.

과정은 힘들었지만, 조직론이란 과목을 통해 조직구성, 조직설계 나아가 조직혁신의 기본적인 원리와 프레임을 익혔고, 이것이 나중에 큰 역할을 하게 된다.

2학년이 되어서는 유통론, 마케팅, 컨설팅 방법론 등의 주요과목에서 제법 우수한 성적을 받음으로써 기말고사에서는 1학년의 하위 10% 수준에서 중간 이상의 성적을 받게 되었고, 나이가 7~10살 후배인 동기생들에게 대단하다고 칭찬을 듣기도 했다.

당시 카이스트 MBA는 우리나라에서 MBA 과정을 최초로 개설하고, 또 학교의 위상도 있고 해서 그런지 전 과목을 통과하지 못하면 MBA 자격을 인정하지 않을 정도로 매우 까다롭고 수준 높게 관리했다. 그 과정에 입학한 학생들이 워낙 우수한 학생들이라 대개 1학년을 마치면 우리나라 유수의 기업에서 졸업 전에 리쿠르트를 한다. 2학년이 되면 대부분 5~6개 정도의 기업에서 좋은 조건으로 오더가 와 있으므로 어느 회사를 선택할지 고민하곤 한다.

나는 물론 정부지원금으로 공부하고 있었지만 공직을 그만두고 민간기업으로 이직하는 것을 고민하기도 했다. 하지만 내가 일한 일차 산업(어업, 수산업 등) 분야에 대한 헌신을 생각하여 논문합격과 자랑스러운 KAIST MBA 자격을 수여받은 후에 다시 공직에 복귀하였다.

카이스트에서 수학하는 동안 너무 많은 공부량 때문에 체중이 6kg나 빠질 정도로 몰입했던 MBA 과정, 이후 나는 어

느 분야 누구를 만나든 두려움이 없을 정도로 늘 자신에 차 있었다. 그동안 자연과학을 기반으로 한 행정경험, 거기에다 CEO가 갖추어야 할 경영학 전반의 전문적 수준까지 공부한 덕분이다. 이제 어느 한 분야에 치우친 게 아니라 자연과학, 행정, 경영학 등 그야말로 균형적 사고를 하는 40대 중반이 된 것이다.

어선원 강제보험 도입정착, 화장(어선 요리사)의 부엌칼에 맞서다!

교육파견 복귀 후 얼마 되지 않아 서기관으로 승진했다. 승진 후 주어진 업무는 수산분야에 보험을 도입하는 것이었다. 어업분야는 90% 이상이 10톤 미만의 소형어선인데 여기에 승선하는 어선원들의 선박침몰 등 각종 사고가 높은 편이고, 앞서 얘기한 양식업 분야에서는 태풍 등 자연재해에 의한 피해보상을 위해 3~40년간 보험도입에 노력해 왔다. 양식분야의 보험도입은 앞서서 이야기했고 이제 남은 것은 전통적인 어업 분야이다.

어업 분야는 산업재해보험의 연장선에서 어선원에 대한 강제보험이 막 도입된 상태여서 전혀 강제보험을 모르는 어촌 현장에서 저항이 굉장했다. 이유인즉, 강제보험이다 보니 가입대상인 선주가 가입하지 않거나 보험료를 체납할 경우 선박압류, 기타 각종 가압류 등에 의한 체납처분 등의 조치를 하므로 이를 전혀 예상치 못한 어업인 선주들이 발칵 뒤집힌 것이다. 전국 각지에서 체납처분 등에 대한 민원으로 몸살을 앓고 있었다. 오죽하면 경남 통영지역은 어민들의 저항과 민원으로 현지 보험지부 직원들의 업무 자체가 정지되고 직원들이 업무 스트레스로 병원에 집단 입원하는 사태까지 발생했다.

선망 등 대형업종에서는 해상노련 등을 중심으로 보험가입 반대 운동을 조직적으로 전개하기도 했다. 대형선망조합이 가장 극렬하게 저항을 했는데, 그곳에 민원 해결 및 애로사항 청취를 위해 방문했을 때 기억에 남는 일이 발생했다. 그날 해상노련이 주관한 행사장에 여러 선주가 모여 있었다. 선원들이 수백 명 있었고 선박의 소위 화장들(선내 요리 담당)이 부엌칼을 들고 나타나 "공무원 놈이 죽으려고 여기 나타났다."며 문을 잠그고 협박하기도 했다. 나는 당당하게 "여러분의 문제를 해결하기 위해 현장을 왔다."며 상황을 진정시키고 설득시켰다. 그 덕에 당시 해상노련 위원장하고는 지금까지 친밀한 관계를 유지하고 있다. 이 모든 것이 그동안 사고에 대한 안전장치가 없이 자유롭게 조업하다 강제가입에 따른 부담과 재산권 제약 때문에 분노한 전국의 7만여 어선들이 저항하여 일어난 일이었다.

참고로 연안의 어선어업이 가장 번성한 곳이 제주도다. 한번은 제주도에 출장을 갔다. 제주 어민들 200~300여 명이 모여 있는 도 어민회관에서 여론을 청취하고 민원을 설명하는 자리였다. 그런데 회의 도중에 성난 어민들이 출입문을 봉쇄하여 8시간 동안을 감금상태에서 싸우게 되었다. 기억하기로 제주도에서도 성산포, 모슬포항의 선주와 선장들이 드세고 막무가내였던 듯싶다. 여하튼 가는 곳마다 감금당하는 어려운 상황이었지만 피하지 않고 민원현장을 직접 찾아가는 소위 정면돌파 방식의 스타일로 난생처음 하는 강제보험을 정착시켰던 기억이 새롭다. 어선원 보험이 도입되기 전에 어선전복사고라도 발생하면 준비 안 된 선주는 대개 도망가 버리고 하소연할 곳 없는 유가족들만 길거리에 방치되어 눈물로 하소연하는 일이 비일비재했었다.

그렇게 극구 저항하던 선주들이 지금은 어선원 보험이 없으면 안 된다고 하니 역시 세상일은 세월이 약인 경우가 허다하고 참고 인내하는 것이 중요함을 다시 한번 느낀다. 어찌되었든 어선원 보험도입 건으로 인해 전국의 섬·항포구의 다양한 선장들과 인연을 맺게 된다.

양식재해보험 사업자 선정, 굴지의 대기업을 날리다!

그다음 해 연초에는 어려운 여건하에 '기금을 신설'했다는 이유로 내키지는 않지만 우수공무원상을 받기도 했는데, 지금 생각해도 대단한 업무성과에 비해 너무 보잘것없는 상이었다. 상하고 연관이 없던 내가 상도 타고 법률도 제정했지만, 아직 양식 어민들에게는 변한 것이 없었다. 시장에 보험상품을 출시하지 못했기 때문이다.

바다의 재해보험시장은 매우 사고율이 높으므로 보험시장을 출범시키는 것이 어려운 일이었다. 사실 그전에도 민간시장에서 스스로 양식보험상품을 개발 출시한 적은 있으나 곧 이어 대규모 손실로 인해 철수한 사례가 2~3차례 있었다고 한다. 손해율이 너무 커서 자생적인 민간보험시장이 형성되지 못하는 것이다.

보험상품을 개발 출시하기 전에 안정적인 보험시장을 만드는 것이 급선무였다. 이러한 문제를 해결하기 위해서는 어떻게든 민간보험시장의 위험보장능력을 일정한 조건하에서 활용하는 것이 필요했다. 그래서 일정한 손해율을 정해놓고 그 손해율 이하에서는 민간의 자율적인 위험담보능력을 활용하고, 그 이상의 대규모 손해에 대해서는 국가가 손해를 담보하는 방식을 구상하게 되었다.

이름하여 초과손해율 이상의 손실은 국가가 담보하는 '국가재보험' 제도를 도입하는 것이다. 민간이 담당하기 어려운 대규모 손해를 국가가 보장함으로써 초과손해율 이하에서 민간 보험시장의 보험 메커니즘을 활용하는 것이다. 이러한 자연재해에 대한 안전장치는 수산분야보다 먼저 재해보험을 도입한 농작물 분야에서는 없었던 새로운 방식이었다. 국가재보험이라는 안전장치하에서 하위법령을 제정하고, 한편으론 보험개발원과 상품개발을 완료하고 수협중앙회를 원수元受 보험사로 지정하여 마침내 보험시장에 보험상품을 출시하게 되었다.

재해보험 시장을 새롭게 출범시키는 과정에서 중요한 것이 원수 보험자와 다른 재보험 사업자를 선정하는 것이었다. 재보험 사업자는 일반 국민들이 보험에 가입하는 원수原受 보험사업자(흔히 삼성생명, 교보, KB 생명 등)가 또다시 자신들의 위험을 담보하기 위해 가입하는 보험회사의 보험인 셈이다. 우리 재해보험시장도 원수보험사업자인 수협중앙회가 인수한 보장위험을 다시 넘겨받는 재보험 사업자의 선정이 필요했다. 사실 법률제정을 위한 전국 순회공청회 때부터 우리나라 굴지의 S생명이 관심을 가지고 적극적으로 지원해 왔다. 그런데 나는 마지막 재보험 사업자 선정 과정에서 이 굴지 대기업을 탈락시키고 재보험 전문 보험회사를 선정했다.

왜냐면 이 대기업은 이미 우리나라 보험시장의 상당 부분을 장악하고 있는데 여기다 새롭게 시작하는 정부의 정책보험에 대한 재보험 사업자로까지 선정한다는 것은 과다한 독점구조를 더욱 고착화한다는 생각에서였다. 여러 곳에서 이것에 대한 압박이 들어왔음에도 나는 재보험 전문성을 가진 재보험사를 사업자로 지정했다. 소위 우리나라 보험시장에서 나머지 보험사들의 자본금을 합친 것만큼이나 큰 대기업을 탈락시킨 것이다. 아마도 내가 가진 약자와 형평성에 대한 불굴의 DNA 때문이 아닌가 생각된다.

그야말로 언제 발생할지 모르는 사고에 대한 보험금 지급 재원인 재해보험기금의 신설, 근거법인 양식수산물재해보험법 제정, 국가 재보험제도 마련을 통한 안정적인 보험시장 마련 후 마지막으로 상품개발과 보험사업자 지정까지의 전 과정을 모두 완성하여 태풍 등 자연재해로부터 양식어업인의 피해를 보장히기 위한 재해보험시장을 마침내 출범시켰다.

돌이켜보면 매년 발생하는 자연재해로부터 양식어업인의 피해를 실질적으로 보장하기 위한 경영 안전망이자 미래산업인 양식산업의 발전을 위한 근원적인 토대 마련이라는 점에서 매우 의미 있는 일이었다. 서기관으로 마지막 업무를 마치고 마침내 서기관 4년 차 만에 중앙부처 과장 담당 업무를 받게 되었다.

〈회상 8〉

재해보험 재보험사업자로 굴지의 대기업을 지정했다면?

나는 수산양식분야 재해보험법을 제정하고, 보험시장을 론칭하는 과정에서 원수사업자로 수협중앙회, 재보험사업자로 코리안리를 선정했다.

만약 원수사업자를 수협만이 아닌 다수의 경쟁체제로, 재보험사업자를 굴지의 대기업으로 선정했다면 어땠을까?

양식보험 원수사업자를 독점이 아닌 다수의 경쟁체제로 진행했다면 여러 가지 순기능이 있었을 것이다. 지금에 와서 보험사업관리가 정상적으로 안 되고 거의 정부에 의존하는 행태를 볼 때 약간의 후회가 되기도 한다. 물론 국민에 대한 보험서비스가 독점이다 보니 충분하지 못하기도 하고, 당초와 달리 수익성도 좋지 않다. 초기 정착 시까지만 독점체제로 유지한 후, 시장을 개방하여 기 노출된 여러 문제를 해소할 필요가 있다고 본다.

재보험 사업자를 코리안리로 지정한 것은 대기업에 의한 보험시장 독과점 구조를 예방하기 위한 것도 있지만, 약자나 전문가 집단을 육성해야 한다는 나름의 가치관 때문인데, 전반적으로 후회는 없다.

다만, 재보험시장 역시 코리안리 독점체제로 인한 폐해가 나타나고, 수협중앙회가 원수보험사업자로서의 역할을 다하지 못하는 측면도 있다. 이제 재보험 시장도 다변화를 통해 독점구조의 폐해를 없애고, 보다 안정적으로 보험시장을 운영할 필요가 있다.

내가 만약 굴지의 대기업을 재보험사업자로 지정했다면 개인적으로는 좋은 점이 꽤나 있었을 것이다. 그러나 역시 '형평성과 약자보호'라는 신념 때문에 지금이라도 변함없이 같은 선택을 할 것이다.

허베이스피리트(HB) 유류오염사고 보상팀장

MB정부 시절 충남 태안 앞바다에서 허베이스피리트 유류오염사고(허베이)가 발생했고 그에 따른 피해어업인에 대한 보상업무를 담당하는 '허베이 보상팀장'으로 첫 중앙부처 과장 발령을 받았다. 사고 초창기인지라 태안, 서산 등 피해지역의 피해보상 요구와 더불어 지역어민의 자살, 매일 반복되는 시위, 정부청사 진입 난동 등 지역 민심이 매우 흉흉한 시절이었다. 당시는 나의 부처가 전용청사 없이 민간시설을 전전하다가 마침내 정부과천청사에 입주해 농업 분야와 합친 농림수산식품부로 있을 때였다.

사고지역인 태안의 매우 거칠고 격앙된 '태안 선주협의회'에서 정부청사를 항의 방문하여 신속하고 정당한 보상과 우리 국장과의 면담요구를 하였다. 실·국장 면담을 요구하며 정부청사 합동민원실에서 팬티를 벗는 등 난동을 부리고 정부과천청사 민원동이 마비되는 상황으로 번져갔다.

하필 내 상관인 실 국장이 자리에 없다며 면담을 피하는 상황이었다. 담당과장인 내가 나가겠다고 호기롭게 나서서 민원인의 팬티를 입히고 정면으로 마주 앉아(정면돌파) 민원인의 처지를 이해하는 자세로 면담하면서 상황을 진정시키고 정리했다. 사실 당시 실·국장들은 뱃심이나 강단이 부족하여 나서지 못했던 것 같다. 어찌 됐든 이렇게 흉흉하고 어수선한 여건에서 나의 초임 과장 업무가 시작되었다.

보상팀장의 주요업무는 유류 피해로 인한 어민들의 보상업무 지원, 유류오염으로 인한 연안어장 복원사업 등이다. 나는 빈번하게 태안, 서산 지역을 다니면서 울분에 찬 어민들을 상대하곤 했는데, 대개는 가는 곳마다 정부를 불신하고 무기를 휘두르는 곳이었다. 그래도 나는 자주 그들을 찾았고 어민들의 불신을 바꾸기 위해 당시 했던 말이 "비록 지금은 오염으로 피폐해져 있지만, 태안과 서산을 우리나라 최고의 수산해양 도시로 만들겠다."라는 자신감의 피력이었다. 절망에 빠진 지역주민에게 희망을 주기 위해서 그랬지만 실제 대부분의 보상은 선주를 대신해 유류오염손해배상기금IOPC Fund이라는 국제기구에서 지급하게 되어있다.

다만 정부에서는 보상청구를 위한 지원업무 이외 정부가 직접지원하는 오염된 어장을 복원하는 분야가 있었다. 당시 나는 성난 주민들에게 가장 좋은 도시를 만들겠다고 공언한 만큼 무언가 실질적인 자금지원이 필요했다. 하지만 정부의 해당연도 예산에 포함되지 않고서는 직접지원이 어려운 실정이었다. 그런데도 당시 시급하게 예산지원이 필요한 분야에 대하여 태안군수님과 협력하여 재정 당국을 여러 차례 방문하여 급한 대로 50~60억 원의 자금을 확보하여 지원하게 되었다. 이를 계기로 지역의 성난 주민들도 나에 대한 신뢰를 갖기 시작하게 되고 종래에는 향후 10년간 지역 어장에 대한 투자를 중심으로 한 '유류피해 오염어장복원 10개년 계획'을 수립하여 범정부 기구에서 확정 시행하게 된다.

이에 따라 매년 120~130억 원의 사업비를 투입할 수 있는 기반을 마련하기도 했다. 정부를 불신하던 성난 주민들도 나에 대한 신뢰를 갖기 시작할 때쯤 보임한 지 3개월 만에 전격 부산으로 이동하게 되었다. 나중에 후문으로 태안, 서산 주민들의 나에 대한 서운함을 가끔 듣기도 했다.

수산과학원 운영지원과장
- 100여 년 전통의 연구조직을 혁신하다!

급하게 자리 이동하게 된 배경은 이렇다. 내가 사무관, 서기관 시절에 모시던 임 모 실장께서 부산 소재 수산과학원장으로 취임하시고 난 후 가끔 전화로 나보고 그곳으로 내려오라고 연락하시곤 했다. 그때마다 번번이 "서울 집을 떠나 부산까지 왜 갑니까?"라고 거절한 지가 4~5개월간 지속되었다.

부산으로 오라는 이유는 그분이 원장이지만 기획부장(연구관)이 중심이 되어 정보가 독점되고 정작 원장 본인은 꼭두각시에 불과하여 하루속히 조직개편을 해야 한다는 것이다. 내가 유일하게 사무관, 서기관을 걸치면서 가장 오래 모셨던 선배이고 또 존경하는 직장상사인지라 그분 말씀이 긴가민가하면서도 허베이 보상팀장 3개월 만에 부산에 있는 수산과학원 미래전략과장으로 전격 이동하게 됐다.

내려가서 보니 선배 원장이 한 말이 사실이었다. 수산과학원은 수산분야 박사가 300명 이상 되는 국내 최고의 수산연구기관이나 근래 들어 어업현장과 동떨어진 연구를 위한 연구 또는 일부 학교 출신들만의 연공서열에 의한 패거리 문화 등으로 연구실적이 부진한 상황이었다. 이에 당시 MB 정부에서 정부산하 연구기관들의 민영화 추진대상에 포함되는 등 대내외 어려움이 직면하고 있었다.

이런 상황을 타개하기 위해 조직혁신을 추진해야 하나 연구직과 일부 인사 중심의 정보독점과 패거리 줄서기 관행 앞에 신임원장에게는 외부의 새로운 동력이 필요했다. 그야말로 원장은 무늬뿐인 꼭두각시와 같은 여건이었다. 처음 전화로 전해 들었을 때는 믿지 않았으나 미래전략과장 보임 한 달여 만에 문제의 심각성을 느낄 수 있었다. 그래서 원장의 지시하에 조직혁신을 위한 T/F를 구성하고 내가 혁신 T/F팀장을 맡아 본격적인 혁신에 들어갔다.

이 조직은 1921년 일제 강점기에 출범하여 근 100여 년간 연구직 300여 명의 박사를 포함 1,500여 명의 인원을 가진 우리나라 수산분야의 최고의 연구기관으로 역할을 해 왔으나 그동안 연구직 박사들만의 특수한 조직문화, 관행 등으로 이제는 정책 대상인 어민들로부터 외면당하고 있었다.

조직혁신을 추진하면서 여러 가지 에피소드가 있었지만 일부만을 소개한다. 당시 혁신팀은 늘 밤을 지새우다시피 현 조직을 분석하고 미래 비전, 주요 핵심추진과제 발굴 등으로 거의 3개월여를 고생했다. 하필 혁신팀 사무실이 본관 3층에 위치하고 있어 창밖으로 연구동 건물이 내려다보였다. 처음 하루 이틀은 그냥 보아 넘겼지만 연구동이 마치 행정사무실처럼 오후 6시 정각만 되면 일제히 불을 끄고 퇴근하곤 한다. 아니 소위 자연과학 하는 박사들인데 어찌하여 정시퇴근, 정시출근이란 말인가?

연구 열정이 살아있다면 밤을 새워 일하기도 하고 전날 밤 늦게 연구했다면 좀 늦게 출근할 수도 있는 그런 연구 열정이 전혀 보이질 않았다. 나도 사무관 시절 급히 해야 할 일, 그러니까 종합대책수립 등이 필요하면 여름에는 사무실이 더우니까 아예 윗도리를 벗고 2박 3일 밤을 꼬박 새워 집중적으로 마무리했던 기억도 있다. 그런데 국록을 받는 연구직 박사들의 칼퇴근 칼출근이 기가 막혔던 것이다. 다른 하나는 우리 혁신팀 반원에 연구관급, 연구사급 직원과 일반행정직 직원들이 파견되어 같이 일을 했는데 업무성과가 차이가 크게 났다.

당시는 내가 카이스트에서 MBA 공부를 마치고 온 지 얼마 되질 않은 시점이라 카이스트에서 공부한 것을 현실에 적용해 볼 좋은 기회였다. 진도가 잘 안 나갈 경우, 팀장인 내가 주로 전체구조와 목차를 구상하고 만들어 주면, 분야별로 구체적인 내용은 주로 팀원들이 다음 날 아침까지 채우곤 했다. 그런데 수십 년간 연구직으로 근무한 부장급이나 과장들이 전혀 주어진 업무를 다하지 못하는 현실이 안타까웠다. 반면에 수산과학원에서 행정 분야에 근무한 이 모 사무관은 자기 분야 이외의 연구 분야까지도 매우 냉정하고 객관적인 시각으로 빈 곳을 충실하게 채워 주었다. 물론 능력의 차이도 있지만, 조직에 대한 사랑으로 조직의 아픈 부분과 장점을 가감없이 평가 전달할 수 있는 것이다.

내가 100년 전통을 가진 조직의 폐해를 수술하고 새로운 조직으로 개혁하는 일은 이런 분들의 헌신이 없었다면 불가능했을 것이다. 당시 하도 진행이 안 돼서 내가 기본적인 프레임을 만들고 나중에는 분야별 핵심 키워드까지 적어주어도 채우지 못하는 현실은 조직의 현실과 미래에 대한 고민이 얼마나 없었는지를 나타내는 것이었다. 하여튼 여러 우여곡절과 3개월 동안의 밤새움으로 만들어 낸 조직진단 자료를 근거로 장대한 수산과학원 혁신계획안이 완성되었다.

이제 이 계획에 포함된 비전과 주요과제, 추진계획 등을 천여 명의 조직원들과 공유해야 했다. 많은 인원을 대상으로 혁신안을 설명하기 위해 부산 BEXCO의 회의장을 빌려서 2차례에 걸쳐 내가 직접 프레젠테이션을 하고 직원들과 쌍방향 소통했다. 물론 상당수 직원의 저항에 기반을 둔 질의가 있었으나 수산과학원 백년대계를 위해 고심한 나의 진의에 저항하는 직원들을 꾸준히 설득을 했다. 한마디로 정면돌파해야만 설득이 되고 비전과 추진계획을 몸으로 공유해야 한다고 생각했다. 나는 혁신작업을 하면서 이 조직의 핵심인력인 연구관급 직원들과 일대일 면담했는데, 주요 질문이 "당신이 현재 하는 일이 50%라면 미래에 새롭게 해야 할 나머지 50%는 무엇인가?"였다. 대다수의 많은 직원이 미래의 할 일에 대해 명확한 답변이 준비가 안 된 상태였다. 이 정도로 핵심인력의 생각을 사전에 알고 있었기 때문에 공개석상의 자유토론에서 나의 논리를 관철시키고 설득에 성공했다고 생각했다. 어느 정도 공개적인 설명과 설득 후 이제는 분야별 계획을 확정하고 실행해야 하는데 이제부터 실질적인 저항이 시작되었다.

혁신안의 내용 중에는 매년 자동으로 호봉이 승급되는 연구직의 승급체제를 바꾸어 성과평가 결과에 따라 하위 20% 해당자에 대해서는 자동 호봉승급을 정지시키는 것이 포함되어 있었다. 이것은 개인의 봉급과 승진에 영향을 주기 때문에 매우 민감하고 이에 해당하는 사람들의 반발이 대단했다.

조직의 하위 20% 직원들은 대부분 조직에 이바지하지 않는 무임승차자Free Rider들이기 때문에 이들에 대한 분발이 필요했다. 아마도 이러한 내용은 전체 행정부의 유사연구기관에도 전례가 없는 매우 혁신적인 것이라 해당자는 물론 노조에서도 반발한 것이다. 나는 저성과자에 대한 자극과 이들의 무임승차가 조직 전체에 폐해를 준다는 논리를 끝까지 고수하면서 관철시켰다.

나중 언젠가는 사실 열심히 하는 직원인데 어쩌다 여기에 해당하여 억울하게 호봉이 정지된 직원이 감사원에 민원을 내는 일까지 발생하는 등 지금 생각해도 여간 어려운 문제가 아니었다.

또 당시 이 조직은 연구기획과에서 매년 연구사업 과제를 선정·배정함과 동시에 평가도 같이 하는 기형적인 문제를 안고 있었다. 이러한 현상은 연구기획부장 자리를 여러 번 연임하는 과정에서 정보를 독점하는 것은 물론 자신한테 잘못 보이면 내일 당장 오지인 울릉도로 발령 날 수도 있다는 황당한 소문이 돌 정도의 막강한 권한을 전횡한 특정인 한 사람으로 인한 일이기도 했다.

그래서 나는 혁신안에 연구과제에 대한 선정과 평가를 같은 부서에서 하는 것은 사례가 없는 독점이기 때문에 과제에 대한 평가기능을 분리하고 이를 내가 관장하는 조직인사과로 이동 조정하였다. 발표 당시에는 공식적인 자리여서 말을 못하다가 당시 기획부장께서 비공식적으로 내가 하는 혁신작업을 전폭적으로 지원해 줄 테니 과제선정 및 평가기능만은 변동하지 말아 달라는 협상이 들어왔다. 나는 물론 일언지하에 거절하고 불만이 있으면 공개적으로 토론하자고 역제안하기도 했는데 그분께서 공개토론을 요구하지 않고 그냥 넘어간 기억도 난다. 이처럼 이런저런 우여곡절을 겪고 마침내 당시 농림수산식품부 장 모 장관께 결재를 받는 단계까지 진행되었다. 물론 본부 인사, 관련 분야 실장과 차관 결재단계에서도 여러 번의 방해와 지연이 있었다.

혁신안과 더불어 이 개혁작업이 성공하려면 조직에 폐해를 끼치는 직원에 대한 인사이동이 따라야 하므로 인사(안)도 동시에 결재를 추진했고, 차관까지는 담당과장인 내가 결재를 받았고 최종적인 장관결재는 원장인 임 모 실장께서 결재받는 동안 나는 장관실 밖에서 대기했다. 최종결재가 나자마자 부산의 인사계장한테 지체 없이 인사명령을 시행토록 지시했다.

연구 분야 박사 300여 분이 있는 조직에 대한 인사는 대단히 어려운 것이 사실이다. 대개 박사경력이 오래된 분들은 주변에 국회의원이나 유력 정치인들이 연결되어 있으므로 사전에 정보가 샐 경우 여러 난관에 부딪힐 수 있었다. 당시 기억하기로 조직을 분당하고 패거리 줄서기 문화에 앞장서 운영한 모 기획부장과 관련된 인사들이 상당수 있었고 거기다가 인사대상 직원들이 대부분이 나하고 대학동문이었다. 그런데도 나는 부장 보직(국장급), 과장급 보직자들의 상당수의 보직을 해임하고 평平 연구관으로 전국의 원거리 연구소에 전격 발령을 낸 것이다.

그런 인사 후 본부에 있는 실·국장 등 동문 선배들이 나보고 수산과학원에 가서 동문들 다 죽인다고 난리가 났다고 하는 뒷얘기를 듣기도 했다.

인사를 마무리하고 전체 큰 방향에 대한 혁신계획이 확정되고 이제부터는 세부계획에 대한 실행이 필요한 시기였다. 그때가 8~9월경인데 이제는 직원들한테 이 개혁작업이 실행될 수 있고 성과가 난다는 것을 보여주어야 전 직원의 실질적인 동참이 가능해지는 것이다. 나는 각 과 단위별로 연간단위 추진계획하에 매달 또는 분기별로 추진계획 대비 실적을 해당 부서 전 직원이 참여한 가운데 발표회를 하도록 했다.

처음에는 서먹하기도 해서 머뭇거렸지만 솔직한 업무추진 결과를 전 직원이 공유하면서 새로운 아이디어도 얻게 되고 직원 간 실질적으로 협동하는 분위기 조성 등 여러 가지 순기능이 생겨났다. 개혁작업이 효과를 나타내려면 최소 3~4년 동안 꾸준하게 추진되어야 하는데 너무 기간이 길면 직원들의 열정이 따라가지 못하게 된다. 그 때문에 단기간에 작은 성과라도 있어야 부정적인 직원들도 "하면 되는구나."라는 확신을 갖게 되고 이것이 혁신의 추진동력이 되는 것이다.

당시 수산과학원은 연구형 책임운영기관이었고 전국의 같은 연구기관끼리 매년 행정안전부 주관으로 경영평가를 받았는데 그동안 매번 보통 이하의 성적이었다. 그도 그럴 것이 소위 연구기관인데 SCI급 논문이 거의 없었고 Nature같은 세계적인 과학잡지에 등재된 적이 없는 것은 물론 어업현장과 동떨어진 그들만의 연구로 고객인 어민들로부터 외면받고 있는 처지였다.

나는 우선 급한 대로 혁신에 대한 조그만 성과를 얻기 위해서 평가 시기 전에 평가부서인 행정안전부 담당 부서에 혁신 과정과 계획을 설명하고, 위와 같은 이유로 이번에는 좋은 평가결과가 필요함을 충분하게 인지시켰다. 나중 연말연시에 평가자료를 완벽하게 작성하기도 했지만, 다음 해 연초에 발표 난 평가결과는 기대 이상으로 수도권에 있는 여러 책임운영기관을 제치고 최우수기관으로 선정되었다. 수산과학원 역사에 없는 일이기도 하고 더욱이 지방소재 기관이 최우수라니, 직원들이 속으로 “혁신계획대로 하니까 되네!”라는 생각을 하는 계기를 만들기도 했다.

물론 이면에는 행정안전부 평가 담당 과장이 나의 고시 동기이기도 해서 많은 배려가 있었던 것으로 추측되었다.

나는 그해 중반기에 농림수산식품부 ‘수출진흥팀장’으로 전격 발령 이동되었지만, 당시 8~9명 소수인력의 조직인사과 직원들의 노고가 지금도 기억난다. 아무도 반겨주지 않고 밤거리 퇴근 시 칼 맞을 정도의 분위기에서 묵묵히 잘 따라 주었고, 실제로 같은 과 인사계장은 수산과학원 내부포탈에서 익명으로 뒷산 소나무에 목 매달으라는 등의 협박으로 마음고생과 스트레스에 시달린 것이 다시금 생각난다.

다행히도 카이스트에서 MBA를 취득한 지 얼마 안 되어서 혁신계획을 잘 세우고 어느 정도 성과를 내기도 했지만, 관행에 안주하고 근 100여 년간 그들만의 문화가 있는 조직을 돌려 세워 새로운 길로 이끄는 것은 진정 어려운 일이었다.

혁신 덕분인지 몰라도 그 후 수산과학원은 늘 성과평가를 잘 받아서 국가연구기관의 법인화(민영화와 유사) 대상에서 탈출한 것은 물론 한 편도 없던 SCI급 논문이 이제는 연간 200여 편 이상 나오는 조직으로 변화되었다.

그런데 중간에 본부로 복귀하신 임 모 실장님의 천거에도 나는 한동안 부산에 근무해야 했는데 나중에 알고 보니 나의 동문 선배이자 국장께서 내가 본부에 복귀하는 것을 인사팀에 극구 반대했다니 약간은 허탈했다. 지금 생각해 보니 수산과학원 개혁작업을 하면서 문제 있는 동문을 정리해서인지 아니면 본인하고 일 안 하고 바른 소리를 자주 해서 그런지 이후 그분과의 악연이 시작되게 된다.

〈회상 9〉

연구기관 조직혁신 과정에서 나는 여러 혁신적 개혁 조치로 조직적 저항에 직면했는데, 좋은 방법은 없었나?

우선, 나는 성과평가 하위 20% 대상자들의 정기적인 자동 호봉승급을 정지시킴으로써 경제적 손실을 본 직원들의 극렬한 저항이 있었다. 꼭 그래야만 했나?

연구원들 자동 호봉승급은 매년 봉급인상으로 연결되는 민감한 문제로, 성과평가 결과에 관계없이 자동으로 승급되는데, 조직 내의 무임승차자도 똑같이 승급된다.

만약 당시 개인의 경제적 손실을 감안, 그냥 승급되도록 했다면 전반적으로 문제제기나 저항도 없이 잘 넘어갔을 것이다. 비록 적은 인원이지만 불이익을 당한 직원들을 보면서 조직의 다른 직원들에게 크게 경각심을 주었고, 정작 본인도 조직 내의 자기헌신을 위해 가일층 노력을 했다고 본다.

본의 아니게 어려움을 당한 분들께 죄송한 마음 전한다. 당시 이것 때문에 시달렸지만, 조직의 관습이나 문화는 외부적 충격이 있어야 변화한다고 생각한다.

또, 연구기관은 연구과제의 선정과 평가가 중요한 일인데, 이것을 동일한 기관에서 수행해서 과도하게 힘이 집중되는 폐해가 있었다. 조직개혁 중간쯤 담당부장의 이것만은 손대지 않으면 나머지 개혁을 적극 지원하겠다는 제안이 있었을 때, 나는 일언지하에 거절했다. 만약 수용했다면 겉으론 편하고 무리 없이 진행되었겠지만, 조직혁신의 근본인 잘못된 관행의 개선을 통한 조직 경쟁력 회복은 쉽지 않았을 것이다.

마지막으로 본부의 부장급(국장급) 보직자들을 평연구관으로 강등시켜, 전국 각지에 분산조치함에 따라 주변에서 지탄과 압력을 받았는데, 이것은 불가피했나?

워낙 패거리 문화가 심하여 이를 분산하지 않고는 조직개혁의 오랜 기간을 견디는 데 또다시 부작용을 일으켰을 것이다. 평소 나하고 잘 아는 분들도 이런 조치 때문에 고생하셨을 텐데, 늦었지만 이 자리를 들어 미안함을 전하고 싶다.

당시는 괴로웠지만, 돌이켜 보면 그때의 조직개혁을 기점으로 수산과학원이 많은 긍정적 변화를 일으켰으니 그것으로 만족한다.

수출진흥팀장
- 농수산식품 수출, 역대 최고실적 달성하다!

이러저러한 방해에도 불구하고 어느 날 갑작스레 농림수산식품부의 신설조직인 수출진흥팀장으로 전격 발령이 났다. 나중에 알고 보니 내가 모시던 임 실장도 몰랐고 사전에 전혀 협의가 없었는데 나의 공직 입문 전 민간에서 무역회사에 다닌 경력을 인사과장이 알고 발탁했다 하니 담당 국장의 방해도 무용지물이었나 보다.

복귀해서 보니 농림, 축산, 수산분야를 다 포함하여 수출진흥을 하는 업무이고 당시 MB께서 일차 산업도 수출을 통해 견실해져야 한다는 생각으로 출발시킨 조직이라 대단히 중요하고 주목을 받는 자리였다. 그래서 그런지 전통적인 농림분야에서는 왠지 잘 모르는 수산분야에서 그것도 지방에서 올라와 그 자리를 차지하니까 얼마나 잘하는지 호기심을 가지고 지켜보는 상황이었다.

나는 당시 차관께 취약한 일차 산업의 구조를 튼튼하게 만들기 위한 수출의 중요성을 설명하고, 주변의 경영여건 변화에도 견딜 수 있도록 해당 품목의 산업구조Fundamental를 강화하는 것이 국가나 공직의 역할이라고 도표로 설명했고 차관께서 매우 좋아하셨던 기억이 있다. 수출진흥팀은 신생조직이라 직제는 사무관 4명에 현원은 3명뿐인 작은 조직이었으나, 예하 통솔조직으로 농림수산식품유통공사aT의 수출조직을 거느리고 있었다. 사실 이 조직이 천군만마였다.

나는 사실 공직 이전에 조그마한 무역회사에서 과장으로 일하면서 수출입 업무를 현장에서 익혀 시장을 어느 정도 안다고 생각했다. 자세히 보니 장관께서 급하게 지시하면 어느 정도 시간이 걸려야 하는데 담당 사무관이 방향이나 자료를 바로 가져오곤 했다. 처음에는 그런대로 진행했는데 알고 보니 그것은 aT의 수출조직에서 과거 했던 방식대로 보고하는 것이었다. 그것을 사무관이 그대로 나에게 보고하는 형국이었다. 현장이나 무역을 아는 나에게 그것은 아니었다.

그래서 지시를 할 때 메시지에 지시의 해결방안에 대한 프레임이나 키워드를 적시해서 내려보냈다. 이렇게 하니 과거대로 할 수 있는 게 아니고 내 생각과 철학이 담겼으니 사무관이나 aT에서도 새롭게 접근해야 했다. 우선 이러한 방식으로 aT의 전 세계 지점과 본부 내 핵심인력 그리고 중앙부처인 우리 과까지 수출정책 지원부서를 확실하고 일사불란하게 연결하고 배치했다. 당시 MB께서도 농식품 수출에 관심이 많았지만, 농림수산식품부의 당시 장관님도 성질 급하시기로 유명해서 2~3일 남겨두고 대통령 행사를 느닷없이 지시하기도 했는데 그때마다 무리 없이 잘 치러냈다.

장관도 처음엔 잘 모르는 수산분야 과장이라 많이 혼냈지만, 행사할 때마다 대통령께서 만족하시니 점차 좋아지기 시작했나 보다. 당시 농업분야는 WTO 비상품 분야에 해당하여 여러 보조금이 남아 있었는데 그중 하나가 수출제품에 대한 물류비 보조였다. 수산분야에는 없는 이러한 물류비 지원액이 거의 매년 일천억 원 가까이 되었고 축산, 꽃, 과일 등 농업 분야의 거의 전 수출품목이 물류비 혜택을 보고 있었다. 그러나 수출경쟁력은 그다지 좋은 편이 아니었다. 반면 수산분야는 WTO 상품 분야에 해당하여 진작부터 직접보조금 지원이 금지되어 있었으나 정작 수출경쟁력은 강한 편이었다.

농수산식품 상위 수출품목은 담배, 참치, 인삼, 김, 오징어, 기타 어류 등이 차지하고 있었다. 지금도 여전히 농업분야의 품목이 경쟁력이 약한 것은 아마도 국가의 보조금에 상당 부분 경영수익을 의지하고 있는 데 원인이 있을 것이다.

나는 과수, 화훼, 축산 등 낯선 농업분야의 수출품목 생산현장에 자주 방문하여 정책을 설명하며 배우기도 했다. 그때 경북 상주 어느 배 수출농장의 현장 간담회에서 장관에게 바른말을 하다가 된통 혼난 기억도 난다.

여러 가지 원인이 있겠지만 우선은 2008년 일본의 후쿠시마 원전사고로 인해 일본이 여러 생필품이 부족했고, 그에 따라 이웃 나라인 우리나라의 건강에 좋은 미역, 김, 생수, 물고기 등의 수요가 폭증함과 더불어 나머지 다른 품목의 수요가 증가한 것이다. 나는 당시 주요 수출국인 일본, 중국, 미국 등 현지의 무역업체를 대상으로 직접 현장에서 대한민국의 농식품 수출정책을 발표하며 독려하기도 했다.

당시 일본주재의 모 경제공사께서는 정부의 공직자 중에 이렇게 적극적인 사람은 처음 본다며 본인이 직접 음식을 제공하며 좋아했던 모습이 생각난다. 정부산하 수출지원부서인 농수산물유통공사의 수출조직을 일사불란하게 움직인 것도 호감을 얻는 데 크게 작용했을 것으로 추측해 본다. 나는 aT의 실무선을 여러 가지로 격려했다.

aT는 전 세계 박람회에 연중 참가하여 우리 농식품의 우수성을 알려 왔는데, 박람회 참가비용 중 일부 남는 부분이 수년간 누적되어 상당 수준(50~60억 원)이 쌓여 있었다. 한데 이를 수년간 정리하지 못한 채 매년 결산을 한 것이다. 이런 사정을 전임 담당과장에게 여러 차례 얘기했지만, 처리 과정이나 사후 문제가 예상되기 때문에 미적미적 처리하지 못하고 방치되고 있어 aT의 처장이나 부사장도 골머리를 앓고 있었다. 나는 사정 얘기를 듣고 바로 "일하다 생긴 잡雜수익은 바로 국고나 해당 기금에 반납하면 되지, 무슨 과거 몇 년간의 결산을 다시 한단 말인가?" 하고 내가 책임질 것이니 국고 납부서를 바로 보내도록 조치했다.

aT 측에서는 과거 결산이 잘못되었으니 다 따져서 결산을 새로이 해야 하는 상황을 예상하여 전전긍긍하던 차에 담당 과장이 바로 공식적인 문서로 국고에 반납하도록 시원하게 처리해 주었으니 좋았을 것이다. 물론 당시에 모시고 있던 국장이 기획재정부 출신의 깐깐한 분이라 그냥 내 선에서 처리한 것이다. 아마도 과거 담당과장들은 차후 문제가 될까 봐 결정을 못 한 것 같다. 어찌 되었든 이런저런 aT의 조직문제를 해결해 주는 등 aT의 수출조직과 정책부서가 단단히 결합하도록 했다. 여러 가지 여건으로 과거 농식품 수출액 10억 불 올리는데 약 20여 년이 필요했는데 나는 단 1년 만에 50억 불에서 75억 불을 달성했으니 그야말로 전례가 없는 성과였다.

1년여 수출진흥팀장을 마치고 나의 본류인 양식산업과장으로 보임했다.

양식산업과장

● **통영 굴 전격 수출중단(미국 FDA), 단기간에 재개시키다**

양식산업과는 우리나라 수산물을 생산 공급하는 어업과 함께 중요한 산업이고 미래학자들이 미래산업으로 손꼽는 성장성이 있는 분야이다. 전보된 지 한 달도 안 되어 우리나라 굴 생산의 중심지인 경남 통영에서 생산 수출된 '굴 통조림'이 미국 현지에서 전량 리콜되고 수출이 중단되는 사고가 터졌다. 이유인즉 유통되는 굴 통조림에서 식중독을 일으키는 노로바이러스가 검출됐기 때문이다. 이렇게 되니 굴 생산현장인 통영 지역 어민은 물론 수출업체, 관련 조합 등이 발칵 뒤집혔다.

잠시 다른 얘기지만 전임과장이 임 모 선배인데 이상하게 나는 사무관 시절에도, 과장 때도 이 선배 후임으로 자주 가게 되었다. 문제는 임 모 선배가 일을 잘하시는 분인데 꼭 무슨 사건이 터지기 직전에 본인은 이동하고, 내가 그 자리로 이동해서 사건을 마무리하는 관계였다. 미국 수출중단이 뭐 그리 큰 문제인가? 라고 할 수 있지만 미국 FDA에서 한국산 굴의 수입을 중단하면 나머지 전 세계의 대다수 국가에서도 미 FDA의 조치를 보고 따라 한다는 데 문제가 있다. 한마디로 전 세계 거의 모든 나라에서 한국산 굴의 수입을 중단하는 것이다. 수출을 재개하기 위해서는 미국 FDA의 현장점검을 통해 굴 생산현장, 즉 한국의 굴 양식장이 노로바이러스로부터 안전하다는 것을 미 당국이 인정하는 길뿐이다. 문제는 바로 몇 달 전에 미 FDA 점검단이 다녀갔다는 것이다.

당시 수출중단으로 통영지역 전체의 고용위기와 경제에 악영향을 주고 있어서 하루속히 수출재개를 하라는 정치권의 요구와 장관의 압박이 상당했다. 성질 급하기로 유명한 당시 장관님은 사건은 4월경에 발생했는데 나보고 9월까지 해결 못 하면 목을 친다고 볼 때마다 협박을 하기도 했다.

나는 시간을 단축하기 위해서 현장대응과 미국 FDA를 설득하기 위한 종합대책 수립의 투트랙으로 대응해 나갔다.

우선 미국 FDA를 설득하여 조기 점검을 오게 하기 위한 '굴 양식장 위생관리 종합대책' 수립과정에 관해 얘기하자면, 당시 담당 사무관이나 직원들이 굴 양식장에 대한 분뇨유입 방지, 해수 및 저층 생태계 관리, 생산물인 굴의 위생적인 가공 및 관리 등 주요 대책 내용을 뽑아내지 못하는 것은 물론 국가 차원의 종합대책에 대한 구성, 형식 등도 전혀 준비되어 있질 않았다. 며칠 내로 전체적인 목차를 주문해도 도저히 진척되질 않아 담당 사무관을 교체하고, 위생관리 전문가인 박사를 수산과학원에서 파견받아 새로운 대응팀을 꾸려 주었다. 그런데도 잘 진행이 되질 않는다.

나중에는 내가 직접 전체 목차를 만들어 주고 그에 맞는 주요과제를 발굴하도록 독촉했다. 성질 급한 장관은 매일매일 압박하고, 통영지역 현장어업인의 민원은 빗발치고 하니 하루속히 종합대책을 완성해야 하는데 일은 진척이 안 되는 상황이 한동안 지속되었다. 2~3주 지나서도 진행이 안 되어 전체 목차에 따라 발굴된 단위과제 중 하나를 직접 작성해서 본보기로 주고, 이런 식으로 따라 해 보라는 등 매일 아침 출근하자마자 전날의 종합대책에 대한 진행 상황을 확인하고 독촉하는 오전 회의를 강도 높게 진행하였다.

직원들은 거의 매일 새벽까지 일한다고 하는데 오전 일찍 회의를 해보면 결과물이 별로 없었다. 당시 나는 "밤만 새면 뭐 하나? 아침마다 결과물을 인쇄해서 내 책상에 올려놓으라!"는 지시를 했다. 전날 밤을 새운 직원들이 오전 이른 시간에 잠시 쉬는 동안 나는 일찍 출근해 자료를 검토하는 시간이 흘러 약 3개월여 지나가면서 어느 정도 성안成案이 되어갔다. 그동안 대책팀이 가져온 소위 '퇴짜' 맞은 초안들이 수없이 반복되어 어느새 버전version 16~17회쯤 되니 이젠 직원들의 체력과 인내에도 한계점이 오는 것 같았다. 시작을 4월에 해 어느덧 7월이 다가올 즈음, 내가 구상했던 수준의 60~70%쯤 되는 작품을 가지고 장관보고 후 BH 보고도 마쳤다.

이제는 이 종합대책을 가지고 미국 FDA를 설득하여 조기에 한국으로 현장점검을 오게 하는 것이 당면과제인 것이다. 이론이나 계획으로는 어느 정도 준비가 되었지만, 실제 현장의 준비하고는 별개의 문제였다. 이제는 현장이 중심이 된 것이다.

금번 사건의 발단이 된 것은 생산현장 즉, 굴 양식어장에 유입되는 주변 마을의 화장실 인분에서 기인한 '노로바이러스' 때문이다. 따라서 현장대응의 핵심은 노로바이러스 유입을 차단하기 위해 지정해역 주변의 모든 오염원을 관리하는 데 있다.

통영지역 FDA 지정 굴 양식 어장은 통영을 중심으로 거제, 고성지역을 포함한 해역으로 이 지정해역으로 유입되는 오염원은 육상, 해상기인, 기타 등 매우 다양하다. 따라서 발생 가능한 모든 오염원을 찾아 사전 유입을 차단하는 일은 쉽지 않은 일이다. 그것도 단기간에 말이다.

일단 대책이 완성되자 나는 대책에 포함된 실행계획을 현장에서 실현하기 위해 통영에 경상남도, 시·도관계자가 참여한 현장대응 T/F를 꾸리고 상주하면서 준비해 나갔다. 기억하기로 거의 40~50일 동안 현장에서 미국 FDA 점검을 준비한 것 같다.

처음에는 너무도 막막했지만 현장T/F 관계자들과 아침저녁미팅을 통해 하나하나 준비해 나갔다. 우선은 인분이 유입되는 경로, 즉 오염원을 찾고 각각의 오염원에 대한 대응방안을 마련, 시행해야 했다. 여기서 오염원의 종류를 살펴보면, 육상 기인은 가정집 분뇨, 그것도 오폐수 처리시설을 하지 않은 대부분 일반가정, 각 기관의 하수배출구이고, 해상 기인은 바다를 운행하는 선박 중 분뇨처리시설을 갖추지 않은 어선, 기타 선박들, 연안에서 양식하는 가두리 시설 등 정말 다양하고 관리하기도 힘든 오염원들이다.

다양한 분뇨오염원의 사전유입을 차단하는 과정에서 기억나는 일화를 소개하고자 한다. 육상의 연안 인접 가정집의 경우 환경부나 지자체의 분뇨처리시설 등의 확충으로 비록 예산상 장기간이 소요된다 하더라도 차단이 가능하지만, 수없이 왕래하면서 무방비로 해상에 분뇨를 무단으로 방류하는 수많은 연안 어선에 대한 대책이 최대의 골칫거리 중 하나였다.

고민 끝에 급한 대로 소형 휴대용 화장실을 보급하고 항구에 돌아와서는 육상에서 처리하는 거로 결론이 났다. 그런데 3~4천 척에 이르는 관내 연안 어선에 공급할 물량과 예산이 문제였다. 수소문해 보니 유럽의 휴대용 화장실이 적합한데 비용확보와 수입절차에 따른 시간이 소요된다는 것이 문제였다. 당시가 7월경이니 급작스레 발생한 필요에 편성된 예산이 있을 리 없다. 중앙정부의 예비비도 쓸 수 없고 해서 여러 고민을 하다가 행정안전부가 지방정부에 지원하는 특별교부세를 경상남도에 내려줄 것을 건의하였다. 물론 그 재원은 행정안전부 장관의 쌈짓돈과 같은데 처음에는 당연히 거절이다. 이런다고 포기할 내가 아니고 역시 정면돌파!

우선은 국무회의 직전에 우리 장관한테 당시 행정안전부 장관에게 통영지역의 어려운 상황과 시급하게 연안 어선에 보급할 휴대용 화장실 보급명세를 한 장으로 정리해서 드리고 국무회의 후 따로 말씀하시라고 부탁드렸다. 당시 우리 부처 장관은 툭하면 내 목을 뗀다고 혼내시지만 그래도 이런 부탁은 잘 들어주셨다. 다른 한편으로는 통영지역 국회의원인 당시 국회 윤리위원장이던 분께도 부탁하였다.

이후 나는 여러 번 행정안전부 담당자와 부딪히고 싸워 결국에는 그 어렵다는 행정안전부 특별교부세를 받아내기에 이른다. 이리하여 휴대용 화장실은 수입을 통해 납기만 조정하면 되었고, 이제 나머지 처리할 일은 설치하더라도 중간에 무단 방류하는 경우를 방지하는 것이었다.

당시 경남도 담당과장이 추진력이 대단한 김 모 과장이었는데 나중에 이분이 아이디어를 내서 어선이 주로 다니는 항로 중간중간에 소위 '바다 공중화장실'을 설치하기에 이른다. 우습게 들릴지 모르지만 아마도 바다 해상에 공중화장실 설치는 세계최초일지 모른다는 생각이 들었다. 이렇게 어렵사리 현장이 준비되어 갈 때쯤, 앞서 얘기한 미국 FDA를 설득하기 위한 대응계획을 가지고 미국 현지에 가서 설명하기에 이른다. 목표는 우리는 준비가 다 되었으니 조기에 현장점검을 오게 하는 것이다. 미국현지 FDA 사무실에서 무사히 발표하고 그해 연말쯤인가 미국 측에서 현장점검을 온다는 통보를 받았다.

통상적으로는 미국 FDA에 의해 수출중단이 되면 최소 3~4년은 소요되어야 수출이 재개되는 것이 일반적이다. 그런데 대한민국은 당해년도 3월경에 사고로 중단된 후 같은 해 연말에 전례 없이 현장점검을 오게 한 것이다. 사실 미국 측에서 너무 이른 점검 아닌가 하고 준비상황을 반신반의하는 정도였다.

미국 점검단이 오는 시점에 맞춰 현장대응팀과 밤을 새워가며 하나하나 점검해 나갔다. 물론 중간중간 내가 모시는 서모 장관께 소위 죽살이 나게 깨지는 것은 이젠 이력이 날 정도였고, 늘 "당신 9월까지 해결 못 하면 모가지야!" 이런 식의 압박을 여러 번 받았다. 당시 우리 국장은 매번 깨지니까 매우 힘들어했다. 하지만 나는 그렇게 무지하게 깨지는데도 별 걱정이 안 되었고 어떻게든 하루속히 수출을 재개시켜 통영지역의 굴 양식어민, 굴 통조림 수출업자의 애로사항을 해결하려는 생각뿐이었다.

지금부터 드디어 미국FDA 현장점검팀에 대한 현장대응 얘기를 하고자 한다. 이제는 전설처럼 회자하는 이야기들이다.

사실 우리는 앞서 말한 여러 준비 이외에도 미국 측의 예상 점검지역을 미리 계산, 사전에 점검하기도 했다. 점검 방향은 크게 육상기인오염원, 해상기인오염원에 대한 대책이다. 우연하게도 미국 점검단과 우리 현장대응팀이 통영의 같은 호텔(당시는 멸치호텔)에 동시에 머물렀는데, 당일 점검계획을 사전에 알면 우리 측의 대응이 용이하다고 생각했으나 미국 측은 향후 점검계획을 전혀 노출하지 않고 당일 아침 미팅 시에 결정 통보하였다. 점검코스가 점검 전 10분 전에 결정되니 준비하기에 시간이 너무 촉박하다.

사실 이것은 보통 문제가 아니었다. 물론 사전에 확인하고 준비했지만, 미국 측은 우리가 전혀 예상치 못한 코스를 결정하고 통보했다. 알고 보니 이미 미국 현지에서 구글어스Google Earth로 한국의 굴 생산 FDA 지정해역, 주변 촌락과 어장을 면밀하게 분석하고, 그에 따라 그날그날 점검경로를 결정했던 것이다. 역시 우리 쪽 점검 준비단의 예상을 뛰어넘는 디테일과 결정력이었다. 나는 당시 점검반장으로서 어떻게든 현장대응을 해야 했다.

아무리 촉박한 시간이 주어지더라도 대응할 수 있게 한 것은 역시 우리나라의 앞선 정보통신기술이었다. 당일 점검 전 아침 미팅 시 논의 끝에 점검코스가 결정되면 즉시 스마트폰으로 해당 팀장에게 바로 토스한다. 점검코스를 연락받은 우리 현장대응팀이 미측 점검단의 현장 도착 5~10분 전에 문제가 될 만한 장소를 미리 폐쇄하는 등 선제조치를 해야 했다. 당시는 크게 유행하지 않았던 카카오톡에 현장대응 T/F팀이란 단톡방을 개설하고, 점검과 관련된 모든 팀원(약 60여 명)을 초청, 매 순간순간 정보를 공유하게 했다. 한마디로 당일 점검 위치 및 코스가 결정되자마자 전 대응팀이 이 정보를 알고 한미 합동점검단의 도착 전 짧게는 5분, 길게는 10분 전에 우리 측의 사전 점검팀이 여러 장애요소를 미리 정리하는 것이다.

일주일간의 현장점검을 하는데 미국 측에서는 '왜 한국 사람들은 매 순간 스마트폰만 보나.' 하고 이상하다 했다고 들었다. 그들은 몰랐지만 우리는 수많은 비점 오염원, 처리되지 않은 전통화장실 등 관리하기 어려운 장애물들을 점검시간만이라도 노출하지 않기 위한 기동작전을 한국 특유의 스마트폰, 그것도 우리만의 카카오톡으로 해결하고 있었던 것이다.

육상오염원 점검은 거제, 통영, 고성 등의 지정해역과 인접한 연안어촌을 대상으로 진행됐고 실상은 잘 통제되지 않았지만 미국 측이 점검하는 동안만은 위와 같은 기상천외한 기동력으로 대부분 잘 극복해 나갔다. 물론 예정에 없이 갑자기 주민이 있는 상태에서 잠긴 대문을 개방하고 들어가서 화장실을 점검함으로써 우리 측의 문제를 발각당하기도 했다.

이제는 본격적인 해상점검이다. 해상의 주요 점검대상은 항해하는 모든 선박과 당시에 많았던 가두리 양식시설이었다. 사실, 문제는 해상 가두리 양식시설이었다. 이곳은 양식을 위해 24시간 동안 외국인 근로자가 생활하기 때문에 분뇨처리가 필요했다. 하지만 해상방류 이외에 별다른 방안이 없는 데다, 더구나 갈매기 등 기타 새들로부터 양식어류를 보호하기 위해 개 또한 사육되는 실정이었다.

그래서 우리는 불가피하게 점검구역 내에 있는 모든 가두리 시설을 눈에 띄지 않는 외진 섬의 구석에 이동 집결시켰다. 잠깐 점검을 회피하기 위한 임시방편을 쓴 것이다. 점검 후 복귀하는 가두리 시설이 눈에 띄기도 했지만, 무사히 넘어갔고, 점검 기간 대상 해역의 모든 어선의 조업이 될 수 있는 대로 통제되었다.

그런데 어디서든 말 안 듣는 문제아가 있듯이 통영~고성 해역 사이의 굴 양식시설을 점검하는데 소위 멸치 권현망 선단이 매우 가까이서 조업을 하고 있는 것이다. 얘기한 카톡으로 조업 어선을 빨리 외해로 이동시키라고 지시를 해도 말을 안 듣고 조업을 강행해서 애간장을 녹이던 기억도 있다. 멸치 권현망 선단은 여러 척이 동시에 협업해서 선단 조업을 하는데 그중 가공선에 가장 많은 인원이 승선하는 구조이다. 한데 이 가공선에 분뇨처리시설이 없고 선박 후미에 구멍을 내고 바로 해상에 직행하는 구조인지라 점검 당하면 안 되는 것이었다. 그런데도 배를 빼라고 지시를 해도 그냥 뭉개면서 국익 보다는 개인의 이익추구를 하던 업종으로 기억난다. 어찌 되었든 소형어선에는 휴대용 화장실을 보급하고 어장이나 주요 이동로상에 세계최초의 '해상공동화장실' 설치하는 등으로 점검은 무사히 마치게 되었다.

여러 지방자치단체, 수산과학원, 경상남도 및 농림수산식품부가 합심해서 점검을 잘 받았지만, 역시 현장대응의 일등공신은 이 모든 구성원을 하나로 묶어 신속대응이 가능하게 한 카카오톡의 단톡방 개설 덕분이었다. 나중에 우리끼리는 '미 FDA 점검 대응 카톡방의 전설'이라고 불렀던 기억이 난다.

앞서 얘기했듯이 미국 FDA에 의한 수출중단의 경우 재개하려면 통상 3~4년이 소요되는데 우리나라는 약 1년여 만에 수출재개라는 성과를 내었다. 굴 양식산업의 특성상 수출중단이 장기화할 경우, 통영 지역경제에 미치는 고용효과, 통조림 업계 등 관련 업계의 피해가 막대한데 이를 최단기간 내에 재개함으로써 국익에 조금이나마 보탬이 된 것이다.

〈회상 10〉

굴 종합대책 수립하는 데 3개월간 15회 이상 퇴짜를 놓아야 했나?

통상 공직사회에서 부하직원을 훈련시키는 방법이 여럿이 있다.
당시의 상황은 통영지역 고용위기 등 경제적 파장이 큰 상태여서 가장 중요한 것이 시간부족에 대한 절박성이었다. 왜냐면 지체될수록 지역어민과 연관 산업에 미치는 손실이 커지기 때문이다. 또 표면상으로는 급하다는 이유였지만, 내부적으로는 담당 사무관을 포함한 팀원들이 국가적 종합대책을 수립하기에는 준비가 안 되어 있던 부분도 문제였다.
그중 일부는 조직의 미래를 몰고 갈 근성과 가능성이 있는 직원들이라 지도육성 차원에서 매일 아침 강하게 밀어붙인 것이다. 수립 과정에서 스트레스와 피로로 힘들어했을 직원들에게 늦게나마 미안함을 전한다.
오늘날 이들이 의도했던 대로 조직에 필요한 강군이 되었는지 모르겠다. 종모, 영자, 나머지 수산과학원 유 모 박사 등등, 이제 과장이고 고참 사무관들이니 활동이 기대된다.

● 수출 10대 양식품목 육성을 위한 기반을 마련하다

단기간 내 미국 수출재개를 마무리하고 난 후, 일차 산업의 수출을 중요하게 생각하는 MB정부의 정책 방향을 고민했다. 나는 평상시에도 양식산업의 수출잠재력을 높이 평가하고 있던 차에 향후 수출을 주도할 양식 분야 수출 유망 10대 품목을 선정하고 각 품목에 대한 지원정책을 마련했다.

그러나 성과는 지지부진했다. 이유인즉 미래 잠재력은 있으나 각 품목에 대한 생산시설 인프라, 제조 및 가공, 이후 마케팅과 수출에 이르는 각 과정이 따로따로 분리되어 있었다. 한마디로 수출에 대한 유기적인 연계성이 부족하여 시간이 장기간 필요하고 효율성도 떨어지는 구조였기 때문이었다. 여러 고민을 하던 끝에 수출제품에 대한 R&D, 생산, 가공, 유통과 마지막 해외시장 개척의 전 과정을 하나의 패키지로 묶어 일괄 지원하는 방식이 단기간에 성과를 낼 것으로 판단했다.

역시 문제는 예산이었다. 나는 당시 사무관으로 하여금 예산 당국을 설득하게 했는데 여의치 않았다. 내가 직접 나서 양식산업의 높은 수출잠재력을 이해시키고, 이를 위한 효율적인 지원체계 구축을 위해 필요한 R&D 및 생산 후 마지막 수출까지의 전 과정을 정책부서에서 직접 관리할 수 있는 예산과목의 필요성을 설명하고 이해시키기에 이른다.

그것이 시험연구비란 과목인데 통상 자연과학 연구기관의 예산과목이다. 예산을 편성 집행해 본 분들은 아시겠지만 통상 국가 예산은 과목에 따라 집행 용도가 매우 제한되어 있는데 이 시험연구비는 연구자의 탄력적인 연구 활동 지원을 위해 그런지 집행범위가 매우 넓고 자유로운 과목이다. 한마디로 순수 연구·개발에서 각종 비용, 용역까지 가능한 것이다. 이런 이유로 우리는 일부 분산되어 있는 예산을 통합하고 과목은 시험연구비로 증액하여 중앙정책부서에서 집행할 수 있도록 예산을 확보했다. 그것도 연간 160억 원 수준으로 그것만 잘 집행해도 양식산업 발전의 탄탄대로가 열릴 정도의 수준과 효율성이 마련된 것이다.

이와 병행하여 양식산업의 근간이 되는 물고기 새끼인 종묘의 우수성과 건강성을 확보하기 위한 수산종묘육성법(안)을 성안하여 입법을 준비하는 등 우리나라 양식산업 발전에 필요한 재정과 제도 마련에 혁혁한 성과를 내었다.

그런데 당시 수산분야 연구기관인 수산과학원에서 양식분야 연구를 총괄하는 체제이기 때문에 내가 확보한 10대 수출품목 사업비 집행체제가 기존과 다르므로 실무자 간 마찰이 좀 있었다. 들이보니 당시 수산과학원 원장께서 세부적인 과제의 연구비 책정까지 관여하셔서 담당 사무관이 난처하다고 한다. 그래서 내가 담당 연구관한테 이 예산은 중앙정부에서 직접 관리하도록 편성된 사업비이고 하니 원장님은 본인 업무에만 신경 쓰시라고 입바른 소리로 정리를 했다. 본래부터 별로 사이가 원만하지 않았는데 더욱 관계가 소원해지는 계기가 된 것 같다. 아무튼 당시 이명박 정부 이후 박근혜 정부가 들어서면서 농림수산식품부에 있던 수산분야 업무가 부활하는 해양수산부의 중심 역할을 하게 된다.

〈회상 11〉

당시 수산과학원장이던 차관과 보다 좋은 관계를 만들 수는 없었나?

차관과는 악연의 연속이었다.

내가 수산과학원 운영지원 과장으로 조직혁신을 할 때부터 삐걱거렸고 나중 차관이 되어 나를 최말단 직위로 좌천시킬 때까지 이상하게 불이익을 주는 관계가 지속되었다. 어떻게 좋은 관계를 유지할 방법은 없었을까?

돌이켜 보면 사무관 때 장관에게 직언할 때, 과장 때는 수산과학원 인사과장, 본부 양식과장, 지도교섭과 좌천까지! 참 오래된 악연이었다. 원래는 그래도 동문이니 업무스타일은 맞지 않아도 그냥 불가근불가원의 관계를 유지하고 싶었다. 내가 본 차관은 국장시절부터 수산분야를 위해 헌신하기보다는 조직을 자기발전의 수단으로 이용해서 승진하고 출세하려는 것으로 보였다. 상급자 앞에서 무언가 열정적으로 얘기하지만, 이면을 보면 결과적으로 조직이나 후배를 이용했다.

한두 번 차관이 화해 아니 가까이하려는 시도가 있었지만 사실 내가 외면했었다. 왜, 그냥 좀 싫으니까, 그때 모른 척하고 식사도 하고 비위를 좀 맞추었더라면 내 공무원 인생도 많이 바뀌었을 것으로 생각된다. 나는 왜 그렇게 못 할까 하는 생각도 들지만, 여전히 아닌 것은 아니었다. 나는 나의 가치관으로 나만의 방식으로 나의 삶을 사는 것이니까 지금도 후회는 없다!

● 양산박이여!

업무 이외에 우리 과 직원들의 자긍심 고취를 위해 자주 과 MT를 가기도 했다.

한 번은 목요일 오후부터 토요일 사이 2박 3일간 강원도 설악산을 중심으로 탐방한 적이 있다. 지금도 그렇지만 중앙부처에서 평일에 전 직원이 휴가를 내는 것은 담당과장으로서 쉽지 않은 일이었다. 그날도 직원 1명만 남기고 전 직원을 승합차에 태우고 막 강원도로 이동하고 있는데 BH에서 개인전화로 연락이 왔다. 근무시간에 어딜 가느냐? 하면서, 나는 천연덕스럽게 우리 직원들 사기를 북돋우려고 MT 간다고 하니까, 나보고 복귀하는 것이 좋겠다고 한다. 그렇다고 그냥 복귀할 내가 아니었다. 내 대답은 "우리나라 양식산업 발전을 위해 담당 과장으로서 할 일은 내가 현재 잘하고 책임질 것이다."라고 하고 그냥 밀어붙였다. 그랬더니 같이 있던 직원들도 걱정이 되는 눈빛이었다. 그러나 나는 아랑곳하지 않고 보란 듯이 직원들과 설악산 등반과 폭포 등을 탐방하고 막걸리도 마시면서 오랜만에 휴식을 만끽하였다.

직원들과 설악산 MT 중에

설악산 이북지역인 진부령, 건봉산까지 옛날 군대 생활의 추억이 있는 지역에서 오랜만에 여유와 자유를 가졌다. 그렇게 할 수 있었던 것은 당시 우리 과 직원들이 워낙 일들을 잘해서 연말 각종 평가에서 우수한 결과를 받아 각종 시상과 포상금이 많았기 때문이다. 당시 같이 근무했던 직원들과 정기적인 모임이 있는데 그 이름이 '양산박'이다. 배경은 양식산업과 박신철을 뜻하는 모임이란 의미에서였다.

다시 해양수산부의 부활을 앞두고 조직 신설이 추진되었다. 대상은 양식분야이다. 이유는 다양했으나 첫째는 우리 수산분야에서 미래산업으로서 성장성이 가장 큰 분야였고, 현실적인 이유는 현재 양식산업과가 추진한 성과나 해야 할 일이 너무 많다는 데 대부분 공감하는 분위기인지라 우리 과를 중심으로 양식산업국을 확대 신설하자는 것이었다. 결과는 성공적이었다. 물론 거기까지는 내 상급자들의 노력과 민간분야와 여러 정치인의 노력이 있었으나, 중요한 것은 내가 담당과장이던 양식 분야에 대한 업무개발과 괄목할 만한 성과도 크게 작용한 것이다.

중앙정부의 세종시 이전계획에 따라 우리 부는 2012년 말 눈 덮인 황량한 세종청사에 첫 번째로 이사했다. 어수선한 분위기 속에 해양수산부 부활에 대한 기대와 설렘과 함께 이사를 완료했다. 당시 수산분야에서는 해양수산부 부활에 우리 분야가 중심적인 역할을 했고 그 가운데서도 새로운 조직인 '어촌양식국' 신설에 중심적인 모티브를 제공한 양식산업 분야의 담당과장인 내가 중용될 것이라는 소문이 퍼져 있었고 나도 어느 정도 기대가 있었다.

그러나 박근혜 정부의 조각이 마무리되고 차관인사에서 당시 수산과학원장이 초대차관으로 왔다. 나는 그 양반과의 악연 때문에 약간은 걱정이 되었다. 아니나 다를까 BH에서 임명장을 받고 온 날 밤 11시경에 느닷없는 전화가 걸려왔다.

차관이다. 그것은 나에 대한 인사통보였다. 전화기 속에서 "박신철 당신 지도과장이야" 하는 소리가 지금도 생생하다. 앞의 여러 가지 조직에 대한 공헌으로 중용될 줄 알았지, 지도교섭과장이라니! 당시의 그 직위는 최말단 자리로 그야말로 좌천이었다.

지도교섭과장(부활 해양수산부)

● 최말단에서도 뜨다! (대통령 별도 대면보고)

사실 당시 차관과는 스타일상 맞지는 않았지만, 그동안 같이 근무해 본 적이 없기에 불가근불가원의 관계였다. 문제는 초임 사무관 시절부터 해운항만 출신의 장·차관들에게 바른 말을 자주 하다 보니, 본인으로서는 국장으로서 밑에 직원인 나를 제대로 통솔하지 못한다는 소리를 들을 수 있었고, 나 또한 눈앞의 자기 이익만을 추구하는 스타일을 별로 안 좋아해서 대충 거리를 두고 지내온 사이인 것이다.

그런데 차관으로 오자마자 어찌 보면 동문 후배인 나를 이렇게까지 내하다니 한편으론 기가 막혔다. 그런데 이러한 차별대우에 대항할 방법은 없고 그저 주어진 일을 성실히 해내는 것뿐이었다.

지도교섭과는 국내적으로는 어선어업과 양식어업에 대한

불법행위 단속, 국제적으로는 중국, 일본과의 어업협상을 담당하는 실무부서이다. 가서 보니 중앙 정책부서의 정책기능은 전혀 없다시피 하고 단순 반복적인 업무만을 하고 있었다. 나는 우선 정책부서로서 필요한 중장기 종합대책의 수립 필요성을 느끼고, 어업 및 양식 분야의 모든 불법행위를 구조적으로 단속하거나 경감시킬 수 있는 '불법어업 단속 중장기계획'을 최초로 수립했다. 우선 정책기능의 기초를 다지고 어선안전조업에 대한 법령제정도 추진했다.

그해 연초부터 중국어선의 불법조업으로 인한 피해가 연일 언론에서 다루어지고 있었다. 마침내 새 정부 들어 최초의 대통령 업무보고를 BH에서 하는데 갑자기 내가 대통령께 직접 별도로 대면 보고하라는 지시가 떨어졌다. 사실 난 중요치 않은 말단부서인지라 대통령 업무보고에 참석도 못 할 줄 알고 있었는데 말이다.

사실 내가 맡은 분야는 말단 집행부서이기 때문에 대통령 업무보고에서 중요하게 다루어질 사안은 아닌데, 갑자기 중국어선에 의한 불법조업의 피해가 주목받으면서 담당과장인 내가 대통령께 직접 별도보고하게 된 것이다.

물론 대통령 업무보고 자료도 잘 만들었지만, 문제는 중국어선 불법조업 피해방지대책에 대한 별도의 요약보고를 문제없이 하는 것이었다. 소위 BH 서별관에서 BH의 여러 수석과 대통령을 비롯한 여당의 정책의장 등 여러 고위인사가 모인 자리이기 때문에 다들 바짝 긴장하는 분위기이다. 다른 분야에서 나와 같이 별도 보고하는 어떤 사람은 너무 떨려서 우황청심환을 먹고 보고서를 달달 암기했다면서 BH의 어느 비서관이 나한테도 그렇게 준비하라고 한다. 그래서 나도 준비는 철저하게 했다.

그러나 막상 보고 당일 BH의 회의장에서 대기하다 보니 "아니 내가 대통령 앞에서 적어 놓은 보고서를 그대로 암송할 것이라면 무엇 하려 대면보고를 하나?" 하는 생각이 들었다. 그러면서 대기 중인 대통령과 주변의 수석들을 보면서 속으로 "대통령 할머니가 참 고생이 많다."라는 생각이 들 정도로 마음은 안정되어 있었다.

하여 나는 준비한 보고서를 밑으로 내리고 내가 하고 싶은 대로, 소위 살아있는 보고를 하기로 마음먹었다. 그런데 그때 멀리서 보고 있던 비서관이 와서 준비한 대로 읽으라면서 멋대로 하다가 중간에 생각이 안 나면(머릿속이 백지장처럼 하얗게) 큰일 난다며 다그치고 갔다. 우리 부 차관의 프레젠테이션 업무부고가 끝나고 나의 별도보고 차례가 마침내 돌아왔다.

나는 자리에서 일어나 내 소개 후 바로 대통령께 질문했다. 물론 보고서를 들지 않고서. "대통령님, 중국어선이 왜 그렇게 우리 수역에서 불법조업을 하는지 아시는지요?" 순간 좌중이 적막으로 쫘! 불안과 초조 분위기가 3~4초 지속되었다. 나는 물론 속으로 자문자답을 통해 집중도를 높이고 대면보고의 효과를 올리고자 질문하고 바로 답변을 이어갔다. 이후로도 나는 대통령과 눈을 마주치면서 보고를 이어갔고 중간 부분 또다시 질문을 던지기도 하면서, 그때마다 참석한 모든 사람을 긴장시키면서 보고를 무사히 마쳤다. 사실 대통령 보고 시 면전에서 질문하는 것은 불문율처럼 금기시되던 때였다.

그렇게 업무보고를 무사히 마치고 대통령께서 돌면서 악수를 하는데 다른 분들은 대개 그냥 지나치는데, 나한테 와서는 "아까 그 중국어선 문제 보고했던 분이네요!" 하시면서 여러 가지 말씀을 하시느라 약 20~30초간 머물다 가셨다. 나중에 대통령께서 왜 그렇게 오래 머물렀는지가 궁금해 나를 조사했다는 뒷얘기를 들었을 정도로 화제가 되었던 일이었다.

어찌 되었든 당시에는 금기시되는 행동이었던 대통령께 질문하는 등의 생동감 있고 배짱 있는 보고로 본의 아니게 맨 말단과장이 다시금 주목받게 되었다. 돌이켜 보면 차관이 소위 한직으로 좌천시켰는데 그 자리에서 열심히 하다 보니 전혀 예상치 못하게 대통령께 직접 보고하는 등 두각을 나타내게 되었으니, 그의 얼굴이 새삼 생각나기도 했다. 인생은 역시 궁즉통窮則通이고 정면돌파가 가장 빠른 길임이 다시 확인된 순간이었다.

● 대중국 불법어업 방지대책 30년의 근간을 세우다!

대통령~시진핑 정상회담 현지 지원

몇 달이 지나지 않아 대통령께서 중국 시진핑 총리와 정상회담이 확정되었다. 대통령께서 시진핑 총리에게 중국어선 불법조업 문제를 거론하시겠다며 유효한 중국어선 불법조업 방지대책을 보고하라는 경제수석의 지시가 떨어졌다.

그때는 곧이어 일본과의 어업협상도 동시에 시작되는 상황이었다. 당시 나의 상관인 국장과 실장이 있는 상황에서 단시간 안에 대통령께서 원하시는 중국어선 불법조업 방지대책을 만들기가 어려운 상황이었다. 왜냐하면, 우리 실·국장 둘 다 겁은 많고 책임지고 결정하는 스타일이 아니라서 작업이 원활하게 진행될 것 같지 않았다. 다행스럽게 두 분은 일본과의 어업협상에 집중하고 중국 문제는 내가 책임지고 하는 것으로 정리됐다. 대통령 방문 한 달 전에 그런 지시가 내려왔으니 최소한 열흘 이내에 종합대책을 수립 보고해야 하는 다급한 여건이었다. 나는 일주일 안에 종합대책을 마무리할 심산으로 핵심직원과 일주일간 밤을 새우며 준비했다.

지금은 당연시할지 모르나 당시는 매우 혁신적인 생각들이 다수 포함되었다. 예를 들면 중국어선의 자국 항구에 대한 입출항 신고, 서해 중간수역에서 중국 어업지도선이 자국 어선의 불법어업 공동감시, 한국 배타적 경제수역EEZ 내 조업 어선에 대한 체크포인트Check point 제도 도입, 어업허가증의 진위를 원거리에서 확인 가능한 전자어업허가증 제도 도입 등 그야말로 실현 불가능한 대안들이었다. 거의 대책이 완성되어 갔지만, 대통령과 당시 유명한 J 모 경제수석한테 설명하는 것이 문제였다.

당연히 대통령이나 경제수석도 위의 주요 내용이 전문적인 분야이고 처음 보시는 내용이라 이해하기 어려운 것이다. 나는 경제수석보고 바로 전날, 대책안의 주요 핵심내용을 중국~우리나라 서해안이 나타나는 해도海圖에 그림으로 표시하도록 지도를 작성했다. 한마디로 전체 개념만 이해하면 이 지도 한 장으로 모든 것이 설명되고 이해되도록 한 것이다.

다음 날 경제수석 보고는 중국어선의 침투배경 및 경로, 대응방안 순으로 대략적인 개념 설명 후, 복잡한 대책들을 눈에 보이도록 그림으로 표시한 한 장의 해도로 설명했다. 예를 들면 한국어장으로 침투하려는 중국어선의 출발지인 중국항구 → 중국 EEZ →한중 중간수역 →한국 EEZ의 통과경로에 따라 체계적인 대응방안이 일목요연하게 한 장의 바다 지도에 그림으로 표기되어 처음 보는 경제수석도 금방 이해하시고 매우 만족해하셨다. 이 정도면 이 한 장으로 대통령께 보고하면 되겠다고 했다. 사실 아시는 분은 아시겠지만 J 모 경제수석은 매우 기민하시고 까다로운 천재수석이라고 소문이 자자한 분이셨다.

이렇게 하여 그동안 없었던 대중국 협상전략과 중국어선 불법조업 방지대책의 핵심적인 프레임이 완성된 것이다. 나중에 들어보니 대통령께서도 만족해하시고 중국 총리와 정상회담 시 이 문제를 거론하신다고 했다.

정상선언 후속합의

일단 국내 파트는 정리되었지만, 정상회담 전 중국 측 실무자들과의 사전조율이 중요했다. 나는 대통령 방문 전에 미리 중국으로 건너가 중국 농업부(당시 어업문제를 농업부가 담당) 담당과장과 국장을 만나 우리의 대책을 사전 설명하고, 우리 부 Y모 여성장관을 모시고 중국 농업부 장관과의 정상회담 대비 사전 실무협의도 마쳤다.

사실 중국 측에서 보면 자기들 인구는 15억 이상이고 우리는 5천만, 어업인구도 우리는 10만, 자신들은 2.5~3천만이니 기세가 등등했을 것이다. 우리는 해안선 및 어선 등의 규모에서 너무나 열세이지만 기죽지 않고 대등하게, 아니 오히려 선도하면서 협상을 준비해 나갔다.

이제 중요한 것이 정상 간의 대화 내용을 정하는 것이었다. 우리 측 외교통상부에서는 의례적인 외교적 수사는 배려하지만, 특정 분야의 민감한 사항을 가능한 한 적게 터치하고 싶어 했다. 나는 당시 양국 간의 관계가 좋은 상태임에도 대통령께서 우리 어업인에게 피해를 주는 중국어선 불법조업 근절에 관한 요구를 하신다고 하니 가능하면 실질적인 사항이 포함되도록 외교부 측과 싸웠다. 결과는 역대 어느 정상회담에서도 찾기 힘들 정도로 수산분야의 실질적인 내용이 담기게 되었다.

중국과 사전조율하고 준비한 덕분인지 천안문 광장에서 시진핑 총리와 중국 인민군이 사열하는 등의 행사가 잘 진행되는 동안 우리 실무자들은 중국 농업부 직원들과 사후 후속 조치에 대해 논의를 하느라 천안문 근처에는 가지도 못했다.

난생처음 체제가 다른 중국 공산당 공무원들과 협상하고 일을 해보니 예상외로 이분들의 논리와 준비성에 놀랐다. 결코 우리에게 뒤지지 않을 뿐 아니라 오히려 어떤 공식 석상에서의 스피치는 정말 적절하게 잘했다. 역시 수십억의 인구 중에서 뽑히고 단계별로 성장하면서 훈련된 실력이 대단하다고 느꼈다.

이제부터는 실행이다. 정상 간 합의한 내용을 실천에 옮겨야 한다. 다행히도 양국 간에는 매년 다음연도에 각국의 배타적 경제수역EEZ에 입어할 어선척수, 어획량, 조업조건 등을 협의하는 정기적인 회의 채널이 있었다. 그것이 어업공동위원회였는데 실무 과장급회의, 고위급회의 등으로 구분되어 운영된다. 나는 담당과장으로서 실무선에서 필요한 이슈들이 정리 합의되면 고위급으로 올라가서 최종합의를 진행하였다.

앞에서 대통령께 보고했던 종합대책에 포함된 대책들이 사실은 내부보고 과정에서 실현 가능성이 없다고 결재를 거부하거나 미루었던 사항들을 내가 억지로 주장하여 관철시킨 것들이어서 사실 상대국과의 합의를 끌어내기가 더욱 어려운 상황이었다.

더군다나 나의 첫 번째 협상파트너는 전형적인 중국 공산당 출신의 무관이었다. 대책의 주요 내용을 기억나는 대로 적어보면,

① 양국의 중간수역에서 불법어업 공동감시: 이것은 아무리 중간수역이라고 해도 중국의 어업지도선이 자국의 어선을 감시하여 한국수역 입어 전에 걸러 내자는 의도였다. 그런데 이것을 중국 측이 수용할 리가 없다는 생각이 지배적이었다.

② 한국수역EEZ에서 체크포인트Check point 제도: 우리 수역에서 조업 후 귀국할 때 사전에 정해놓은 주요지점을 통과토록 하고 이때 어획물, 어획량 등의 불법 여부를 점검하는 제도. 이것 또한 합의하기가 어려운 사안.

③ 전자어업허가증 제도 도입: 한국수역에 입어할 수 있는 허가가 매우 제한(단지 1,600척)되어 있어 중국어선은 하나의 어업허가를 여러 개로 만들어 허위 허가증을 비치하고 불법조업 하는 상황. 모든 배의 허가증을 일일이 확

인할 수 없으니 원거리에서 진위 여부를 확인하기 위한 제도로 다소 시간이 소요되나, 이것 또한 수용이 쉽지 않은 이슈.

④ 중국어항 입출항 신고제도: 당시 중국당국도 중국어선이 몇 척인지 파악이 안 될 정도로 무허가 어선을 아무 곳에서나 불법으로 건조하고, 불법조업을 하는 상황. 항·포구에서 선박의 입출항을 신고하도록 함으로써 출발부터 무허가 불법어선을 관리하는 제도. 당시 우리나라에서는 당연시되는 제도이나 중국당국은 단시간 안에 실시하기 어려운 제도임. 등등.

이렇게 상대방이 수용하기 어려운 어젠다들이 산재해 있으니 사실 협상을 시작하기 전에 쉽지 않겠다는 생각이 들었다. 어업기술이나 정책은 우리가 앞서 있기는 했지만, 국가 전체의 경제 운용 및 무역 규모, 기타 여러 가지 여건을 감안하면 결코 유리하지 못한 형국이었다.

어찌 되었든 중국 불법 어선 단속과정에서 우리나라 해양경찰 사망사고 등으로 본격적인 협상 전에 한두 번 만났던 중국 측의 실무담당 과장과 마주 앉았다. 대부분의 이슈들이 우리 쪽에서 중국 측에 요구하는 처지라 중국 측에서 힘들다고 한다거나 반대한다면 진척이 안 되는 것이다. 여러 가지 이슈 중 최고의 관심사는 '중간수역 공동감시'와 우리 측 수역에서의

'어획물 체크포인트 제도' 도입이었다. 나는 어려운 일과 마주치면 결국 최고의 대응전략이 정면돌파라는 생각으로 맞섰다.

각각의 어젠다마다 먼저 중국 측의 입장을 최대한 경청하고 그 상황을 이해한다고 하면서, 그러나 우리가 '황해'라는 공동의 바다를 잘 관리하기 위해서는 어렵지만, 정상 간의 선언도 있고 하니 한번 추진해 보자고 설득했다. 처음에는 상당히 경직된 표정으로 임했지만, 자기들의 입장을 진정으로 이해하며 황해 전체의 공동 이익을 위해 추진해 보자는 설득에 점차 동의하기 시작했다.

나의 협상파트너는 공산당 특유의 깐깐함이 넘치는 친구였다. 하지만 쉬는 시간마다 격의 없는 대화를 통해 나중에는 나를 '따거(중국어로 큰형)'라고 부르면서 전격적으로 합의에 응해주었다. 사실 나도 합의를 끌어냈지만 믿어지질 않을 정도였으니, 협상 결과를 본부에 보고했을 때 결재라인에서 믿지 못하는 것은 어쩌면 당연한 일이었다.

사실 앞의 어려운 네 가지 어젠다 중 마지막을 빼고는 전격적으로 합의를 하고, 마지막 중국 국내 항·포구에서의 출입항 신고 건은 나중에 중국의 항·포구 관리체계가 정비되면 논의하는 것으로 실무적인 결론을 냈다. 실무 과장급 협상이지만 불가능한 이슈들을 합의해 낸 결과에 BH에서도 아마 놀랐을 것으로 생각되었다. 다음은 국장급 회의, 내가 합의한 것을 다시 한번 조율하는 단계인데 여기서 문제가 발생했다.

나의 상관인 국장이 담당인데 중국 측 대표한테 마치 유치원생 가르치듯 설명을 해댔다. 상대방의 표정이나 감정도 살피지 않으면서 일방적으로 요구하니 중국 측 국장이 거의 모든 이슈마다 귀찮다는 듯이 "원칙적으로 동의한다"는 말만 반복한다. 사실 이 말은 반대한다는 뜻의 중국식 대응이다. 이런 식으로 실무과장급에서 이미 합의한 사항을 정말 어찌 보면 창피할 정도의 수준으로 협상을 하는 것을 보고 나도 지루하고 기가 막혔다. 그래서 여러 번 국장한테 상대측을 배려하면서 하라고 직언하는 과정에서 국장과 불편한 광경이 본의 아니게 생겨났고, 그로 인해 나중에 국장이 지방으로 좌천 발령나게 되었다. 하긴 같이 협상장에 있던 모든 직원들이 같은 생각이었으니 크게 보면 무리한 조치도 아니었다.

일방적으로 이미 합의된 사항을 열거하며 강요해 대니 협상결렬은 어찌 보면 당연했다. 결렬 후 협상 결과를 보고하는데 당시 차관이 "아니 당신은 무얼 하는데 담당 과장이 다 합의한 것을 어떻게 판을 다 깨느냐."고 대단히 핀잔을 들었다고 한다. 담당 과장으로서 현장에 참여했을 때 내가 이미 합의한 사항을 억지로 유치원생 대하듯 설명하고 강요하는 동안 정말로 지루했는데, 충분하게 훈련된 노련한 중국 측은 어떠했으리라 짐작이 될 것이다.

이제 최고위급인 실제 어업공동위원회의 절차만이 남아 있었다. 다행히도 당시 실장이 대외협상에 경험이 있던 터라 국장급에서 부결됐던 어젠다들을 대부분 원래대로 복원시키고 합의를 끌어냈다.

업무 내용과는 별개로 당시 협상 상대방이었던 중국 측의 과장, 국장, 처장 그리고 국장(부장)급의 인사들을 보면서 우리 자유민주주의와는 다른 체제의 인사들인지라 약간은 우리를 무시한다는 생각도 있었다. 그렇지만 단계별 협상을 진행하면서 중국 공산당의 인적자원을 발굴하고 육성하는 방법이 대단하다고 느꼈다. 상대를 배려하는 매너, 특히 여러 사람을 대상으로 하는 연설의 언변과 기술은 오히려 우리를 능가하고도 남았다.

아무튼 그렇게 대통령의 갑작스러운 지시를 받고 대對중국 불법어업 단속 및 대응방안을 수립할 때부터 다들 어렵다고, 아니 불가능하다고 생각됐던 이슈들이 최종 타결되고 합의를 끌어냈다.

사실 당시 박근혜 정부에서 정권에 도움이 되는 좋은 뉴스가 없어 어려웠던 때였다. 따라서 대통령 자신이 중국 시진핑 총리한테 직접 언급한 중국어선 불법조업 방지에 대한 실질적인 진전을 이루어 냈으니 BH에서 무척이나 좋아했다는 얘기를 들었다. 당시에 만든 대 중국어선 불법어업 방지체계는 전반적으로 우리 측에 유리하게 설계되어 향후 10년간은 우리나라 국익에 도움을 줄 것으로 예측했고, 아마 오늘날까지도 대부분 유지 관리되고 있을 것이다. 그래서인지 몰라도 대통령께서 대對중국 어업협상팀의 결과에 기뻐했고 공식적인 칭찬도 하시며 연말포상을 하라고 지시하시기도 했다.

〈회상 12〉

중국과 어업협상 당시 국장을 보다 잘 모실 수는 없었나?

앞서 얘기한 것처럼 실무과장급에서 불가능할 것 같은 어젠다들을 거의 모두 합의했는데, 국장급에서 대부분 결렬시키고 있으니 정말 한심한 일이었다. 더구나 그 협상 수준이 어디 유치원 수준의 저급한 용어, 상대방을 무시하는 일방적인 가르침과 같은 상황이니 이건 국가 간 정부 대표가 이럴 수 있나? 정말로 창피한 노릇이었다. 직언하는 과정에서 싸우기도 하고 불편한 사이가 더욱 악화되었다.

그런 국장을 보다 좋게 대하여 협상 결과를 성공적으로 바꾸어야 하는데 그게 잘 안 되었다. 이 부분은 어디까지나 그래도 상관이니 보다 유연하고 부드럽게 처리하지 못한 내 수양의 부족함 때문이었다. 그 국장은 지방 좌천 이후 나하고 안 보는 사이가 됐다. 한편으론 미안한 생각도 있기는 했다. 국익을 위해서는 불가피했으나 여전히 상관을 모시는 것이 부드럽지 못했다.

☞ 疾風知勁草 板蕩識誠臣(질풍지경초 판탕식성신): 세찬 바람이 불어야 억센 풀인지 알 수 있고, 출렁이는 파도 속에서 진실한 신하를 알아본다 했는데 그런 행운은 없을까?

정상선언 후속실천(중국어선 공동감시 등)

공식적인 합의도 했으니 이젠 실행단계. 다음연도에 가장 중요한 서해 중간수역에서 양국 지도선이 불법조업 어선을 공동감시해야 했다. 연초에 양국 단속기관 간(서해어업관리단~중국 농업부 지도선) 실행계획을 사전조율하고 이제 실행만이 남겨진 상태였다. 그런데 하필이면 서해 특정 해역 주변에서 우리나라 해양경찰이 중국 불법 어선을 단속하는 과정에 중국 선원이 사망하는 사고가 발생하였다. 이 사건을 계기로 중국 측은 과잉폭력단속이라며 예정돼 있던 서해 중간수역 공동감시 시행을 무기한 연기해 버렸다. 우선 이 사망사고에 대한 처리와 이후 재발방지 방안이 논의되었고 중국 측은 우리나라 해양경찰의 폭력단속에 대단히 불만이 높았다.

이에 따라 중국 측은 인권을 존중하는 소위 중국식 '문화적 단속'을 요구하였고 이에 대한 재발방지 약속을 한 후에야 다시 분위기가 돌아왔다.

매번 중국과의 협상테이블에 마주 앉을 때 느끼는 것이지만 우리나라 어업인구 10여만, 중국 3,000만 명 수준이고 우리나라 해안선의 길이나 인구가 중국의 한 개 성에 비교될 정도인데, 당당히 맞서 협상하고 오히려 상대를 압도하여 우리 측에 유리하게 합의를 하는 것이 얼마나 대단한 일인가 하는 생각이 들었다. 사실 우리나라 오천 년 역사 이래 중국국민이 불법어업을 했다고 선박을 나포하고 벌금을 먹이고 재판하는 시절이 있었나! 다른 분야는 몰라도 최소한 어업협상 분야에서만큼은 우리 한민족의 자존감을 제대로 떨치고 있다고 생각했다.

태풍으로 인한 연기 등 여러 우여곡절 끝에 마침내 그해 3/4분기에 양국 서해 중간 수역에 대한 양국 어업지도선의 중국어선 공동감시가 시행되었다. 대단한 일이었다. 중국국가 지도선이 우리와 같이 자국 어선의 불법어업 행위를 감시하다니 말이다. 1년 전만 해도 "잡히지만 말고 고기 잡아 살아만 돌아오라."는 것이 중국 당국자의 생각이었으니 말이다.

그리고 다음 해 3월쯤인가 갑자기 BH에서 상을 준다고 난리였다. 알고 보니 전년도 어려운 상황에서도 유일하게 대통령께 즐거움을 준 중국 어업협상팀에 대해 대통령께서 연말 포상을 지시했는데, 담당 부서가 깜박 잊고 있다가 나중에 상을 준다는 것이다.

나를 포함해 협상라인에 있던 사람들이 줄줄이 상을 받았다. 나는 실무 담당과장으로서 근정포장을 수상했다. 기억해보면 공직기간 동안 상賞하고는 인연이 없고, 오히려 매사 적극적으로 일하다 보니 감사원 지적은 여러 번 받았는데 본의 아니게 상을 받은 것이다.

● 일본과의 어업협상

초강수, 협상 막판 조업 중인 우리어선 전격 철수시키다!

다음은 중국과 반대편 동해와 남해를 사이에 두고 벌인 일본과의 어업협상을 얘기할까 한다. 일본과의 협상 지형은 중국과는 완전히 딴판이었다. 1999년 한일어업협정 타결 이후 근 15~16년간 승패로 따지면 거의 우리가 전패인 형국이었다. 이유는 중국과는 다르게 일본수역의 자원이 상대적으로 풍부하기 때문에 우리 측 어선이 일본수역에 대한 조업의 존도가 높은 편이다. 그렇다 보니 협상타결이 지연되고 막판까지 가면 일본 측에서 현재 조업하고 있는 한국어선을 모두 철수시키라고 협박 아닌 협박을 하므로 그때마다 우리나라에 불리하고 굴욕적인 조건에 합의하고 양보해 온 것이다.

이런 여건하에서 본 협상을 시작하기 전에 양국의 불법어업지도에 관한 과장급 회의를 해보니, 나의 협상파트너가 일본 동경대 출신의 완전 우익 꼴통이었다. 조금의 양보도 없이 치고받고 자국의 입장만을 되풀이하는 형국이었다. 우리 측의 불법어업 적발 건수가 일방적으로 많다 보니 우리가 궁지에 몰리는 상황이 거듭 반복됐다.

약간 푸대접 느낌이 날 정도로 거의 준비가 안 된 일본 수산청 회의실(최근 반도체 수출규제 회의 시 썰렁한 분위기와 비슷한)에서 회의도 하고 양국을 오가면서 여러 차례 만났지만, 전혀 진전 없이 시간이 흘러갔다. 일본 협상팀은 대부분 동경법대 출신의 강성라인에다 손톱만큼의 양보도 없었다.

나는 실무 담당과장으로서 그동안 우리 측의 약점 때문에 사실상 전패를 당했던 전례를 뒤집고 싶은 생각이 들었다. 어민과 국익을 넘어 개인적인 도전의식이 마음속 맨 밑바닥에서 솟아 올라왔다. 우리 측의 아킬레스와 같은 "조업 중인 배를 철수시켜라."라는 상대방의 강점을 역으로 활용하기로 마음먹었다. 이렇게 하기 위해 회의 중반전부터 일본 EEZ에 입어하는 제주 갈치 연승어선, 대형선망 어선, 중형기선저인망 등 주요업종의 선주 대표자들과 이번 협상에서 기어코 판을 뒤집기 위한 준비를 했다.

협상 막판에 조업 중인 어선을 전원 철수시킬 수도 있다는 것을 협의하고 필요하면 전격 철수할 수 있는 준비를 마쳤다. 나중에 정부의 조업 철수 요구에 따른 경영손실에 대한 보상요구가 걱정되기도 했다. 이들 업종 중에 일본 측의 최대압박 업종이 주로 제주에 근거지를 둔 갈치 연승어업이란 업종이다. 당시 연승어업의 선주협회장은 대단한 강성파였다. 나하고 소주 한잔하고 스타일이 잘 맞는 H 모 회장이었는데 이분의 적극적인 협조로 소위 완전하게 내부 배수진을 준비했다.

한 치의 양보도 없이 실무급 회의를 마치고 일본 동경 수산청에서 국장급 회의를 할 때였다. 역시나 단 하나의 의제도 타협이 되지 않는 상황, 협상이 강 대 강으로 진행되었다. 너는 너, 나는 나 식으로 상대를 무시하면서 자기 할 소리만 했다. 당시 우리 국장은 사람은 순박하나 대단히 순발력이 떨어지는 스타일이어서 난처한 상황마다 본의 아니게 내가 나서 대응하여 순간을 모면해야 했다. 회의는 막바지로 치달았다. 담당 국장이 긴박한 회의 대응을 잘 못해서 과장인 내가 위기를 모면하는 행동을 이 양반은 본인을 무시하는 것이라 생각했다. 그로 인해 어찌 보면 나를 멀리했고 나의 승진에 부정적인 영향을 끼쳤다.

〈회상 13〉

일본과 어업협상장, 내 상관인 국장은 긴박한 위기 봉착 시, 내가 나섬으로 인해 자신을 무시했다고 생각?

중국 협상 시 국장과의 불편한 관계, 이번에는 일본 어업협상 시 다른 국장의 오해, 나는 왜 상관들과 관계가 원만치 못했을까? 물론 표면적인 사정은 있었으나, 돌이켜 보면 내가 유연하고 보다 원만하게 직언하고 관계를 맺을 방법이 없지는 않았던 것 같다. 그분들과 문제가 있었지만, 결국 나의 인간관계에 문제가 있었다. 잘못하고 부족한 상관을 어떻게 잘 모시는 방법을 언제나 터득할 것인가?

일본 측은 마지막 순간에 기다렸다는 듯이 "현재 일본수역에서 조업 중인 한국어선을 모두 철수시켜라"라고 요구했다. 사실 나는 이 순간을 기다려왔다.

필요시 조업 중인 우리 어선을 모두 철수시킨다는 것은 사전에 물론 상관인 국장, 실장 그리고 차관하고 협의한 내용이었지만, 당시 국장이나 실장이 다들 겁이 좀 많은 편인지라 그에 따른 후속 피해 등등의 걱정에 선뜻 행동에 옮기지 못했다. 나는 현장에서 선주협회장 등과 끈끈하게 연결되어 있으니 걱정하지 말라고 하면서, 일본 현지에서 즉시 내일 자정(24:00)부로 모든 어선을 철수시키라고 지시했다.

예전 같으면 우리나라의 조업 중인 어선을 철수하라고 하면 한국 측이 대부분 일본 측의 요구를 들어주면서 협상이 타결되는 것이 그동안의 행태인데, "그래 좋다" 내일 자정까지 다 철수시키겠다고 하고 그대로 협상을 결렬시키고 한국으로 귀국했으니 일본 측이 매우 놀란 것은 인지상정이었다. 국내에 돌아와 처음 10여 일은 조용했다. 3~4주가 지나자 강제철수해 국내에 정박 중인 업종별 선주들의 조업손실에 따른 불만이 터져 나오기 시작했다. 큰일이었다. 나는 즉시 주요업종별 대표자를 만나 그동안의 불리한 조업조건 개선과 향후 전세 역전을 위해서는 국내 연관 업종 어업인의 단합이 대일본 협상력의 관건임을 강조하며 설득했다. 좀 더 참고 밀어달라고 이번 한 번은 역전시켜 보자고 부탁하면서 어업인들의 마음을 한곳으로 모았다.

15전 15패의 어업협상 막판 역전시키다!

일본과 밀고 당기는 시간을 보내면서 우리 팀은 몇 가지 역전전략을 만들었다. 주요 내용은 첫째 조업의 순기巡期를 바꾸는 것이다. 그동안은 매년 1월부터 12월 말까지를 조업대상 기간으로 해서 협상을 했다. 이러다 보니 통상 고기를 가장 많이 어획하는 시기가 보통 10월부터 다음 해 3월경인데 연말쯤 협상이 지연되면 한창 성수기에 조업 중인 어선을 강제 철수시키라는 협박을 당해 왔다. 그런 이유로 조업의 순서와 기간을 6월에서 다음 해 5월 말로 바꿔야 하는 것이다.

두 번째는 일본 측의 주요 공격 포인트인 제주갈치 연승어업의 불리한 조업조건을 개선하는 것이다. 이것은 우리 어선의 조업 경로, 즉 GPS 항적 기록을 5일간 보존하게 되어있는 규제를 완화하는 것이다. 기본적으로 일본 측은 입어선박 척수에 비해 터무니없이 적은 어획량을 허용하여 우리 측을 압박했는데, 사실 최소경비도 안 되는 척당 허용어획량으로 인해 우리 선박 대부분이 허용량을 초과해서 경영여건을 맞추어 왔다. 일본 측에서 보면 불법조업을 해온 것이다. 이러한 상황에서 조업 경로의 5일간 보존의무는 우리 어선의 입장에서는 불법조업의 증거를 제시하는 완전한 족쇄였다.

과거 5일간 조업 경로를 보면 현재 어획량이 어느 수역에서 잡은 것인지를 곧바로 알 수 있으므로 매번 허위 어획량 기재로 일본 단속선에 의해 나포되고 상당량의 벌금을 내고 있는 상황이었다. 이외에도 대형선망(고등어 대상) 조업조건 변경 등 여러 가지 이슈들이 섞여 있었다.

사실 일본과의 협상에서 인력, 조직, 예산 등 모든 면에서 우리 측이 완전한 열세형국이었다. 일본 측은 협상 전담인력만 거의 100여 명이었지만 우리는 겨우 7~8명 수준이니 이슈 대 이슈의 자료싸움에는 무조건 필패하는 여건이었다. 하여 나는 불리한 여건을 극복하기 위해 그동안의 1:1 어젠다 논의 방식에서 일본 측이 경험해 보지 못한 여러 어젠다를 섞어서 통桶으로 협상하는 소위 '패키지 딜'Package Deal 전략을 수립했다. 협상결렬 후 조업 중인 어선을 전격 철수시키는 초강수를 두고 난 후, 한 6개월여를 지나 재협상이 시작되었다.

나는 일본 측이 줄곧 원하던 일본 선망조업선의 시험조업을 연장해 주는 대신, 위에서 말한 중요 과제들을 한 번에 묶은 패키지 딜을 시도했다. 그것도 우리의 제주도 남쪽 고등어가 필요한 일본 선망업자들의 불만이 극도에 달한 시기에 말이다. 일본은 우리와 다르게 서일본, 즉 우리나라 동해연안 어업인들의 영향력이 크고 그에 따라 그 지역 출신 국회의원들이 일본 정계에 입김이 크게 작용한다. 한마디로 수산업이 크게 대우를 받는 나라이다. 그런 지역의 일본 대형선망 업자들이 정계를 압박해서 그런지, 그들의 오랜 숙원이던 일본 선망의 시험조업이 시험조업은 유지하되 일반업종과 같은 조업조건 보장에 일본 측도 우리 측의 중요 패키지 딜(어업순기 변경, 갈치연승의 GPS 조업조건 완화, 동해중간수역 교대조건 등) 요구조건을 막판 협상에서 받아들여 합의를 이끌어 내었다.

처음 타결 후에는 별 영향이 없는 듯했지만, 시간이 점점 지나자 일본 측은 협상에서 우리한테 패배를 자인하듯 자기들 협상 진용을 대폭 교체, 우익강성의 동경대 출신으로 교체했다.

우리는 한참 조업 중인 1월경에 타결압박을 피할 수 있어 훨씬 협상력을 높일 수 있고, 일본수역의 최대 조업업종인 갈치연승의 족쇄와 같은 조업조건을 개선하여 어업인들의 경영개선에 실질적인 도움을 주게 되었으니 실질적으로는 일본 측이 참패했다고 볼 수 있는 상황이었다. 한동안 어업현장에서는 2000년 한일어업협정 이후 거의 15전 15패의 열세를 딱 한 번 전세를 뒤집은 협상이라고 이야기를 듣곤 했다.

일본과 어업협상을 마치고

이후 일본은 더 이상의 협상을 진행하지 않고 아직도 양국 간 협상은 이러저러한 정치적인 문제로 타결되지 못하고 있다. 일본 측이 한 번 내준 열세를 만회하기 위해서 동해중간 수역의 민감한 영토문제를 무리하게 요구하므로 계속적인 공전이 이어지고, 한편으론 협상결렬로 인해 양국 해역에 대한 조업의존도가 있는 일부 업종에서 경영손실 장기화로 불만이 커지고 있다.

어업정책과장(2014~)

● 우리나라 어업현황

2014년 2월 우리나라 어업분야의 총수 격인 어업정책과장으로 부임했다. 어업정책과는 어업에 관한 제도를 총괄하는 역사와 전통이 있는 기관이다. 인류가 태생 이후 처음 수렵생활 당시부터 물가에서 고기를 잡았으니 가장 오래된 업종이 어업인 셈이다. 이런 전통을 가진 어업정책 분야에 부임해 보니, 그야말로 전통적인 보수와 매우 비슷하여 국민과의 소통은커녕, 우리나라 국세청의 세법 다음으로 복잡하다는 수산업법의 조문, 글자 하나를 지키기 위해 몸부림치는 그런 조직이었다.

실상 작금의 수산업법상 어업의 근간은 일제 강점기에 형성된 것으로 아직도 옛날 일제의 법체계를 유지하고 있는 것이 사실이다. 한마디로 바다환경과 세상은 급변하고 있는데 아직도 과거 100여 년 전에 머물고 있어 그야말로 '어업의 민주화'가 절실하게 필요한 분야였다.

특히 직원들이 고객인 어업인을 마치 거짓말쟁이 또는 도둑놈 대하는 듯이 하는 태도를 보고 놀랐다. 알고 보니, 어업 분야 민원은 하나같이 생업과 직결된 고질적인 민원이라 어업인들이 과다하게 부풀리거나 생떼를 쓰는 경우가 빈번하였다. 그렇다 보니 직원들은 어업인들이 늘상 거짓말한다고 생각하는 것이다. 나는 직원들의 그런 태도를 엄하게 꾸짖었다. "국민의 녹봉으로 국민에게 행정서비스를 하는 것이 공직인데, 어민들은 국민이 아니냐? 아무리 거짓이라도 일단은 겸허하게 경청부터 해라!"라면서 말이다. 처음에는 직원들이 전과는 전혀 다른 과장의 입장에 난감해하는 듯 보였다.

사실 당시 세종정부청사 민원의 80% 이상이 어업정책과 업무에 관련된 것이고, 그것도 다 과격한 민원이라는 말이 돌 정도의 힘든 부서였으니 일면 직원들이 이해는 갔다. 다른 시각으로 보면 그만큼 어업에 대한 규제가 많다는 방증이었다. 당시 수산업법에는 44개 업종이 있고 어선 6만 5천여 척이 저마다 독특한 방법으로 공유자원인 수산자원을 대상으로 생업을 유지하고 있었다. 크게 보면 연안어업과 근해어업으로 나누어 볼 수 있고, 연안 어선이 약 5만여 척, 대개 기업형인 근해어선 2천 8백여 척, 기타 양식 어장 관리선 등으로 구성되는데 전체어획량 중에서 근해어선이 80%, 연안 어선이 나머지 20% 정도를 어획 생산하는 구조이다.

● 전국에 산재한 영세어업인의 대변자를 만들다!

기본적으로 어업은 연근해 해역이 서로 경계가 명확하게 정해지지 않고, 공유자원(주인 없음)인 물고기를 어획하다 보니 한마디로 주인 없는 물고기를 먼저 많이 경쟁적으로 잡아야 한다. 그것도 어선 척수는 전체의 5% 이하인 근해어선이 전체어획량의 80% 정도를 생산하는데, 현행제도는 자원관리의 명목으로 대부분의 규제가 근해어선보다는 영세한 연안어업에 집중되어 있다.

단일업종으로 가장 규모가 큰 근해선망(주로 고등어 어획)이라는 업종은 거의 규제제로Zero에 가까울 정도이니, 영세 연안어업의 민원은 갈수록 높아만 갔다. 내가 봐도 아무리 생산이 중요해도 너무 일방적인 측면이 있었다. 어선의 90%를 차지하는 연안어업은 생계형이고, 전체 어선의 5% 이하인 근해어업은 기업형이라면 그에 맞춰 최소한 어느 정도 균형 있게 규제에 대한 정책이나 집행이 되어야 하는데 말이다. 사실 나는 기본적으로 약자를 대변하는 성향이 강했고, 또한 국가는 다수의 영세한 국민의 이익을 지켜주어야 한다는 평상시의 소신이 있었다.

나는 보임하자마자 대부분의 정책 판단기준을 다수의 약자인 연안어업인 보호에 두고 정책을 추진했다. 당시만 해도 영세하지만 다수인 연안어업은 업종도 많고 전체 해역에 산재해 있어 그들의 전체입장을 대변할 기구도 없었다. 거미줄 규제로 인한 불법어업으로 단속되고 대형어업에 의한 피해를 봐도 그냥 개별적으로 하소연하든가 아니면 그냥 참고 지내야 하는 현실이었다.

당시 하도 근해어업에 의한 피해가 빈번하다 보니 연안과 근해를 공간적으로 구분해서 자기들만의 영역에서 조업해야 한다는 주장들이 퍼지고 있었다. 법적으로는 연근해의 구분이 공간적인 것이 아니고 어선의 톤수 규모(10톤 기준)로 하고 있었다. 평상시에도 리아시스식 해안인 우리나라 연안은 수산자원의 산란 및 서식의 최적지인지라, 연안자원 보전이 무엇보다도 중요하고 그런 차원에서 연안과 근해의 공간적인 구분은 타당성이 있어 보였다. 하여 나는 연안 어업인들의 다양한 민원과 의견을 대표할 수 있는 사단법인 '연안어업협의회'를 설립 승인하였다. 이 최초의 연안어업협의회는 연안 어업인을 단합시키고 힘을 모으는 계기가 되었다.

또한, 어업분야는 매우 다양한 어종을 생산함에도 생산품목의 소비촉진 및 홍보를 위한 지원사업이 없는 상황이었다. 반면, 한우, 한돈의 경우는 자조금이 수백억 원대에 이르고 양식 분야도 김, 굴, 메기 등 다양한 품목에 자조금이 지원되고 있었다. 연안 어업인의 자생적인 경쟁력 제고를 위해 위에서 말한 사단법인을 설립 인가해 줌으로써 전국에 분산된 미약한 주장이 대표성 있는 업계 의견으로 전달되도록 함은 물론, 어업 분야에도 품목, 즉 어종에 대한 제품 경쟁력 확보 차원에서 자조금 사업을 신규로 만들어 지원하기도 했다.

● 팽목항 유가족 캠프에서 브리핑하다!

어업정책과장 초창기에
비극적인 세월호 침몰사고가 발생하다

여객선 세월호 침몰사건은 아직도 사회적으로 관심이 많으며 발생되지 말았어야 할 비극적 사건이다.

지금부터 나는 세월호 사고 수습의 여러 분야 중 내가 직접 참여한 유실관리 T/F 운영에 관한 사항을 얘기하고자 한다. 유실관리 T/F란 세월호 침몰로 바다에 가라앉은 선내의 270여 명 이상의 학생들이 수색구조와 인양 전에 선체 밖으로 빠져나가는 것을 방지하기 위한 활동을 말한다.

사고 당시 나는 해양수산부의 어업정책과장이었고, 우리 부 직원들 대부분 순번에 따라 사고 현장인 진도에서 지원 근무를 하고 있었다. 그런데 순번에 의하면 나의 차례가 한 10여 일이나 남아 있었는데, 진도 범대본(범정부 대책본부)의 우리 부

기조실장으로부터 급한 전화가 왔다. 빨리 당장 진도로 내려오라는 것이다. 왜 그러냐고 물으니 빨리 와서 너희 수산실장을 구해야 된다는 것이었다.

그래서 순서가 오기도 전에 진도 사고현장에 급하게 내려가게 되었다. 도착해서 유실방지T/F에서 개략적인 업무를 들은 후 그날 저녁 바로 매일 아침저녁 열리는 장관 주재 범대본 저녁회의에 들어갔다. 원래는 T/F 부단장인 우리 부 수산실장이 참석하는 자리였으나, 이상하게 안 간다고 하셔서 할 수 없이 대참하게 된 것이다. 회의장 입구에서 고시동기 과장이 형 잘 왔다고 하면서 수산실장이 범대본(전 부처 국장 참석)회의에서 너무 빈번하게 답변을 못 하고 깨져서 위험하게 되었으니 내가 온 것이 다행이라고 했다. 엉겁결에 장관주재 범대본 회의에서 장관 바로 옆자리에 앉아서 회의에 참석했는데 장관이 갑자기 T/F와 관련된 것을 묻기에 아는 대로 대충 답변하고 회의를 마쳤는데, 회의가 끝나고 장관께서 나보고 '자네 어느 부서에서 왔느냐'며 물었다. 당시 장관님은 판사 출신인 유력 정치인 이 모 장관이었고 이분도 부임하자마자 사고가 나서 나를 잘 모르는 상황이었다.

돌아와 내용을 파악해 보니 수산실장이 깨진 이유는 이 유실방지 T/F의 부단장으로서 T/F조직 운영을 잘 못한 데 있었다. 가서 보니 T/F 구성조직이 매우 다양했다. 우리 부를 중심으로 해양 경찰과 경찰청, 국과수, 소방방재청, 해군, 특전사 등 그야말로 용병군단 그 자체였기 때문에 일사불란하게 통제가 안 되었다. 그날그날 분야별 해상 수색 활동 결과를 정리해서 범대본 회의에서 보고하고 토론해야 하는데 보고 자체가 잘 안 되는 상황이었다.

나는 중앙부처 담당 과장으로서 보고 양식, 보고 시간 등을 명확하게 하고 말 잘 안 듣는 부서는 심하게 군기를 잡아 가면서 긴급 상황에 맞게 일사불란하게 통제되는 체제를 구축했다.

하루 이틀 지나고서 범대본 회의 자료를 정리해 보니, 이제는 보고 내용도 충실하고 좋아서 그동안 유실방지 T/F 하면 불만이 많던 장관도 우리 T/F의 활동을 매우 좋아하시게 되었고, 방출되기 직전이던 수산실장도 회의도 들어가고 장관한테 칭찬도 받는 상황으로 반전되었다.

당초 기조실장의 전화상 이야기처럼 퇴출위기에 몰렸던 그 수산실장은 어찌 보면 행운이었다.

그러던 중 VIP께서 진도 팽목항을 방문하고 가시면서 하루하루 수색구조 활동 결과를 기자들뿐만 아니라 유가족에게도 설명하라는 지시가 떨어졌다. 다른 대형인명사고들과 마찬가지로 세월호 침몰사고도 유가족을 위한 캠프가 별도로 마련되어 있었다. 문제는 이 유가족 캠프가 엄청 살벌하다는 것이다. 그도 그럴 것이 자신들의 아들, 딸들이 침몰된 선체 안에 갇혀 있고, 구조되기만을 기다리는 상황이기에 모두들 극도로 민감해져 있는 상황이었고, 정부에 대한 불만이 최정점에 있었기 때문에 어찌 보면 당연한 분위기였다. 이 유가족 캠프의 살벌한 분위기 속에서 구조 상황에 대한 브리핑을 해양경찰청 차장이, 수색 상황 브리핑은 해양수산부 수산실장이 해야 했다.

그런데 장관께서 수산실장이 아닌 일개 과장인 나에게 브리핑을 한번 해보라는 것이다. 유가족 캠프가 살벌하다는 소리만 들었지 별 준비도 없이 진도 팽목항에 있는 유가족 캠프에 간 나는 첫 브리핑을 총리, 장관 앞에서 무리 없이 해냈다. 물론, 극도로 민감한 유족이 "당신이 우리 아들 못 구하면 책임질 거야!"라고 하는 등 날카로운 질문을 해댔지만, 나는 답변하기 곤란한 어려운 물음에도 막히지 않고 잘 꾸며 대답했다. 선체에서 유실되는 시신을 건져 올리는 종합적인 전략을 세우는 것이 내가 유실방지 T/F로 오자마자 첫날 착수한 작업이었기 때문에 막힘이 없었다.

내가 브리핑한 유실방지 전략의 핵심 내용은 바다에서 고기를 잡을 때 사용하는 각종 어법漁法이었다. 침몰된 선체를 중심으로 조류나 해류 방향에 따라 저층에는 자망과 트롤과 같은 끌이 어법을, 중층과 조류가 센 길목에는 인강망을, 섬 주변의 물길에는 이 지역 특유의 낭장망 어법을, 그리고 표층에는 중형 트롤과 쌍끌이 어법, 맨 마지막 외곽 테두리는 대형 쌍끌이 어법으로 24시간 내내 구사해서 어느 수층과 시간에 유출되더라도 모두 다 걸리도록 전략을 세운 것이다. 물론 표층에서는 선박과 항공기가 광범위하게 수색을 하고 있었다. 약간의 뻥 아닌 과장이 섞인 부분도 있었던 것은 사실이다. 유가족들이 내가 세운 어법에 의한 유실방지 전략을 충분히 이해하지 못한 상황이기도 해서 약간의 과장도 먹혀들었던 것 같다.

첫 브리핑을 마치고 나가는데 앞서 나가시던 장관과 총리께서 "저 친구 제법 하는데!" 같은 말을 하는 것을 스쳐 듣기도 했다. 그런데 이것이 문제였다. 통상 진도 사고 현장 지원 근무는 1주일 단위로 돌아가면서 하는데, 그다음 날이 나의 복귀일이었음에도 불구하고 아예 진도사고 현장으로 인사발령이 난 것이다. 나중에 들어보니 원래 실장급이 해야 하는 것이었으나, 당시 담당 실장은 성난 유가족의 물음에 대응하기 어렵다고 판단되어 담당 과장을 시켜본 것이었는데, 첫 브리핑부터 순조로이 대응하는 나를 보고 아예 담당으로 발령을 낸 것이다.

사실 이날부터 주말도 공휴일도 없이 아침, 저녁으로 약 두 달 동안 성난 유가족 캠프에서 브리핑을 하였다.

유가족 캠프에시의 브리핑 에피소드 중 기억나는 것은 이 브리핑에서 가장 중요한 브리핑 스탠스를 잡는 일이었다.

사실 이 여객선 사고의 원인 제공자를 정부로 생각하는 분위기였기 때문에 내가 매우 자신 있는 분위기로 브리핑을 해도 난리가 났다. 왜냐, 정부가 무얼 잘했다고 '그렇게 당당하냐'면서 몰아붙이기 때문이었다. 그렇다고 또 너무 죄인처럼 겸손모드여도 문제였다. '정부의 담당자가 그렇게 자신이 없어서 무얼 하느냐'는 식의 핀잔을 들었기 때문에 나는 매일 그날의 분위기에 맞춰 브리핑 스탠스를 달리해야 했다. 심지어는 그날 수색에서 찾은 유실물이나 증거물들이 캠프 내에 머무는 어느 유족의 것인가에 따라서 분위기를 맞춰야 했고 그럼에도 나는 전반적으로 선체 밖으로 언제, 어느 위치에서 유실되더라도 무조건 완전하게 다 찾아낸다고 자신 있게 설명하곤 했다.

수색 구조기간이 길어지다 보니 가끔씩 진도 팽목항 주변에서 시신이 발견되기도 했는데, 대게는 세월호와 무관한 것으로 판명되어 한숨을 쉬며 넘기곤 했다. 그런데 어느 날 진도에서 40km 이상 떨어진 목포 해역에서 정체 모를 시신이 발견되었다. 불안한 마음에 신원조사를 확인한 결과, 세월호 선체에서 유실된 것으로 판명되었다. 눈앞이 막막하고 유가족 캠프, 범대본 주변 등이 난리가 났다. 결국 당시 사고 대책지원 본부장인 우리 부 이 모 장관님과 나는 대부분의 유족관계자들이 기숙하는 진도 체육관에 끌려가서 석고대죄하며 몰매에 가까운 비난을 들어야만 했다.

브리핑에서 그렇게 시신 유실이 철저하게 방지된다고 유가족을 안심시킨 것이 한순간에 잘못으로 판명되어 엄청난 고

초를 겪었다. 그럼에도 유가족 캠프에서 다른 사람이 브리핑을 하면 대부분 박살나게 깨지는데 나는 전반적으로 부드럽게 넘어가면서 근 2달여 동안 울분에 차고 성난 유가족을 안심시키는 데 기여하게 되었다.

한동안 세종청사에 있는 본부에 못 간 사이, 해수부에서 '팽목항에 영웅이 났다'고 하는 소식이 돌았다고 나중에 들었다. 그 성난 유가족 대상으로 매일 브리핑을 통해 유가족을 정서적으로 안정시키고 안 깨지는 그 사람이 박신철이고 뭐 브리핑을 엄청 잘한다고 소문이 났다고 듣기도 했다. 나와 고시동기인 똑똑한 후배 과장이 지나가는 날 보고 '형은 어디서 브리핑 개인 강습을 받았나요' 묻기도 한 기억이 난다.

사실 내가 뭐 특별나게 브리핑을 잘한 것이 아니고, 다만 가족 잃은 유가족의 슬픔을 공감하고 가능한 그분들 입장에서 일했기 때문에 약간은 통하지 않았나 생각해 본다. 그중 하나를 얘기하자면, 당시 진도 사고해역 주변은 여러 개 작은 바위섬이 많이 있었고 시신이 유실되어 작은 섬의 바위틈으로 이동되면 수색이 불가능하다는 여러 지적이 있었다.

그래서 나는 구글어스 지도를 펴 놓고 시간대에 따른 해류의 변동이나 부유물이 주로 모이는 곳을 특별 수색지점으로 지정하기도 했다. 이런 바위틈은 일반 선박으로 수색이 불가능했기 때문에 해군 특전사 요원들을 동원해 수색하는 아이디어를 내기도 했다. 특별히 기억나는 것은 당시 우리 부 이

모 장관님의 공감 능력이었다. 이분은 주변에서 볼 때 이건 지나치다 싶은 정도의 무리한 유가족의 요구도 일단 유가족 입장에서 모든 걸 판단하시고 인내하시는 정말 존경스러운 분이셨다.

한두 달여 지나고 나니 유가족 캠프 내의 구성원들과도 자연스레 안면도 트이게 되고 나중에는 개인적인 어려움을 주고받는 사이가 되었다. 한 번은 좀 친하지만 별 말씀이 없으신 어떤 유가족 어머니가 브리핑 후에 어젯밤 꿈 얘기를 하셨다. 자신의 딸이 진흙 같은 데 둘러싸여 있는 것을 보았다고 말씀하신다. 평소에 불만이 있더라도 거의 말씀이 없으셨던 분인데 말이다.

하여 바로 가라앉은 세월호 선체 중 갯벌에 닿은 부분을 집중적으로 수색해 달라고 구조팀에 전달했다. 그런데 바로 다음 날, 그 유가족 분의 따님의 시신이 구조된 것이다. 다들 이상하다고 하면서 정성이 지극해서 생긴 일이라고 얘기했던 기억도 있다.

당시 유실방지T/F 반원들은 매일 밤늦게까지 일을 해도 식사 하나 제대로 하기 힘들었다. 지방의 작은 도시에 갑작스레 많은 인원이 몰려든 것도 있지만, 사실은 정부 공무원들이 좋은 식당에서 맛난 음식 먹고 다닌다는 소문이라도 날까 봐 걱정되어 전전긍긍하며 근근이 숙식을 해결해야 했기 때문이다.

업무 후 맥주나 소주 한 잔도 금지되어 있던 때인지라 고생하는 직원들을 격려할 마땅한 방법을 찾기가 어려웠다. 조심스런 분위기 때문에 숙소도 산속 외진 곳에 마련했던 터라 일을 마치고 밤 12시경에 봉고차를 타고 같이 퇴근하곤 했는데, 어떤 날은 24시간 편의점이 보여 아무도 보지 못하게 편의점에 들러 사비로 맥주와 소주 그리고 안주거리 등을 사 가지고 와서, 산속 숙소에서 문 잠그고 직원들과 고단함을 풀기도 했다.

● 주요 어업분쟁 해결사례

오징어 어업, 우리나라 어업분쟁 역사의 축소판이라니!

어업분야는 하나의 단일 어종을 놓고 여러 업종이 동시에 어획 경쟁을 벌이는 경우가 다반사이다. 특히 대표적인 갈등과 경쟁 어종이 여러분이 잘 아시는 오징어와 멸치이다. 지금부터는 오징어와 멸치에 관한 얘기를 할까 한다.

오징어! 하면 뭐 회나 포로 먹는 간단한 물고기 정도를 떠올리겠지만, 이 오징어를 놓고 벌이는 업종 간의 경쟁은 우리나라 어업의 참모습을 알 수 있게 한다. 대개 오징어는 우리나라 동해의 특산물이고, 과거 20년 전에는 연간 20만 톤 이상이 어획되었다. 그런데 최근에는 중국어선의 불법조업, 자원남획 및 기후변화 등 매우 복합적인 요인으로 생산량이 15만 톤 이하, 최근에는 10만 톤 이하 수준으로 급감했다.

이 오징어를 놓고 근해업종인 대형트롤, 근해채 낚기, 동해구 트롤, 연안의 수많은 복합어선 등이 뒤섞여서 경쟁적으로 조업하다 보니 여러 문제가 발생한다. 원래 수산업법상에는 특정 어종을 대상으로 한 어법이 정해지기도 하는데, 오징어만을 대상으로 한 업종이 근해채낚기 어업이다. 한마디로 애초부터 오징어를 잡을 수 있는 업종이 근해채낚기와 동해 연안의 소형복합어선 그리고 일부 정치망 어업 등이다.

조금 어려운 얘기지만 바다 밑바닥을 끄는 어법은 어획 강도가 너무 세고 바닥에 서식하는 어린 물고기까지 잡는 문제로 인해 소위 끌이 어법(트롤, 쌍끌이 등)은 세계적으로 사라지고 있는 추세이다. 그런데 우리나라에서는 업계 자구책인지 몰라도 스스로 바닥끌이는 하지 않고 수심의 중층 이상만을 대상으로 하는 어업으로 바뀌고 있다. 현재 동해에서 끌이 어업(트롤, 쌍끌이)은 오징어가 생산되는 시기에만 조업을 하고 있다. 이렇다 보니 원래 주인이나 마찬가지인 동해의 근해채낚기 어업이나 연안어업인들은 상대적으로 대형의 기업형, 거기다가 어획 효율까지 뛰어난 끌이 어업에 오징어를 다 뺏기는 상황이 지속되었다.

그것도 끌이 어업은 대개 불법조업을 할 수밖에 없는 약점을 가진 업종들이다.

동해안 끌이 어업의 불법조업은 불가피한 측면도 있지만, 구조적이고 매우 오래된 사안이다. 크게 동해 자체의 끌이 어업과 부산의 대형트롤 어업에 의한 불법조업이다. 우선 동해 자체의 불법조업은 동해구 트롤 업계인데, 동해안은 전통적인 선미트롤(선박 후미에서 그물을 끄는 방법), 현측트롤(배의 옆에서 끄는 어업)로 나누어진다. 문제는 현측트롤이 과거 새우 트롤에서 이어진 어업으로 끌이 어업으로서는 매우 불합리하고 위험한 어법이지만, 현실에서는 허가와는 달리 불법으로 선미에서 트롤하는 경우이다.

다른 불법은 부산선적의 대형트롤인데 이는 첫째 동경 125°를 넘지 못하도록 규정한 수산업법 위반이고, 다른 하나는 조업방법이 오징어를 효율적으로 잡기 위해 기존의 동해 근해 채낚기 어선의 불빛을 이용, 오징어를 집어하면 주변에 있던 트롤어선이 한방에 끌어 어획하는 소위 '공조조업'이 불법인 것이다. 이것은 서로 다른 허가를 가진 업종의 상호 공조共助 조업을 금지한 수산업법 위반이다.

이렇게 오징어 단 하나의 물고기를 두고 연안과 근해, 대형트롤과 동해구東海區, 현측舷側과 선비船尾 트롤 간의 불법조업과 갈등이 만연되고 이 상황이 수십 년간 지속되고 있었다.

그래서 나는 이 문제를 해소하기 위해 단순하게 불법어업을 단속하는 차원이 아닌, 오징어 자원의 합리적 배분 차원에서 중장기적으로 접근하는 대책을 수립했다.

주요 내용을 기억해 보면, 우선 대형업종의 어획강도를 감소시켜야 수산자원을 증가시킬 수 있으므로 대형트롤 및 동해구 트롤의 어선척수를 강제로 줄이는 직권 감척사업을 추진했다. 이러한 감척사업도 사실은 추진한 지가 한 10여 년은 됐지만, 그동안은 늘 어업인 자율에 의한 소형어선 중심의 감척으로 애초 감척의 취지인 어획 강도를 줄이는 데 별반 효과가 없었다. 그래서 나는 실제 우리나라 전체 어선의 어획강도를 획기적으로 줄일 수 있도록 대형어선 중심의 감척을 정부 직권으로 하는 방안을 추진하였다. 물론 상당한 저항이 예상되었다.

다음은 불법조업의 유인이 되고 있는 오징어 자원에 대한 허용어획량TAC/ Total allowable catch을 배분하면서 어획 강도가 높고 불법조업을 하는 끌이 업종에 대해서는 점진적으로 배정물량을 줄이고, 나머지 잔여 물량을 원래 오징어의 주된 업종인 근해채낚기와 연안어선(복합) 어업인에게 돌려주는 방식으로 추진했다. 이러한 구조는 적정자원 관리와 불법조업 유인을 줄일 수 있지만, 보다 핵심적인 문제는 다수를 차지하는 동해 연안 어업인들이 이 정책에 신뢰를 갖도록 하도록 하는 데 있다.

나는 의심의 대상인 끌이 업종에 대해 조업 위치를 상시 확인할 수 있게 하는 '어선 위치 발신 장치'를 활용하기로 했는데, 당시만 해도 사고방지 목적으로 설치 용도를 제한하고 있어서 동 규정을 불법조업 감시 용도까지 확대하는 것으로 관련 규정을 개정하였다.

이렇게 함으로써 동해 연안 어업인들이 대형트롤 어선으로부터 자신의 어장을 지킬 수 있다는 신뢰를 가지도록 했다. 그동안 정책에 대한 현장 어민들의 불신이 워낙 크기 때문에 장기간 추진해야 정책성과가 나는 이 오징어 자원의 합리적 배분 대책은 전적으로 연안 어민들의 신뢰하에 추진되어야 했다. 이 대형어선 직권감척과 TAC물량 배분의 합리적 조정, 이 두 가지 문제가 어느 정도 실현되고 동해 연안어민들의 신뢰가 확보된다면, 일제시대의 잔재인 대형트롤 동경 128° 이동조업 금지 문제까지도 어느 정도 해결의 실마리를 찾을 것으로 기대했다. 동경 128° 이동 조업금지 문제는 과거 일제침략 시절 일본이 자국의 서쪽 연안자원 보존을 위해 취한 조치를 우리나라 수산업법이 그대로 수용한 측면이 있으므로 우리의 자존감 상실과 더불어 일제 잔재가 아직도 터무니없이 존재하고 있는 부끄러운 현실인 것이다.

또한, 어업정책의 귀결이 결국 총허용어획량TAC에 의한 어획량의 출구 관리의 확대시행이라면, 현행 옛날 일본식의 매우 복잡하고 다양한 기술적 규제를 완화 또는 필요하면 철폐해야 한다는 차원에서, 동해 오징어 공조조업이 현재는 최대의 불법조업 방식이지만, 비용과 시간을 최소화하면서 정해진 어획량(배정된 TAC)을 매우 효율적으로 어획하는 산업적 측면에서 합리적으로 검토할 수 있다고 보았다.

이렇게 하여 동해 전체 연안어업인과 수협 조합장들과의 면담과 설득을 기반으로 '오징어 자원의 합리적 배분'이라는 대책이 출발되었고, 이제는 상당 수준의 결과를 내는 것으로 알고 있다.

멸치 혼획, 업종 간 갈등과 잘못된 규제의 대표사례가 되다

다음은 〈멸치 혼획混獲〉에 관한 문제이다.

멸치 하면 크기가 작고 별 볼 일 없는 물고기처럼 여겨지지만, 생산량은 전체 어종 중 1~2위를 차지하고 모든 물고기의 먹이인 동시에 식품으로도 매우 중요한 어종이다. 이러한 멸치도 역시 여러 업종이 동시에 경쟁 조업한다.

대표적인 업종이 멸치 권현망이다. 독자들도 아시겠지만, 김영삼 전 대통령의 부친이 거제의 멸치 권현망 선주이셨고 아마도 김 전대통령이 정권을 잡기까지 멸치가 많은 도움이 되었을 것이다. 멸치는 우리나라 거의 전 해역에서 생산되다 보니 서해의 양조망과 안강망, 전남의 연안 선망, 전 해역의 정치성 어구, 멸치 들망 등 여러 업종에서 생업으로 하고 있다. 더구나 끌이 업종인 대형트롤과 중형기선 저인망에서도 사료용으로 어획된다. 내부적으로 복잡한 대립관계가 있겠지만 여기서는 전통적으로 멸치를 주요 대상으로 하는 권현망과 끌이 업종 간의 혼획混獲 문제를 얘기하고자 한다.

어업은 통상 어업허가에 따라 주요 목표어종이 대개 정해지기도 하나, 어법상 불가피하게 여러 어종이 동시 어획될 수가 있는데 대표적인 것이 끌이 업종이다.

멸치 혼획 민원은 원래 전통적으로 멸치를 주요 대상으로 하는 권현망과 트롤Trawl 어업 간의 분쟁이다. 통상 과거부터 두 업종은 일부 목표 어종 이외의 멸치 또는 다른 잡어가 혼획되는 것을 상호 간에 용인하면서 조업해 왔다. 그런데 어느 해인가 자원이 급감하고 경영이 어려운 여건에서 끌이 업종인 중형기저中型機低 업종에서 대멸치를 사료용으로 자주 판매하다 보니 권현망 업종에서 불법으로 멸치를 잡아 온다고 민원을 제기하게 되었고 여기서부터 양 업종의 민원전쟁이 시작되었다.

오랜 민원 끝에 마침내 현실에서는 도저히 실행할 수 없는 제도가 내가 부임하기 전에 관련법으로 개정되었다. 내용인즉슨, 멸치 전용의 권현망은 멸치 이외의 다른 물고기를, 끌이 업종에서는 멸치 혼획을 금지한다는 것이다. 극한 민원대치 끝에 타협된 것이라고는 하지만, 도저히 현실에서 실행 불가능한 규정이었다. 사실 양 업종 모두 바다에서 그물만 끌어도 바로 범법자가 되는 그런 규정이다.

왜냐하면, 사실 멸치는 모든 물고기의 먹이생물이기 때문에 다른 전략 어종을 목표로 한다고 해도 낚시어업이 아닌 한 대부분 멸치가 부수적으로 잡히게 되고, 권현망에서도 멸치를 목표로 조업하지만, 멸치를 먹이로 하는 다른 잡어가 잡히는 것은 자연스러운 현상인 것이다. 당시 업무 담당자들은 "그럼 불가피하게 잡힌 멸치나 잡어는 어떻게 하느냐?"는 민원성 질문에 불법이니 바다에 버리라고까지 주장했다.

정말 어처구니없고 무책임한 일인데도 그럴 수 있다니, 지금 돌아보아도 정말로 현실과 동떨어진 규정이었다. 나는 부임하자마자 이 민원과 개정된 규정내용을 보고받고 이것은 어업 현실을 완전하게 무시한 행정행위라고 보고, 즉시 과거대로 복원시키려 했다. 이왕 문제가 된 이상, 보다 발전적으로 변화시켜 보자는 견지에서 각각의 업종에 권현망에는 잡어, 끌이 업종에는 멸치에 대한 혼획비율, 즉 잡을 수 있는 허용량을 정해주고 관리하자는 대안을 제시했다. 그러나 당시에 멸치 권현망에서는 전체 상황을 보지 못하고 상대인 끌이 업종에서 멸치를 못 잡게 해야 한다는 미시적인 생각으로 일부 반대의견이 있었고, 시간을 끄는 사이에 멸치자원을 놓고 전체 업종이 경합하는, 즉 연안 어업인까지 민원전선이 확대되었다. 전 연안에서 멸치가 잡히지만, 연안업종하고는 직접적인 피해 관계는 없었는데, 연안업종에서는 그동안 근해업종의 불법조업으로 인한 불만과 더불어 내면적으로는 연안어업 일부 업종에서 자기네들의 고질 민원을 연계시키어 해결하고자 멸치 혼획 민원전에 끼어든 것이다.

내가 제시한 혼획률에 기반하여 허용량을 정해주는 관리는 장기적으로 업종별 허용어획량 관리TAC제도의 도입을 염두에 둔 방안이었다. 시간이 지나면서 권현망과 끌이 업종 간에는 어느 정도 타협점이 마련되었다.

하지만 중간에 연안 어업인들이 끼어들어 억지 주장을 하는 다수의 실력행사로 인해 협상은 무산되고 말았다. 정말 어업정책은 하나의 정책을 추진하는 데 있어 수많은 변수와 거의 모든 업종의 이해득실과 입장을 고려해야 하는 그야말로 오케스트라 지휘와 같은 종합적인 행정행위인 것을 다시 한 번 느꼈다.

지금은 권현망 측에서 혼획 규정에 대한 사법판단으로 대법원에서 승소하는 등 최종결론을 향해 가고 있지만, 아직 해결되지 못하고 있다. 다행히도 후배 공무원들이 그동안의 기술적 규제에서 허용어획량에 의한 출구 관리TAC로 정책전환을 추진하면서 혼획 문제에 대한 해결 가능성을 높이고 있다.

이러한 현실에 맞지 않는 규정과 규제로 인해 현장의 어업인들은 오늘도 생업에 지장을 받고 나아가 범법자로 몰리고 있는데 언제 바로잡아질지 지켜볼 일이다.

모든 어린 물고기 싹쓸이하는 모기장 그물(세목망, 細目網)을 최초로 정비하다!

다음은 물고기 고갈의 일등공신이라 할 수 있는 〈모기장 그물〉, 일명 세목망細目網에 대해 논할까 한다. 우선 독자들의 이해를 돕기 위해 모기장 그물이 왜 수산자원 고갈에 영향을 주는가 하면, 대개 수산업법은 대상 어종에 따라 그물코의 크기를 제한하여 운용하도록 규정하고 있는데, 모기장 그물은 한마디로 어종의 크기에 관계없이 모든 물고기의 어린 새끼 물고기까지 잡히는 문제가 있다. 이러한 문제로 인해 세목망은 특정한 업종에 한해서 허용하는 등 엄격하게 규제되고 있다.

세목망은 대개 새끼 물고기를 식용으로 하는 멸치, 새우, 곤쟁이 등 작은 어종을 잡을 때에만 허용되는데, 작금에 와서는 과거 허가 당시와 다르게 어업환경이 크게 변하여 일부 안강망과 같은 특정업종은 일 년 내내 무분별하게 어린 치어까지 남획하는 도구로 사용하고 있다.

대표적인 업종이 서해안의 근해 안강망, 멸치 권현망 등이다. 이 안강망(일본식 이름)은 서해의 조석간만에 의한 조류를 이용하여 큰 입구의 어구에 물고기가 강제로 들어가게 하여 잡는 어법이다. 그물의 마지막 끝부분(자루그물)이 세목망으로 되어있다. 주요 목표어종이 조기, 아귀, 기타 멸치, 쭈꾸미 등인데 일부 작은 크기의 어종인 멸치, 곤쟁이, 새우 등을 어획하도록 어종별로 세목망 사용 기간을 정하여 허가되어 있다.

문제는 이런 작은 어종에 대한 세목망 사용 기간을 다 합치면 사실 거의 연중 세목망 사용이 가능하다는 데 있다. 거기다가 당초 허용된 어구 규모(5통)보다 훨씬 많은 양의 어구를 불법 사용함에 따라 사실 일 년 내내 서해 바닷속에 설치된 안강망의 세목망에 의해 서해의 거의 모든 종류의 어린 물고기가 남획되고, 이는 서해 수산자원의 고갈로 이어지고 있다.

여러분도 아시겠지만, 우리나라 주변 바다는 동해, 서해, 남해역별로 매우 다른 특징을 가지고 있는데 이 중 갯벌을 가지고 있는 서해 바다의 중요성이 부각되고 있다.

왜냐하면, 전 세계적으로 수산자원량이 감소되고 있고 우리나라도 마찬가지인 상황에서 서해는 세계적으로 드문 갯벌과 조석간만의 차가 큰 바다로 생물 다양성이 세계 최고 수준의 바다이기 때문이다. 이에 따라 갯벌의 풍부한 영양물질이 물고기의 산란 및 서식지의 역할을 도와줌으로써 자원 또한 일 년 내내 어종이 바뀌어 출현하는 그야말로 풍요의 바다이다. 이러한 바다에 연중 24시간 내내 어린 물고기까지 몽땅 잡을 수 있는 세목망 그물이 설치되어 수산자원을 고갈시키고 있다니 하루빨리 개선해야 하겠다는 생각이 들었다.

물론 전임자들도 같은 생각이었겠지만 거의 50~60년 동안 사용하여 기득권을 가진 집단을 상대하기 어려웠을 것이고, 해당 업종 또한 소위 돈이 잘 벌리다 보니 강한 결집력으로 저항도 하고 하니 감히 개선해 보려는 시도조차 하기도 어려웠을 것이다.

나는 태생적으로 불의에 항거하는, 아니 공공의 이익에 반하는 기득권과 같은 문제에 대해서는 저항하고 개선해야 한다는 좀 이상한 DNA가 흐르는 사람이다. 그래서 서해안의 자원보존이 우리나라 전체의 수산업 기반을 다지는 길이라는 생각으로 '세목망細目網 일제 정비방안'을 수립하도록 했다.

개략적인 전략은 해당업종의 주요 수입원이 되는 어종은 존치시키고, 경영에 별 도움이 안 되는 어종을 세목망 사용허가에서 제외함으로써 일 년 연중 사용하는 세목망 허용 기간을 꼭 필요한 기간에만 단축하여 사용하도록 하는 것이다. 이러한 방식은 해당 업종의 경영수익에는 큰 지장을 주지 않으면서 동시에 집단저항을 상쇄시킬 수 있다. 물론 안강망 이외에 멸치 권현망도 포함시켰다.

권현망의 경우는 멸치 단일 어종만을 대상으로 조업하지만, 워낙 규모가 큰 어구(어구길이 대략2~3km)에 세목망을 치고 그물을 끌고 다님으로 연안수산 자원에 막대한 영향을 주었다. 멸치 권현망은 너무 낮은 단계, 즉 태어나자마자 어린 치어를 잡는 수준의 그물코를 그래도 어느 정도 성장한 후 잡을 수 있도록 좀 더 큰 그물코 간격의 세목망을 사용하도록 개선했다. 이때 등장한 개념이 '물고기 생존권'인데, 아무리 인간이 어린 치어를 식용으로 어획한다 하더라도 어느 정도 살 권리를 부여함으로써 자원을 보호하자는 취지이다. 이것은 나하고 소위 잘 통하는 장 모 서기관이 만든 것인데 재미있기도 하고 신선한 용어였다.

각설하고 세목망 사용허가 이래 근 50~60년 만에 세목망이 현실에 맞게 정비되었다. 물론 이 대책이 완성될 때까지 저항하는 단체와 사전협력하고 현장을 방문하여 그분들의 입장을 경청하고 현실적인 문제를 해소하는 노력을 했음은 당연하였다.

어업계의 대기업, 대형어선의 감척을 직권으로 추진하다!

다음은 앞서 언급한 '직권감척'이다.

어업의 수단인 어선의 수가 수산자원량보다 과도하고, 그에 따라 자원에 대한 남획이 지속되고 있다는 지적은 과거부터 수십 년 동안 있어왔다. 감소하는 수산자원 보존차원에서 1994년부터 어선의 척수를 줄이는 감척사업이 근 25년간 추진되었다. 중장기적인 감척사업으로 엄청난 국가예산이 투입되었지만 줄어드는 수산자원량 추세는 여전했다.

원인은 여러 가지겠지만, 우선 눈에 띄는 것은 감척사업의 효율성에 있었다. 아무리 어선척수를 줄이더라도 소위 어획강도가 줄지 않는 한 소용이 없는 일이었다. 어업 강도가 큰 업종이나 대형업종을 줄인 것이 아니고, 대부분 어획 강도와는 크게 상관없는 연안의 소형 영세어선 중심으로 감척 사업이 추진되었기 때문에 예산투입의 효과가 나지 않는 것도 당연한 일이었다. 어선어업은 수산업법상 허가어업이고 이는 공유자원인 수산물은 원칙적으로 어획이 금지되나 특별한 경우 금지의 해제에 의거 어획이 가능하게 되어있다. 그런데 수산자원이 감소되는 상황에서 추가적인 신규허가가 원칙적으로 불가하고, 또 어지간한 업종은 물고기가 덜 잡히더라도 생산량이 감소하면 시장거래가격이 상승되어 손실을 만회되는 구조이기 때문에 자발적인 어선감척이 어려운 것이다.

내가 어업정책과장에 부임하기 전부터 감척사업의 비효율성에 대해 인지하고 있었던 터라 자원고갈 방지를 위한 특단의 대책이 필요하다고 생각하고 있었다. 사실 어획강도와 무관한 자발적인 감척 이외에 실질적으로 어획강도를 줄이기 위해 대형업종을 대상으로 한 반강제적인 직권감척(職權減隻/ 정부가 직권으로 대상 어선을 지정)을 위한 제도적인 근거는 이미 마련되어 있었다. 하지만 대형업종의 저항이나 정치적인 민원 때문이었는지 몰라도 시도조차 못 하고 있었다.

나는 본래 순진하고 무식해서 정책의 목적이나 본질에 충실할 뿐 다른 부가적인 민원이나 손해 같은 것은 기본적으로 고려대상이 아니었다. 이 또한 한마디로 정면돌파인 것이다.

당시 사무관 승진 직전의 일 잘하는 한 모 주무관(현재 사무관 승진)한테 일하는 방식과 대책의 목차 등을 알려주고, 나만 따라오면 된다고 다독이면서 어획강도가 높은 대형업종을 중심으로 '정부 직권 감척계획'을 수립하게 되었다. 당시 어업정책을 하면서 업종별 적정규모를 나타내는 '허가정수'라는 개념을 사용해 관리했다. 이 개념은 수산자원량 대비 적정 어선 척수 또는 허가 건수 정도로 이해하면 될 것이다. 한마디로 현재의 업종별 허가 건수가 자원량에 비해 적정한지를 평가한 수치로서 자연스럽게 대형업종 직권 감척의 기본자료로 활용되었다. 직권감척의 대상이 되는 기준은 위에서 말한 허가정수의 준수여부, 대상어종의 자원상태, 불법어업 단속 건수나 빈도, 어선의 선령 및 대상 업종의 경영여건 등으로 이를 고려하여 향후 5년간의 업종별 직권 감척 대상 척수를 산정하였다.

그런데 이상하게 어획 강도가 가장 높은 일부 업종(대형선망)이 현재 허가 건수가 정수의 범위 안에 있어 처음부터 감척 대상에서 제외되는 현상이 발생했다. 그리고 대형 끌이류인 트롤 업종보다 규모가 작은 동해구 트롤의 감척대상 척수가 더 많이 나오는 상식과는 벗어난 결과가 나오기도 했다. 해당 업종의 저항이 보통 이상이었다.

왜냐면 아무리 힘들어도 감척에 따른 보상금액보다 조업을 통한 경영수익이 클 수 있고 향후 신규허가 금지로 인해 기존 허가의 시장거래가격, 소위 규제로 인한 허가 프리미엄이 지속적으로 상승할 것이기 때문에 가능한 감척을 기피해 온 것이다. 하지만 나는 당시 자원고갈의 대표격인 서해 근해안강망, 대형트롤, 다수민원 업종인 동해구 트롤 등을 직권감척 대상으로 선정, 5개년 직권 감척 계획을 최초로 수립했다.

물론 용기 있는 직권 감척 계획이지만, 정부가 개인 자산인 선박을 강제적으로 감척 대상으로 지정하여(직접 폐선하는 것은 아님) 면세 유류의 급격한 공급축소, 정책자금 지원배제 등을 통해 시장에서 퇴출하는 것이다.

그렇게 하여 감척 사업 시작 25년 만에 실질적으로 어획 강도를 줄일 수 있는 여러 대형업종을 사업에 포함했다. 물론 이에 따르는 저항과 민원, 소송 등이 뒤따랐지만 공공의 이익을 위해 어느 정도 감내해야 할 일이라고 생각하고 밀어붙였다. 그렇게 해서 드디어 직권 감척의 길이 열렸다. 나는 순수하면서 무식하다. 늘 전체를 위한 순수한 목적을 가지고 정면돌파, 불도저처럼 밀어붙이기 때문이다. 이것은 업무에 대한 사심 없는 열정과 신념 때문이기도 한데 사실 상관들한테 늘 바른말 하는 것 때문에 개인적으로는 손실이 컸지만, 지나 보면 하나의 발자국을 남기고 해당 분야를 발전시켰으니 지금도 후회는 없다.

기타 고질 민원

마지막으로 어업정책과장 시절 고질적인 민원을 해결했던 이야기를 하고자 한다.

그중 하나는 여러분도 식탁에서 즐겨 드시는 새우젓 얘기다. 새우젓갈을 만드는 젓새우는 전남 신안해역과 인천 강화도 인근 해역에서 주로 생산된다. 그런데 서해안의 매립 간척 때문인지 몰라도 신안해역의 생산량이 급감해서 최근에는 주로 강화도 인근 해역에서 생산된다. 정확한 이유는 모르겠으나 다년간 어업정책을 한 경험상 강화지역은 한강, 임진강, 북한 예성강 등의 하구가 생태적으로 잘 보존되어 있고 DMZ 인근으로 하천과 바다가 유기적으로 연결된 천연의 자연환경과 갯벌이 잘 보존된 하구 지역이기 때문이다. 다들 아시겠지만, 우리나라 4대강 하구는 대부분 하구언을 만들어 하천과 바다가 생태적으로는 완전하게 단절되어 많은 문제가 있지만, 한강만은 유일하게 살아있는 것이다. 그런데 강화도에서 새우를 잡는 방법에 문제가 있었다.

현장에서는 여러 가지 역사적인 연원이 있겠지만, 허가는 연안개량안강망인데 과거 없애버린 안강망 형식의 조업방식에다가 어획된 새우를 수확할 때가 허가 어선이 아닌 소위 쌕쌕이(소형 선외기 어선)가 와서 어획물을 털어가는 방식이다. 이러한 방식은 구久 안강망 형태의 그물(세목망) 사용으로 불법이며, 마찬가지로 연안개량안강망 어업과 소형선외기 어선이 동시 협업하는 것은 수산업법상의 공조조업 금지에 해당되는 불법어업이다. 불법도 한둘이 아니다. 당장 단속선을 보내 단속해야 할 상황이다. 그런데 현장은 다르다.

강화도의 주요 생산해역이 강화도와 석모도 사이의 소위 '강화수로'라는 좁은 수로이다. 과거부터 한강에서 내려오는 젓새우를 안강망 형태, 배의 후미에서 그물을 전개하여 입구를 벌려 고정시키고, 물의 흐름에 의해 새우가 강제적으로 그물에 들어가게 한다. 어느 정도 자루그물에 고기가 차면, 수로의 양옆 육지 포구에서 대기하던 소형 선외기가 빠르게 이동하여 새우를 털어가는 방식을 전통적으로 해 왔다는 것이다.

물론 이때 본선은 이동하지 않고 고정시킨다. 어찌 보면 강화도만의 독특한 전통어업이다. 그것도 영세한 어업인들이 먹고살기 위한 나름의 방법으로 과거부터 해 온 것이다. 그러나 중앙정부 차원에서는 연안안강망이 세목망인 모기장 그물을 치고 자원을 고갈시킨다는 이유로 지방의 특성을 감안하여 산재되어 있는 여러 안강망을 연안개량안강망으로 통일하였다. 물론 모기장 그물인 세목망의 사용을 금지시킨 것이다. 이렇다 보니 강화도 지역의 젓새우 연안안강망은 허가상 없어지고 연안개량안강망으로 전환되었지만, 지역에선 여전히 과거의 전통적인 어업을 사용하고 있었다. 중앙정부와 어업 현장의 소통 부재로 인한 문제였다. 특히 생계형 연안 어업인의 전통어법이다 보니 불법투성이임에도 불구하고 무언가 해결이 필요한 상황이었다.

어찌 되었든 강화지역 영세어업인의 생계를 위해 조업을

중단시킬 수는 없는 상황이고, 특별히 나의 DNA에는 영세한 약자에 대한 배려를 중앙부처 관료로서 최우선으로 해야 한다는 의무감 또한 있었다.

우선 현행대로 조업할 방법은 중앙정부에서 현행 어업의 현실 불가피성을 검증하는 제도인 '시험어업'을 일정 기간 실시하는 방안이 있었다. 시험어업이란 바다환경의 변화로 인해 갑작스레 발생한 수산자원을 현행의 어법으로는 어획하기 어려운 경우, 새로운 어법이 적합한지 확인하기 위해 일정기간 시험적으로 조업하게 하는 제도이다. 최근 급격한 기후변화로 인해 새로운 어종이 빈번하게 생산됨에 따라 시험어업의 수요가 발생하기도 하고, 현장의 자생적인 어업을 현행법이 수용하지 못하는 경우, 즉 불법어업이 지역어민의 생계수단이 된 경우에도 일정기간 타당성을 검토하는 수단으로 활용되기도 했다.

그렇게 하여 강화지역의 젓새우 안강망어업의 시험어업 조건을 가능한 한 불법적인 요소를 줄이고, 평가된 자원량의 범위 안에서 정해진 양을 어획 후 해당 조합에 위판하는 것으로 하여 여러 가지 우여곡절 끝에 시험어업을 허가하게 되었다.

당초 시험어업 출발 시에는 2년 후 양성화를 전제로 시작하였다. 물론 강화지역 영세어업인들의 생계를 연장해 주기 위한 것이었다. 이러한 어려움을 극복하고 경기, 인천 및 서울 시민의 가장 중요한 기본 반찬인 새우젓을 계속 생산 공급하게 되었다. 시험조업의 결과는 예측하지 못하지만, 후임자가 나와 생각이 달라서인지 시험조업 후에도 양성화하지 못하고 일정 기간 조업이 중단되었다가, 여론이나 정치권에 밀려 연장했다고 들었다. 최근에서야 당초의 목적대로 양성화되어 합법적으로 조업하게 되었는데, 이런 일련의 과정을 지역 어민의 입장에서 보면, 중앙정책부서를 불신하게 하는 행정행위로 볼 것 같아 약간은 섭섭한 마음이 들기도 했다.

또 다른 하나는 아직도 불법어업으로 몰려 퇴출위기에 고생하는 전남지역의 연안 선망어업에 대한 민원이다. 원래 선망은 수건모양의 직사각형 그물로 어군을 둘러싼 후 하단부에 붙어 있는 고리를 당겨 순식간에 물고기를 갇히게 하여 어획하는 것인데, 대표적인 것이 주로 고등어를 어획하는 대형선망어업이다. 그런데 이와 유사한 어업이 어종이나 지역적 특성에 따라 약간씩 변형되어 과거부터 지역별로 운영되어 온 것도 사실이다. 그중 하나가 조류간만의 차가 큰 전남 해안의 연안선망이고, 대상 어종은 멸치이다. 전남 해안의 특성인 조류에 맞서 멸치를 포획하기 위해서는 전통적인 선망어법으로는 도저히 멸치를 잡을 수 없다.

유영속도가 빠른 멸치를 대형선망처럼 그물 하부에 조임장치가 없이 그저 평면의 사각형 그물을 둘러쳐서 어획한다는 것은 처음부터 성립이 안 되는 주장이다. 현장에서는 법에서 정하는 평면의 사각형 그물에 어획물이 모이는 부분에 움살을 주어 약간의 웅덩이와 같은 형태에 멸치가 모이도록 하는 어업을 해왔다고 한다. 원래 선망어법도 유낭류(有囊類, 주머니)와 무낭류로 나누어지고 이 중 유낭류에 가까운 방법으로 현장에 적응해 조업해 온 것이다.

그런데 2000년 초 중앙정부에서 위와 같이 정확한 조업방식이나 모식도 없이 지역적 특성에 따라 정상적인 어업허가를 가지고 조업해 온 연안선망 어법을 현장에 대한 정확한 검토나 고려 없이 일반적인 대형선망 어법과 동일하게 정의해 버리게 되었다.

그렇다 보니 그때까지 별문제 없이 생계를 유지해 왔던 전남지역의 연안선망어업이 하루아침에 불법 어구로 전락하게 된 것이다.(움살을 준 웅덩이 형태의 그물이 불법)

여기다가 멸치라는 동일어종을 놓고 경쟁하는 멸치권현망 업계의 민원제기로 매번 불법어구로 단속당하는 신세가 되었다. 동 업계의 어느 어업인은 불법어구 단속으로 전과가 무려 30~40범이 된 어업인도 있으니 참으로 사정이 어려운 경우에 처한 것이다.

나는 억울한 민원을 풀기 위하여 지역적 특성을 감안해 시·도 시사체장이 자기 지역여건에 맞게 자체조례로써 일부 내용을 변경할 수 있는 조항을 활용하도록 권고했다. 그러나 해당 시·도에서는 경쟁 관계에 있는 업계의 민원부담 때문에 전문기관을 통해 자원 영향에 대해 검토를 해야 한다는 주장으로 차일피일 미루었다. 그래서 나는 수산자원평가 전문기관인 수산과학원 담당 과장으로 하여금 전남도에서 자체적으로 해결하도록 반대의견이 아닌 극히 평범한 의견을 내도록 약간은 압박했다. 한편으로는 전남도의 담당과장을 설득하여 수산과학원의 명확한 반대의견이 없으면 자체조례를 개정하여 추진하도록 협의도 완료해 주었다. 이 고질적인 민원을 해결하기 위한 80~90%의 능선을 넘었는데 연말연시가 지나면서 협조적이던 전남도의 담당과장이 퇴직하는 일이 발생했다. 문제는 다음 담당과장이 경쟁 관계인 멸치 권현망 업계의 민원을 핑계로 상당히 진척된 이 문제를 해결하는 데 매우 부정적인 자세로 임했다. 이러한 바람에 오늘도 전남도의 연안선망 업계는 불법어구로 인해 도망자이거나 범법자로 낙인찍혀 핍박을 받고 있다.

최근에는 업계 스스로 살기 위해서 수산업법의 해당조문에 대해 헌법소원을 진행 중인 것으로 알고 있으나, 중앙정부의 후배 공무원들이 선입견이나 편견을 버리고 지역 어민의 궁핍한 사정을 보살피고 적극적인 행정을 펼치길 고대해 본다.

어업분야의 가장 중요한 부서인 어업정책과장을 햇수로 근 4년여의 근무를 마치고 고위공무원단으로 승진, 2017년 2월에 국립수산물품질관리원장으로 승진 부임하였다.

추천사

재단법인 해미사랑장학회 이사장

이득섭

저자는 공직에 근무하며 적극적인 자세와 불굴의 의지, 명석한 판단력으로 소신이 강한 모습을 옆에서 지켜봐 왔기에 수산업을 발전시킬 참된 인재임을 알 수 있었지요.

거침없이 직언을 하는 스타일이라 쉽사리 고위공무원으로 승진 전에 마쳐야 하는 교육마저도 추천 받지 못한 것을 확인하고, 충분한 능력을 갖춘 자임을 믿었기에 고위공무원단 역량평가 교육에 참여할 수 있도록 과감히 인사명령을 낸 것은 지금 생각해도 참 잘한 일이라고 판단하고 있습니다.

그 이유는 역량평가를 단번에 우수한 성적으로 통과하였음은 물론 고위공무원이 되어서는 숨겨있던 끼와 역량을 마음껏 발휘하여 크고 작은 난제들을 거침없이 추진하여 나가는 모습을 확인하였기 때문입니다. 중차대한 일을 해결하며 어떠한 어려움도 정면 돌파하여 타인의 귀감이 되기를 소망하며 열정이 녹아든 이 책을 적극 추천합니다.

고위공무원 역량평가

고위공무원단에 진입하기 위해 거쳐야 하는 고위공무원단 역량평가에 관해 얘기하고자 한다. 앞서 거론한 것처럼 나는 상관에게 직언을 잘하는 스타일이라 웬만큼 나의 참모습을 알지 못하는 한 상관들은 나를 늘 경계의 대상으로 봤다. 그 때문인지 몰라도 고위공무원단 교육을 받을 때가 됐음에도 교육추천을 해주질 않았다.

그런데 다행히도 농림수산식품부 시절 마지막 운영지원과장이 개인적으로 잘 통하는 사이인지라 부처가 갈라지기 직전에 다음연도 고위공무원단 역량평가 사전교육에 나를 추천해 주었다. 당시 운영지원과장이 득섭이 형인데 지금 생각해도 고마운 일이다. 다음 해 해양수산부가 부활하고 내가 우리부 부활 시 조직 확장의 공로가 있음에도 앞서 말한 차관한테 좌천 아닌 좌천을 당한 터라 고위공무원단 역량평가 교육을 보내줄 리가 없었다. 하지만 어찌하랴! 이미 전 부처에서 신청하여 일정이 잡혀 교육통지가 온 것이다. 하마터면 교육도 못 받고 고위공무원단 역량평가를 받아야 할 상황을 우연히 모면한 것이다.

고위공무원단 역량평가 교육을 받을 때 여러 분야의 문제가 나왔고, 나는 소위 답이 없는 문제를 나만의 독창적인 접근으로 해결하곤 했다. 당시 기획재정부, 외교통상부, 행정안전부 등에서 온 동기들이 아니 어떻게 문제해결을 그렇게 잘하느냐 하면서 해양수산부가 그 정도로 일을 잘했던가! 식으로 감탄한 적이 여러 번 있었다.

농림수산식품부 마지막 운영지원과장
이득섭(현 재단법인 해미사랑장학회 이사장)

한 달 후 진짜 평가인 고위공무원단 역량평가 시험을 보았다. 이 평가는 중앙부처 국장으로서 갖추어야 할 능력을 평가하는 것으로 문제해결 능력, 토론 및 업무처리, 갈등관리 및 언론대응 등 다양한 능력을 짧은 시간 안에 평가하는 것이다.

내가 해보니 대개 정상적으로 중앙부처에서 과장 직위까지 했다면 몹시 어렵지 않게 통과될 수 있는데 일을 수동적으로 하고 국민의 편익보다는 자신의 안위만을 위해 안일하게 하신 분들은 낙방을 많이 한다.

나는 특히 일반적인 사고로는 답이 안 나오는 문제에 대한 해결능력이 좋았다. 역량평가가 한 반 정도 진행됐을 때 이미 해당 교수들이 당신은 그만해도 될 것 같다고 할 정도로 평가가 좋았다. 사실 사전 역량평가 교육에서도 평가결과가 좋아 우수상을 받았던 적이 있어 실제 역량평가에서도 매우 좋은 성적으로 통과했다. 비록 늦깎이였지만 월등한 성적으로 통과했다고 들었다.

국립수산물품질관리원장 보임(2017.2~)

● 첫 국장보직으로 수산물품질관리원장으로 보임하다!

내가 첫 국장보직으로 수산물 검역, 품질관리 등의 업무를 하는 수산물품질관리원장으로 보임하게 된 여러 가지 배경이 있었다.

사실 내가 승진할 당시 우리나라 수산업의 고질적인 문제, 즉 지나친 규제중심의 어업구조로 인한 부익부 빈익빈의 이익구조, 고질적인 민원 상존과 그로 인한 자원고갈 등의 문제를 풀 적임자로 당시의 운영지원과장, 현장의 수협조합장 그리고 어업인들까지 다들 나를 인정했다. 그렇기 때문에 어업 문제를 담당하는 본부 국장으로 바로 가야 한다고 주장했다. 그러나 장관의 반대로 엉뚱하게 인사가 되었다.

장관의 주장은 이렇다. 내가 바로 본부 국장으로 가면 내 상관인 수산실장이 나의 기氣에 눌려 일을 제대로 못 하니 첫 담당 업무는 우선 지방의 기관장으로 가야 한다는 것이다. 지금 생각해도 기가 막힌 이유다. 아니 국민의 혈세를 받고 행정서비스를 하는 관료가 해당 분야의 국민인 어업인들이 다들 필요하다 하는 곳에, 또 해당하는 직위에서 고질적이고 잘못된 관행을 개선하고 수산자원을 포함한 공공의 이익을 키우는 데 인사의 중점을 두어야지, 원래 소신이 없는 상관이 힘들어할까 봐 다른 곳으로 인사를 하다니 지금 생각해도 참 한심스러운 인사였다.

〈회상 14〉

나는 왜 첫 국장 보직을 소속기관장으로 가야만 했나?

나는 공직 입문도 늦고 국장 승진도 그리 빠른 편이 아니어서 남은 기간이 없어 사실 마음이 조급했다. 앞서 얘기한 대로 국장 첫 보직으로 실무진인 운영지원 과장, 어업현장에서도 바로 본부 국장으로 가야 한다는 분위기였는데, 장관께서 내 상관인 실장이 나 때문에 주눅이 든다고 해서 예상과 달리 소속기관장으로 발령이 났다. 이후 차관과의 업무적인 대립과 갈등으로 곧바로 은퇴하게 되는데, 이때 인사가 결정적인 요인으로 작용하였다.

내가 만약, 본부 국장을 바로 했다면 그토록 어민들이 원하는 어업의 민주화, 즉 어업구조도 개편하고 차관과의 갈등도 어쩌면 없었을 텐데, 지금 돌이켜 보아도 아쉬운 대목이다.

> 하지만 장관의 그런 주장도 나의 평상시 직언하고 저돌적인 업무 스타일, 나아가 그러는 과정에서 상관과의 원만치 못한 관계 등으로 인한 것이었으니, 결국은 나의 잘못에 비롯된다고 볼 수 있다. 직언하는 강직한 스타일이 어제 오늘 일도 아니고 평생 삶의 결과이니 어찌 보면 운명적인지도 모르겠다. 다 나의 부덕의 결과물인 것이다!

다른 한편으로는 '내가 얼마나 도전적이고 저돌적이었으면 그 정도였나' 하는 반성도 해본다. 그리하여 보임된 곳이 국립수산물품질관리원장이다.

이곳은 우리나라 전체 수산물의 품질, 위생, 안전을 관장하는 중요한 기관이다. 가서 보니 업무의 종류가 너무 다양하고 대부분 민원성의 업무인지라 업무량 대비 인원이 절대 부족한 여건으로 어렵사리 업무를 해내고 있었다. 직원들 대부분은 일한 만큼 대우를 못 받는다는 생각이 지배적인 상황이었다. 정책고객이 생산어업인, 수산물가공업자, 유통상인 나아가 일반 국민까지 포함되는 대단히 넓은 스펙트럼을 가졌다.

해양수산부 소속기관에 지방해양수산청, 수산과학원, 어업관리단 등이 있지만, 거의 전 국민을 대상으로 연간 민원처리 건수 60만 건 이상을 처리하는 종합행정 집행기관은 없었다.

국민의 일상생활에 큰 영향을 주는 업무를 하는 현장직원들의 사기를 올리는 일이 무엇보다도 중요하다고 생각했다.

상식이겠지만 공직사회에서 사기는 언제나 승진문제이다. 민원의 현장에서 연중 24시간 대민업무에 고생하지만, 상대적으로 승진은 매우 뒤지는 상황이 계속되었다.

그래서 나는 본부 정책부서 대비 소속의 집행기관이라는 이유만으로 상대적으로 승진이 뒤처진 사람들의 명단을 가지고 장, 차관과 담판을 했다. 24시간 대국민 행정서비스를 매우 적은 인력으로 어렵게 해내는데, 승진까지 뒤처지니 직원들 사기가 하염없이 추락하고 있으므로 이번 승진 인사에서는 반드시 조직 활성화 차원에서 전체 승진대상 인원 중 50% 이상을 우리 기관에 할애해 달라고 강력하게 주장하고 부탁을 드렸다.

한편으로는 승진심사위에 참석하는 담당국장들에게 미리 설명하면서 적극적으로 설득작업을 벌였다. 당시까지만 해도 사무관 승진대상 10명이라면 소속기관에서는 잘해야 1~2명을 배정하거나 아예 주지 않는 경우가 다반사였다. 이런 상황이다 보니 승진 시기가 다가와도 승진이 한참 늦은 직원들도 대개는 포기상태일 정도로 사기가 떨어져 있었다.

그런데 이번에는 막상 승진심사가 끝나고 결과가 공개되자 오히려 본부가 발칵 뒤집혔다. 왜냐하면, 승진자 11명 중 7명이 소속기관인 내가 있는 수산물품질관리원에서 승진한 것이다. 전례가 없는 일이었다.

물론 우리 직원들은 수산물품질관리원 100년 역사 이래 이런 경사는 없었다고 난리가 났다. 더구나 우리 조직은 전국단위의 조직이기 때문에 본원 이외에도 전국 각지에 12개 지부를 두고 대국민 행정서비스를 하는데, 승진자 중에는 본원이 아닌 2차 소속기관인 지원에서도 5급 승진자가 나온 것이다. 그것도 여직원이 지원에서 사무관으로 승진된 것이다. 주지하는 바와 같이 승진하려면 중앙정부인 본부로 가야 하고 우리 조직 같은 전국단위의 기관은 본원 하부의 2차 기관에서 승진을 상상하기 어려운 것이 현실이었다. 본원 아니 중앙정부인 본부에 가지 않고도 대국민 민원처리를 하는 현장에서 열심히 하면 승진할 수 있다는 희망과 가능성을 보고 직원들이 무척 고무된 상황이 한동안 지속되었다.

개인 사정상 본원에 한 번도 근무하지 못하고 여수 등 지방에서만 근무하면서 평가가 좋았던 어느 여직원, 승진 소식에 눈물을 흘리면서 고맙다는 전화 인사가 아직도 생생하다.

● 수산질병 검역과 방역기관 분리에 따른 폐해를 공론화하다!

아시는 바와 같이 수산물품질관리원의 주된 업무 중 하나가 수산물에 대한 검역업무이다. 검역이란 질병을 검사하는 것으로 해외에서 유입되는 질병을 국경에서 차단하는 업무이다. 이해를 돕기 위해 어류 질병 관리 시스템에 관해 설명하면, 질병 관리는 크게 검역과 방역으로 나누어진다. 그런데 우리나라는 당시만 해도 한 기관에서 수행해야 할 검역과 방역을 각각 다른 기관에서 수행하는 기형적인 형태를 가지고 있었다. 물론 같은 업무를 하는 농업 분야는 물론이고 선진국에서는 통합되어 하나의 기관에서 검역 및 방역업무를 수행하고 있다. 이렇게 검역과 방역의 분리로 인한 비효율은 이루 말할 수가 없다.

예를 들어 통영지역의 멍게양식은 과거 20여 년 전만 해도 양식이 굉장히 잘되었는데 어느 해부터인가 소위 '멍게물렁병'이란 질병이 창궐해 폐사율이 40~50% 이상 발생하고 매년 양식 어민들의 피해가 굉장히 심각했다. 국내의 어류질병 연구 및 방역기관인 수산과학원에서 상당히 오랜 기간 많은 국고를 투입하여 원인조사를 했지만 결국은 원인 미상으로 결론을 내렸다. 그런데 이후 몇 년 후 일본에서 멍게물렁병의 원인이 밝혀지고, 그때에서야 일본을 따라 질병 원인이 무슨 균에 의한 것임을 알게 된 것이다. 10여 년 동안 질병 폐사로 인한 엄청난 어민들의 손실은 고스란히 어민들에게 돌아가고, 당연히 해야 할 원인분석에 의한 방역 활동에 대해서는 아무도 말이 없었다.

동해안의 가리비 양식 역시, 수산과학원의 L 모 박사에 의해 개발되어 한동안 동해 연안 어민들의 소득원으로 크게 이바지했었다. 그런데 어느 날 갑자기 원인 모를 폐사로 인해 생산량이 줄어 어민들의 피해가 상당 기간 발생했다. 이 또한 수산과학원에서 오랫동안 많은 사업비를 투입, 연구했으나 결론은 원인 미상이었고, 이후 일본인가 다른 나라에서 가리비 폐사의 원인이 질병에 의한 것임이 밝혀졌다. 역시 가리비 질병 폐사에 의한 피해는 수많은 양식어업인의 부담으로 돌아가게 되었다.

만약 검역과 방역이 통합되어 한 기관에서 수행했다면 해외 질병 정보를 조기에 파악하여 국내 질병 발생 시 효율적으로 대응할 수 있었음은 물론 선량한 어민들의 피해를 상당 부분 감소시켰을 것이다.

내가 검역기관장으로 재직 시 이 문제를 알고 여러 번 장·차관에게 공개석상에서 통합의 필요성을 보고했다. 독자들도 아시겠지만, 중앙부처 장관으로 유력한 정치인이 오게 되면, 해당 분야 국민의 기대도 크고 장관 본인은 실적을 내기 위해

내부 공무원들의 군기를 잡곤 한다. 당시 우리 부처 장관도 부산출신의 유력한 정치인인데 국회에서 보았던 것과는 다르게 매우 엄하고 경직되게 조직관리를 하셨다. 간부회의 시에도 어느 국장 하나 자유롭게 보고를 하지 못하는 형국이었다. 하지만 나는 이런 분위기에 아랑곳하지 않고 검역과 방역 통합의 필요성 등 다양한 안건을 보고했다.

당시 방역기관은 수산과학원이고 차관이 이 기관 출신이기 때문에 이 문제를 제기하는 자체를 꺼리는 상황이었다. 내가 공개적으로 보고를 하면 장관께서 깨기는커녕 오히려 잘 검토하라고 지시하는 등의 일이 있었는데, 이것은 원래 공공의 편익이나 이익을 위한 것이라면 거침없이 행동으로 옮기는 평상시의 내 스타일에서 비롯된 행동이었다.

물론 나의 실무진에서는 차관한테 밉보일 것을 염려하여 보고 자체를 하지 말 것을 요청하기도 했지만, 그것은 나의 삶의 방식이 아니었다. 여하튼 우리나라 수산물 검역과 방역에 관한 문제는 여러 가지 파문을 낳았는데 그중 제일 기억나는 사건을 얘기하고자 한다.

● 수산질병 비관세 장벽을 위해 현직 차관에게 직언하다! (OIE 표준실험실 지정 추진)

동식물의 전 세계적인 교역에 따라 발생할지도 모르는 국제적인 질병 확산을 방지하기 위한 국제기구가 흔히 OIE라 불리는 국제동물보건위원회라는 유엔 산하 기구이다.

이 기구에서는 전 세계에서 발병되는 동물질병(물고기 포함)을 진단하고 관리하는데, 이러한 질병 관리에 대해 과학적인 근거를 지원하는 곳이 〈OIE 표준실험실〉이다. 그런데 전 세계의 모든 질병을 OIE 본부의 실험실에서 모두 감당하기에는 힘들어서 대개는 질병의 종류에 따라 지구상 일정 권역을 기준으로 동일한 기능을 하도록 표준실험실을 지역별로 지정해서 관리하는 것이 표준실험실 제도이다. 물론 국제적 수준의 전문성과 역량을 갖춘 전문가와 기관을 지정하는 것이다.

그런데 우리나라 수산물 분야에는 당시까지만 해도 OIE 지정 표준실험실이 없는 상황, 이에 따라 수산물 검역기관인 수산물품질관리원이 이 표준실험실 지정을 준비해 왔는데 중간에 수산과학원도 뒤늦게 신청을 했다. 여기서 양 기관 간에 갈등이 생긴 것이다. 사실 애초에 갈등이 생길 사안도 아닌데 쓸데없는 기관장의 욕심에서 출발했다. 그 배경은 이렇다.

OIE 표준실험실의 주된 기능이 특정질병의 정확한 진단과 확정을 통해 질병 확산을 방지하고 역내 국가들을 교육하는 것인데, 교역되는 수산물의 질병을 진단하는 것이 검역기관인 수산물품질관리원의 기본업무이기 때문에 국제적인 질병에 대한 진단업무는 당연히 익숙한 분야이다.

반면 수산과학원은 방역기관으로 진단보다는 확정된 질병의 확산방지와 방역 조치가 주된 업무이다. 그런데 수산과학원은 연구인력이 많다는 일반적인 이유와 수산과학 종합연구기관이라는 자존심 때문에 수산물품질관리원이 먼저 준비하고 있었고 주된 업무임에도 뒤늦게 자기네들이 신청해야 한다고 시비를 걸고 나온 것이다. 사실 OIE 표준실험실 신청은 자신 있고 준비된 기관이 신청하면 되는 것인데 어찌 보면 쓸데없는 갈등이었다. 이 업무는 내가 원장으로 보임하기 전의 원장 때부터 우리 기관이 착실하게 준비해 왔고, 해당 분야 전문가도 이미 국제적으로 신뢰나 전문성을 인정받고 있었다.

반면 수산과학원은 일반적인 연구인력은 많으나 질병 진단분야는 취약하고 더구나 해당분야 전문가도 없고, 있다고 해도 국제 질병분야에서 지명도도 매우 낮으므로 아예 지정 가능성이 전혀 없는 상태였다. 한마디로 국내 수산분야 종합연구기관이라는 이유만으로 타 기관의 업무에 방해를 놓는 격이었다.

나는 이 사건의 경위를 안 다음 바로 당시 수산과학원장을 찾아가서 전반적인 상황과 같은 수산분야에서 낯붉히지 않도록 설득했고, 현장에서는 긍정적인 포기 의사도 있었다. 그러나 관련분야 연구직들의 저항과 조직이기주의 때문에 포기 의사를 접고 무리하게 경합하게 되었다.

한편 국제적으로는 내가 있던 수산물품질관리원의 담당연구원은 해당질병에 대한 OIE 질병진단 메뉴얼의 잘못된 점을 발견, 개정할 정도로 이미 관련 국제연구자와 국제사회에서 전문성과 신뢰가 높았기 때문에 OIE에서도 당연하게 우리 기관에서 신청하고 지정될 것이라는 데 추호의 의심이 없는 상황이었다. 그러나 상황은 녹록지 않았다. 경쟁상대였던 수산과학원장이 해양수산부 차관으로 자리 이동하게 된 것이다.

잠깐! 여기서 국제기구인 OIE의 질병 진단매뉴얼의 개정과 관련하여 말씀드리면, 한마디로 동양의 작은 나라에서 서양의 과학자들이 만든 국제규정을 개정하다니 실로 놀라운 일이었다. 독자들도 아시다시피 소나 돼지의 구제역, AI 등의 질병 발생 시 방역과 구제를 통해 청정국가 지위를 확보하는 것이 중요한데, 이때 이를 평가 인정하는 국제기구가 OIE이고 농축산 분야에서는 수산물보다 영향력이 매우 큰 기구이다.

이런 국제기구의 질병진단 매뉴얼을 우리 방법으로 개정하다니, 60여 년 역사의 농림축산 분야에서는 생각하지도 못할 일을 한 것이다. 어찌 되었든 수산물품질관리원의 준비는 이렇게 완벽했다. 하지만 상대기관의 원장이 차관으로 이동했으니 우리 직원들은 도저히 안 된다며 자포자기 상태로 사기가 꺾여 있었다.

문제는 준비가 전혀 안 된 수산과학원이 신청하면 지정 안 될 확률이 대단히 높고, 그러면 우리 기관이 지정되기까지는 1~2년이 소요된다는 것이다. 아시다시피 WTO협정 체제하에서 국제교역은 비非관세 장벽으로 각국이 자국의 산업을 보호하고 이익을 지킨다는 것은 잘 알려진 사실이다. 바로 비관세 장벽의 주된 이유가 검역이나 위생조건이고, 질병으로 인한 교역장애 발생 시 해당국에 대한 국제적인 신뢰도를 갖는 것이 OIE 표준실험실 지정인데, 이것이 또 지체된다니! 그 경우 그로 인한 국익의 손실은 누가 책임지는가? 나는 전체 국가이익 차원에서 접근해야지 어느 기관의 문제가 아니라고 생각했다.

한편 직원들이 걱정했던 것처럼 당시 차관은 준비 안 된 수산과학원이 신청하도록 본부 담당과장과 국장에게 압력을 가했고, 우리한테는 거꾸로 포기하도록 종용했다.

하도 차관이 종용하고 해서 나중에는 그해 9월까지 수산과학원이 먼저 신청하도록 기회를 양보했다. 그런데 시간이 흘러 11월이 지났는데도 신청도 하지 못하고 있는데 이미 거의 완벽하게 준비된 우리 기관에게는 신청 포기를 지속해서 종용하니 말이 안 되는 상황이 계속되었다.

물론 나의 저돌적인 추진력을 아는 차관은 수산물품질관리원장의 업무보고는 아예 받지 않는다고 비서에게 통지까지 하였다. 이러다간 또다시 1~2년의 세월을 허송으로 보내게 되고 그러는 사이 비관세 장벽으로 인한 국가의 교역손실을 생각하니 도저히 가만히 앉아 있을 수가 없었다.

역시 방법은 정면돌파! 보고일정을 잡아주지 않는 차관께 일방적으로 들어가서 상황을 보고하고 처리하는 길뿐이었다. 다행스럽게 우리 기관의 전임원장이 당시 수산정책실장으로 있던 터라 우리 기관의 처지를 잘 이해하고 있고, 본부 담당과에서 OIE 표준실험실 지정에 대한 본선경쟁력을 검토하여 수산실장한테 보고한 검토서가 실장 책상에 있다는 것을 알고 일단은 무조건 올라갔다. 그동안 수산정책실장도 이 업무에 대해 우리 기관의 입장을 옹호하다가 차관께 소위 찍혀 정책 의사 결정라인에서 배제되는 등 마음고생이 심한 상태였다. 이런 상황에서 결재를 못 하고 있는데 차관은 내가 책임질 것이니 실장은 당신 소신껏 결재하도록 했다.

물론 보고서 결론은 수산물품질관리원이 상대기관보다 준비가 잘돼 있어 지정 가능성이 크다는 것이었다. 실장과의 업무협의를 마치고 차관을 찾으니 차관은 서울 일정으로 여의도 주변에 계신다는 것이었다. 나는 곧바로 세종에서 서울로 이동하여 서울사무실에서 무작정 차관을 기다렸다. 나를 본 차관 비서는 차관이 보고를 안 받겠다고 하시고 일정을 잡지

말라고 했다며 자기가 깨진다고 난리였다. 그런데도 옆방에서 숨어서 대기하기를 한 시간여 만에 차관이 들어왔다.

그 순간 나를 본 차관, 당신은 오지 말라고 했는데 왜 왔느냐고 기분 나쁘게 따졌다. 나도 순간 화가 치밀어 아니 대한민국 중앙부처의 국장이 차관한테 보고 오는 게 놀러 오는 줄 아느냐며 차관을 따라 방에 들어갔다. 앉자마자 차관께서 좋아하시는 영문으로 된 OIE 표준실험실 지정요건을 OIE 홈페이지에서 따왔으니 보시라며 설명을 시작했다. 차관은 무조건 설명은 잘 안 듣고 아직도 수산과학원이 먼저 신청해야 한다는 말만 했다. 나는 본부 담당과에서 두 기관의 본선경쟁력을 분석하여 실장이 결재했으니, 지금부터는 제가 알아서 하겠다고 말씀드리고 그 자리를 박차고 나왔다.

차관께서 순간 멍해진 모양이었다. 사실 OIE 표준실험실 지정신청은 차관결재를 필요로 하는 정책 결정 사항이 아니고, 준비된 해당 기관의 장이 신청하면 되는 문제였다. 그런데도 해양수산부 산하 두 개 소속기관이 갈등을 일으키니 본부 실무부서에서 타당성과 경쟁력을 분석하여 수산정책실장이 결재하도록 한 것이다. 그런 상황인지라 방해하는 차관한테는 내가 알아서 추진하겠다는 의지를 통보하고 나오자마자 세종의 본부 실장한테 차관한테 약속한 대로 보고했으니 결재문서를 시행하도록 얘기하고 부산행 기차를 탔다. 중간에 실장한테 차관 전화가 오기를, 마지막으로 실장주재로 양 기관과 조정 협의해 보라는 것이었다. 그래서 나는 급하게 실장주재 조정회의에 참석하기 위해 회의시간 30분 전에 도착했다. 실장이 얘기하기를 오전에 기관장 회의차 수산과학원장이 세종시에 온 것을 알고 차관지시에 의거 급히 오후 회의일정을 통보했다고 한다. 미리 도착해서 실장과 해당 업무에 대해 담소를 나누다 보니 약속시간이 지났다. 시간이 지나도 도착하지 않아서 수산과학원 담당부장한테 전화해 보니 자기네 원장이 개인 사정으로 회의에 참석을 못 한다고 하면서 지금 부산으로 이동 중이라고 했다.

어찌 되었든 결론은 난 것인데 마지막 중재 회의마저 회피하다니 한심한 생각이 들었다. 본부의 OIE 표준실험실 신청에 대한 실장 결재문서를 즉각 시행해 달라는 부탁을 하고 나도 본원인 부산 영도로 돌아왔다.

도착해서 수산물품질관리원 담당자들과 차관, 실장과의 업무처리 결과를 논의하고 실장 결재문서가 도착하면 즉시 OIE 표준실험실 신청공문을 시행하기로 했다. 하지만 하루를 기다려도 결재문서가 오질 않았다. 나는 본부 실장한테 이미 차관도, 중재 회의도 하고 다 결론이 났는데 왜 빨리 문서 시행을 하지 않느냐면서 독촉을 했다. 시실 실장도 차관, 수산과학원장 등의 눈치를 보고 있었던 것이다. 내가 하도 독촉도 하고 차관한테 한 차례 꾸지람을 더 듣고 난 후 마침내 공문 시행을 했다. 그때가 거의 12월 말경이라 마음이 급해졌다.

해를 넘기기 전에 OIE에 신청하기 위해 만반의 준비를 하고 있다가 본부의 결재문서가 도착하자마자 마침내 표준실험실 지정신청 공문을 검역기관장인 나의 명의로 신청했다.

사실 공문을 시행하기 전 우리 직원들은 본부에서 결정공문이 오더라도 신청자를 우리 기관이 아닌 본부가 해야 하는 것 아닌가 하고 고민을 하고 있었다. 왜냐면 차관이 그렇게 반대하는 상황에서 우리가 자체적으로 추진하는 방안에 대해서는 사후 후환이 두려워서 엄두도 못 냈고, 아마도 차관이나 상대 경쟁기관인 수산과학원에서도 우리가 직접 자체적으로 신청할 줄은 상상을 못 했을 것이다. 그러나 나는 이것은 실험실과 전문가를 보유한 기관이 직접 신청하면 되는 것이지 굳이 상위기관인 정책부서에서 신청할 필요가 없는 사안임을 알았고 본부의 정책 결정이 나자마자 우리가 직접 신청토록 한 것이다.

한마디로 차관이나 상대기관에서는 우리가 직접 신청할 줄은 상상도 못 했을 것이고 이렇게 되자 갑자기 허점을 찔린 것처럼 당한 격이었다.

일단 OIE의 한국 측 연락대표인 농림부 방역국장 앞으로 정상적인 신청공문이 시행되었다. 이 사실을 안 차관과 수산과학원 측에서는 난리가 났다. 그 이후 차관은 이 정상적인 행정행위를 무효화시키라고 압박이 대단했다. 내가 전혀 꿈쩍도 하지 않자 본부 담당국장 등을 앞세워 농림부 방역국장을 찾아가서 차관의 지시라 하면서 수산물품질관리원의 표준 실험실 신청공문을 OIE에 보내지 말라고 하는 메시지를 전달하며 농림부 담당국장을 압박하기도 했다. 그러나 농림부 담당국장은 수산물 검역기관장의 정상적인 준비와 절차에 따른 문서를 어떻게 무효화하느냐 하면서, 말로만 하지 말고 해양수산부의 공식문서로 요청하라고 하기까지 했다고 한다. 농림부의 입장이 그렇다 보니 차관이 공문을 올리라고 하는데, 의사결정 라인에 있는 담당과장, 국장, 실장 등이 반대하는 처지이기 때문에 정상적인 문서 플레이가 되질 않는 상황이었다.

☞ 其身正 不令而行 其身不正 雖令不從(기신정 불령이행 기신부정 수령부종)이라 했다. 위정자 자신이 올바르면 명령을 내리지 않아도 저절로 시행되고, 자신이 올바르지 않으면 명령을 내려도 시행되지 않는다는 말이 여기에 해당할까!
군자의 덕은 바람, 백성의 덕은 풀, 풀 위에 바람이 부니 어찌 풀이 눕지 않으리!

나중에 알고 보니 신정기관에 대한 추가적인 평가 후에 진행한다는 취지의 메모형식 문서에 차관만이 홀로 사인한 쪽지를 농림부에 보여주었다는 것이다. 이것이 말이 되는 상황인가? 아니 해양수산부 담당부서에서 장시간 검토한 보고서를 통해 수산물품질관리원이 준비상황이 우수하고 본선 경쟁력이 있다는 결론이 난 정상적인 행정행위 자체를 무효화하려 하다니! 한 부처의 차관이 자기 밑에 있는 실무 담당부서의 정상적인 의사결정을 무시하고, 나아가 차관 개인의 잘못된 주장으로 국익에 손해를 끼치는 행위를 해도 되는가 라는 생각이 수도 없이 들었다.

물론 시골 어촌계에도 없을 차관 홀로 서명한 그 쪽지문서에 대해서 농림부 담당국장이 "이게 무엇이냐?" 하면서 좋은 말로 반려했다고 한다. 한마디로 해양수산부 차관이 도대체 무슨 창피한 일을 한 것인가? 지금도 이해가 안 되는 웃음거리였다.

그 이후에도 여러 형태의 압력으로 나를 따르는 직원에 대한 불이익 등 다양한 회유와 협박이 있었다. 내가 나서 농림부 방역국장한테 지극히 정상적인 문서이니까 아무 걱정하지 말고 국제기구인 OIE에 보내라는 압력 때문인지 결국은 농림부에서 OIE 본부에 정상적으로 신청문서가 접수되었다.

이제 끝났다고 우리 직원들과 환호성을 지르기도 했다. 그러나 끝이 아니었다. 차관이 이제는 전선을 국제무대까지 확장해 국제기구에 정상적으로 접수된 문서를 취소하라는 취지의 활동을 하도록 OECD에 파견된 우리 부 직원한테까지 지시하는 등 정말 방해 공작은 끝이 없었다. 나는 도저히 더 참을 수가 없어서 개인적으로 차관한테 문자를 보내 이렇게 하는 것은 국익을 위해서도 차관으로서의 행동이 아니라고 항의했다. 즉시 차관한테 협박하는 답장이 왔다.

도저히 이건 아니다 싶었다. 그래서 궁리 끝에 퇴직했지만, 정부 인사한테 영향을 줄 만한 선배에게 전반적인 상황을 설명하고 국익을 위해 중간에서 조치를 부탁했다. 소위 말하는 재야의 파워맨이었다. 설명을 듣고 나서 바로 담당 차관과 통화한다고 하시며 오히려 내가 고생 많았다고 위로해 주셨다.

〈회상 15〉

차관과의 갈등?

국제동물보건위원회(OIE)의 표준실험실 지정 신청을 두고 현직 차관과 정면충돌, 좋게 해결하는 방법은 없었나?
지금 생각해도 대립과 갈등을 피하는 길은 내가 있던 기관이 신청을 포기하든지 아니면 무기한으로 상대기관인 수산과학원에 신청 기회를 주는 것이었다.
그럴 경우, 차관이 원장이었던 그 기관은 국제사회에서 관련 질병에 대한 전문가도 없었고, 국제 신뢰도도 전혀 없었기 때문에 얼마나 시간이 소요될지 모른다는 것이다. 그 기간 동안 위생, 검역 등 비관세 장벽에 의한 국가적 이익을 고려할 때 도저히 신청을 포기할 수는 없었다. 글쎄 현역 차관이 국익을 도외시하고 왜 그렇게 정당한 행정행위를 무력화하려 했는지 지금도 이해가 안 간다.
차선으로 좀 부드럽게 차관에게 설명하고 진행했으면 어떠했을까?
글쎄, 이것은 차관이 상대기관 원장이었을 때 내가 직접 찾아가서 분위기 좋게 설명도 하고 해서 어느 정도 이해를 하기도 했다. 그러나 그 기관의 부장급 이해 관계자가 조직의 축소 등을 걱정해서 그런지 어느 순간 이 문제를 이해했던 차관은 더욱더 강경 모드로 변해있었다. 나는 이 문제를 처리하면서 아무래도 내 때에서 나의 돌직구 추진력으로 해결해야 되는가 보다 순간 순간 생각하기도 했다.
비록 현직 차관과의 대립으로 개인적으로 많은 손해를 보더라도!
어찌 보면 이 사건으로 공직을 일찍 은퇴하는 계기가 되었으니 아쉬움은 많다. 그래도 나의 정면돌파, 불의에 항거하는 DNA는 아직도 살아있다!

☞ 寧爲玉碎, 不爲瓦全(영위옥쇄, 불위와전): 부서진 옥이 될지언정, 온전한 기와가 되지는 않는다. 가치 있게 죽을망정 너절하게 살지는 않는다.

그다음 날 점심시간에 급전으로 희소식이 날아들었다. 그날 오전 차관이 해양수산부 내 담당국장, 실장을 불러놓고 표준실험실 문제는 이왕 수산물품질관리원이 OIE에 신청됐으니 잘 지정되도록 지원하라는 지시를 했다는 것이다. 정말 잘된 일이었다. 그러나 한편으론 이것은 또 무엇인가? 지난 1년 동안 국익은 도외시하고 그렇게 개인적인 입장에서 동 업무를 방해하고 협박하더니 소위 영향력 있는 사람의 전화 한 방에 태도를 바꾸다니 그 소신 없는 행동에 정말 할 말이 없었다.

한편 반대편에 서 있던 수산과학원은 자신들의 최대 지원군이던 현 차관께서 갑작스레 포기하자 망연자실했을 것이고 이어 차관한테 불만을 토로했다는 소문을 들었다.

OIE표준실험실 유치협상 후(덴마크 코펜하겐)

일련의 과정이 마무리되고 이 업무를 지켜보던 해양수산부 본부직원들, 수산과학원의 박사들은 도대체 박신철 수산물품질관리원장은 뭐! 이길래 현직 차관도 포기하게 만드는가? 도대체 무슨 배짱으로 도저히 이해가 안 되는 국장이라는 소문이 났다고 한다. 이 일련의 업무를 추진하는 과정에서 차관의 부당한 지시에 맞서는 나의 뜻에 흔들림 없이 따라준 직원들에게 감사를 드린다.

사실 중간중간에 후일의 보복성 인사나 평가를 받을 수 있다는 불안감이 있었는데. 그래도 저돌적으로 밀어붙일 수 있던 것은 오직 어업인과 국익만을 위한다는 소신과 대의명분이 있었기 때문이고 나를 끝까지 믿고 따라 준 직원들에게 지금도 고맙다고 느낀다.

물론 수산물품질관리원의 OIE 표준실험실 지정은 그해 6월경 최종 승인되어 지정되는 좋은 결과를 가져왔다. 지금도 걸려있을 국립수산물품질관리원 본관 건물의 OIE 표준실험실 지정현판이 자랑스럽게 여겨진다.

OIE 현판 사진

부가적으로 설명하면 OIE 표준실험실은 질병별로 전문가를 지정하는데, 우리가 지정받은 질병은 바이러스성출혈성패혈증VHS으로서 한마디로 우리가 자주 먹는 광어, 유럽의 연어 등에 치명적인 바이러스 질병이다.

그동안 우리나라의 많은 광어 양식어업인의 경우 사실 VHS로 인해 폐사한 것이 분명한데도 방역기관에서는 VHS에 의한 폐사가 아니라고 진단함으로써 어업인들의 피해를 도외시한 측면이 있었다. 향후 아시아, 호주 전역에서 VHS 질병에 대한 최종적인 진단과 확정을 우리나라가 하게 되고, 또한 이를 위한 역내 각국의 수산질병 관련 과학자들에 대한 교육훈련을 담당하게 되었다. 그럼으로써 우리나라의 수산질병에 관한 질병 진단, 분석 등의 국제적인 신인도가 크게 향상되고 따라서 비관세 장벽에 대한 대응력도 한층 높아지게 되었다.

● 공무원 용퇴와 고민

사실 표준실험실 지정업무를 추진하는 동안에도, 소위 차관의 터무니없는 주장에 따른 백기白旗 투항 후에도 차관은 나에 대한 개인적인 감찰을 시켰고, 업무처리 과정의 문제를 찾아내라고 본부의 감찰부서에 지시한 것으로 알고 있었다. 그럼에도 아무런 문제를 찾아내지 못하자 운영지원과장이나 수산정책실장을 통해 수시로 퇴직을 압박해 왔다. 사실 나는 그런 압박이 전혀 신경 쓰이지 않았고 속으로는 대통령이 뭐라 해도 흔들리지 않을 것인데, 일개 차관이 본인의 극히 잘못된 업무처리 행태를 덮기 위해 사퇴하라니 전혀 문제가 되질 않았다. 그런데 점점 시간이 지나고 나서도 지속적으로 사퇴종용 전화가 왔다.

사실 나는 늦깎이로 공직에 입문했기 때문에 3년 전 명퇴를 기준으로 볼 때 실제 일할 수 있는 기간이 얼마 남지 않아 마음이 좀 조급했다. 얼른 본부 국장으로 복귀해 근 100여 년간 유지되어 온 일제식 어업구조를 바꾸고 어업의 민주화를 이루어 내야 한다는 소명召命의식이 있었기 때문이다. 사실 이러한 소명의식 때문에 수산물품질관리원장의 계약 기간이 1년여 남았음에도 지역의 조합장, 어업인 등 여러 경로를 통해 장차관한테 나의 조기복귀를 건의했었다. 그러나 진전이 없는 상태가 계속되다 보니 마음은 점점 초조해져 갔다.

거기다가 해외에서 복귀한 젊은 국장들이 자리가 없어 인사 운용의 어려움도 가중되는 상황이 일정 기간 지속되다 보니 속으로 마음을 굳히게 되었다.

평상시에도 사람은 진퇴를 알아야 한다는 생각을 늘 가지고 있었다. 조선 중기의 유학자 퇴계 이황李滉 선생께서 늘 병약하시고 늙어 가는데 오히려 자신의 벼슬은 자꾸 올라가니, 늘 이 핑계 저 핑계를 대며 자신의 고향으로 물러가겠다는 생각으로 관직을 했음을 기억하며, 나도 최소한 진퇴進退를 아는 사람이 되어야 하겠다는 생각을 하고 있었다. 그러나 영세하고 어려움에 부닥친 어촌현장의 기대, 즉 박신철 국장이 이 잘못된 기득권이 고착되어 영세어민은 바다만 나가면 범법자가 되는 어업구조를 민주적으로 바꾸어 줄 것으로 기대하시는 어촌의 현장어업인, 지역조합장님들의 기대를 충족시키지 못하고 가는 것에 대해 아쉬움이 너무도 컸다.

어업구조개혁에 대한 나의 소명과 어업인들의 기대 때문에 이대로 물러갈 것인가에 대한 수많은 고민으로 새벽까지도 잠 못 이루고 지새웠던 유난히도 세찬 바람이 불던 부산 영도의 외로운 숙소에서의 결정이 지금도 생각난다. 부산 영도의 봄은 유난히도 바람이 많다. 반면에 우리나라 육지의 남단이기 때문에 봄꽃 또한 이르게 핀다.

전날까지 그렇게 화사하던 벚꽃이 다음날 출근길에 마주하니 밤새 모진 바람에 무참히도 떨어져 길가에 어지럽게 나뒹굴었다. 봄날 잠시 화사한 꽃을 피우기 위해 지난 겨울 그 춥고 모진 강풍을 견디고 피웠지만, 오늘은 왜 그리 무참히도 떨어져 버렸는가? 자연의 섭리가 이러할진대 그 속에 잠시 왔다가는 나는 무엇 때문에 이리도 망설이는가 싶은 생각이 확연히 드는 순간, 후배와 조직을 위해 용퇴를 결심했다.

그야말로 굵고 짧은 23년간의 공직을 마무리하게 된 것이다.

☞ 知者不惑, 仁者不憂, 勇者不懼(지자불혹, 인자불우, 용자불구).
지혜로운 자는 미혹당하지 않고, 어진 이는 근심하지 않고, 용감한 자는 두려워하지 않는다.
이럴진대 나는 어찌 어질지 못하여 근심하는가?

춘추전국시대 오패 중 하나인 제환공과 수레 수리공 윤편의 얘기를 할까 한다. 왕은 책을 읽고 윤편은 아래쪽에서 수레바퀴를 고치는 상황에서 왕에게 말을 건다. "그 책에는 무엇이 쓰여 있습니까?" 왕 왈 "성인의 말씀이 쓰여있다."고 하자 "그럼 그 성인들이 살아 있습니까?" 묻는다.

죽었다 하자, "그러면 왕께서 알고 있는 책은 성인들이 남긴 찌꺼기입니다."라고 하자 술찌꺼기(糟粕) 소리에 화가 난 왕은 제대로 설명해 보라고 요구하면서 못 하면 죽이겠다고 한다.

"저는 평생 수레바퀴 깎는 일만 해왔습니다. 조금 느슨하게 해도 안 되고, 더 빡빡하게 해도 안 되고 적당하게 해야 합니다. 적당하게 깎는 기술은 오직 자기만 가지고 있는 손끝 감각으로 터득하고 마음으로 느낄 수 있습니다. 입으로 말할 수 없는 느낌으로만 비결이 존재합니다.
이것은 제 자식에게도 깨우쳐 줄 수 없고 제 자식 역시 저에게 전수받을 수가 없습니다. 그래서 저는 나이 칠십에도 오늘까지 손수 수레바퀴를 깎고 있는 것입니다.

옛 성인도 그와 마찬가지로 가장 핵심적인 깨달음을 책에 글로 전하지 못하고 세상을 떠났을 것입니다.
그러니 왕께서 읽고 계신 책이 옛 성인의 찌꺼기일 뿐이라고 말씀 드린 것입니다."

☞ 세상의 많은 지식과 책들은 대부분 자기 자신의 것이 아닌 다른 사람이나 옛 선지식인들의 생각이고 이것 또한 술찌꺼기인 것이다.
정보가 넘치고 자존감이 상실되는 시대, 이제는 소신을 가지고 다른 사람의 껍데기가 아닌 자신이 주인공이 되는 삶을 살아야 할 때이다.

부록

인생은 정면돌파!

바다 사나이의
히말라야(칼라파트라 5,650m) 트래킹 도전기

지금부터 히말라야 트래킹 도전과정을 이야기하고자 한다.

도전 배경은 뚜렷한 이유는 없다. 사회에서 만나 인연을 맺은 70여 살 정도 된 선배가 젊은 시절 식당으로 돈을 벌어 많은 젊은 산악 등반가를 후원해 오셨는데, 그 과정에서 본인도 자연스럽게 히말라야를 가까이해서 히말라야 트래킹을 여러 차례 하셨다. 어느 날 이분과 평소와 같이 소주 한잔하는데 이번에 히말라야 가는데 본인 나이도 있고 해서 마지막으로 갈까 한다며 동생도 시간되면 같이 하자고 하셔서 무작정 따라나서게 된 것이다. 아무 경험도 준비도 안 된 상태에서 어찌 보면 무모한 도전이었다.

때는 2020년 2월 말~3월 초 2주간, 코로나 19가 본격적으로 위세를 떨치기 직전이었다. 물론 출발하기 전 약간의 등산장비를 준비하면서 산소 부족으로 인한 고산병 등이 걱정되기도 했다. 약간의 에너지 바 등 비상식량을 준비하고 드디어 네팔 카트만두행 비행기에 올랐다. 동행은 히말라야를 잘 아는 선배와 부산에 사는 동생으로 삼았다.

2월 22일

카트만두 ~ 루크라 공항 ~ 팍띵로지

마음은 걱정 반 설렘 반이다. 말로만 듣던 카트만두 공항, 약간은 난잡하고 번잡스러움을 뒤로하고 13인승 경비행기를 타고 카트만두에서 히말라야 등반의 출발지인 세상에서 가장 위험하다는 해발 2,800m의 루크라 공항에 도착했다.

물론 이동 중에 내 앞자리에 있던 외국인 좌석의 천정에서 고여 있던 빗물이 쏟아지는 불안한 비행기였지만, 창밖 멀리 보이는 히말라야 산맥의 설산 고봉들이 하늘의 흰 구름인지 산봉우리인지 헷갈리는 진풍경을 감상하기도 했다.

히말라야 산 사이에 있는 루크라 공항은 히말라야 초입의 고봉들 사이를 아슬아슬하게 비행하여 들어가야 할 뿐만 아니라 활주로가 언뜻 보아도 한 300m도 안 돼 보이는 정말 위험한 공항이었다.

한마디로 활주로가 착륙방향으로 상당한 언덕으로 되어 있어 매우 짧은 거리에 제동이 되고 착륙하자마자 곧바로 하차장으로 이동된다. 어찌 보면 마치 무슨 비행기가 매미같이 산허리에 착 달라붙는 느낌이다. 한 번씩 사고가 나기도 힌다.

어찌되었든 우리 일행은 무사히 루크라 공항에 안착해 먼저 보낸 짐을 찾은 후 우리를 안내할 셰르파 가이드, 포터, 쿡 등을 만나 확인하고 바로 이동을 시작했다. 종종 내리자마자

생전 처음 오는 고도인지라 흔들리기도 한다는데 나는 별 느낌 없이 그냥 지나왔다. 그 와중에 주변 경관은 처음 보는 설산 고봉들이 구름을 휘감고 자랑하듯 내려다보고 있으니 벌써 자연의 엄청난 규모에 압도당한다.

루크라행 경비행기 안에서

루크라 공항 해발 2,840m에서 서서히 골짜기 밑 해발 2,600m까지 워밍업 후 중간의 산 절벽 노점에서Green view point 산악지방 사람들의 주식인 '로티'(작은 원형 플라우프 모양의 밀가루 튀김)와 산미구엘 맥주, 그리고 한국에서 가져온 수제 구운 김으로 간식 겸 점심을 해결했다. 그런데 노점주인 아줌마의 꼬마 아들이 새까만데 학교는 안 가고 주변을 왔다 갔다 뺀질거린다. 깊은 산중을 오가는 등반객을 대상으로 돈을 달라 하니 아무리 오지라고 해도 인간 세상은 어디나 다 같구나! 이동 중에 처음으로 짐을 나르는 노새와 흑색 물소가 저마다 무거운 모래와 시멘트를 60kg씩 나른다. 마치 이 길의 주인인 양 당당하지만 힘들어 보인다.

점심식사 후 출발 시부터 비가 뿌리고 구름이 낀다. 중간중간 마니통(옴마니반메훔 부적 원형통)이 길 한가운데를 차지하고 있다. 올라갈 때는 좌측으로 돌면서 하행길 사람들과 피하면서 마니통을 돌려본다. 이제 서서히 언덕들이 나타난다. 금방 덥고 땀이 난다. 호흡도 쉽게 차오르는 느낌인데 아직은 멀쩡하다. 그렇게 이동하여 팍띵로지에 오후 4시 전에 도착했다. 저녁시간까지 오랜만에 숲과 산속에서 고요히 비오는 소리만이 들리는 정적이다. 그런데도 은근 바쁘다. 내일 지고 갈 배낭 속 물건과 포터가 지고 갈 가방을 정리한다.

큰 산행이다 보니 정리가 잘 안 되고 들었던 물건을 반복적으로 찾는다. 물건 가짓수가 많으니 통 정신이 산만하다. 평상시에 우리 색시 집안 정리 안 한다고 잔소리 많이 했는데 어쩐지 미안해지는 마음이 생긴다. 같이 온 옆방의 전문가급의 형님과 동생이 알려준다. 여기는 팍띵로지 해발 2,700m이다.(팍띵 : 붉은 색의 흙으로 지은 건물이라는 뜻)

2월 23일

팍띵로지~남체바자르

로지에서 오전 6시에 기상해 보니 밤새 꾸준하게 비가 왔다. 예상과 달리 앞산 너머 보이는 고봉엔 백설이 가득하다. 눈 덮인 설산으로 아침태양이 눈에 비춰 백색광처럼 산들이 빛난다. 공기도 날씨도 상쾌하다. 오늘은 해발 3,480m 고지인 남체바자르까지 가야 한다. 첫 번째 고산병의 관문이다. 아침에 따뜻한 보온병에 고산병에 좋다는 메밀차를 넣어 준비했다. 히말라야에서의 등반은 대부분 오전에 하루 분량의 대부분을 소화해야 한다. 오후 해가 지면 급격하게 추워지고 어두워져 위험하다. 점심 로지까지 평이하게 이동 도착했다.

중간에 우리 등반팀 부副 가이드 집이 있는 곳을 지났다. 그 친구 부인이 운영하는 로지는 개울가에 있었다. 젊은 부부인지라 3살 먹은 아이가 천진스럽고 귀엽다. 그 집 내부 부엌에서 차 대접을 받았는데 이 동네 전통의 밀크티이다. 부엌은 그을음에 그슬려 시커먼데 부엌 한가운데 작은 아궁이 같은 시설이 있고 여기다 불을 지펴 물을 끓인다. 물론 한쪽 곁에는 가스레인지도 있다. 부엌 아궁이는 연통이 없는 아궁이 위쪽에 나무로 된 사각모양의 구멍을 내고 이것이 지붕까지 연결되어 연기를 배출하는 모양이다. 젊은 아주머니가 순박하고 성격이 좋아 보인다.

점심 먹기 전까지 쾌청했던 날씨인데 점심 식사 후 출발 바로 직전에 뒤쪽에서 먹구름이 갑자기 몰려오고 비를 뿌린다. 다행히도 가는 방향의 반대쪽이다. 얼마 가지 않아 사가마르타(하늘공원이라는 뜻) 국립공원 입구에 도착, 입국 심사 후 통과하고 얼마 가지 않아 두 개의 계곡을 가로지르는 출렁다리를 지나자 본격적인 언덕이 시작되었다. 매번 신기한 것이 수백 미터 높이의 출렁다리를 짐 나르는 노새와 야크가 무사히 지난다는 것이다. 대개 바닥이 출렁대는 다리를 동물들이 두려워하는데도 이 동네 노새들은 여기에 적응하는 데 꽤나 고생했으리라 생각했다. 수백 미터 높이의 출렁다리는 계곡을 가로지르기 때문에 바람이 유난히 심하고 거기다 사람들도 같이 통과하기 때문에 엄청 이리저리 흔들린다. 그런데도 무거운 짐을 지고 노새가 높이에 대한 공포도 없이 다리에 중심을 잡고 건너는 것이다.

가장 길고 높은 다리를 건너자 남체바자르를 향한 본격적인 언덕이다. 이 다리가 아마도 해발 2,800m 정도이니 언덕만으로 고도 600m 이상을 단번에 올라야 한다. 셰르파족 출신의 우리 가이드는 노련하다. 절대 자기 속도에 무리하지 말고 천천히 가는 것만이 고산병을 예방할 수 있다는 것이다. 나는 성격상 무리할 확률이 높다. 맨 앞에서 올라간다. 가슴이 힘든 느낌이 들면 바로 잠시 쉬고 뜨거운 메밀차를 마신다. 이렇게 계속 오르다가 중간에 짐 나르는 노새를 만나면 통과하는 동안 길옆에서 자동으로 쉰다. 나름 속도 조절하고 무리 없이 올라도 뒷사람하고 간격이 점점 벌어진다. 나는 다시 쉬고 뒷사람이 오면 또 오른다. 전체의 반 정도를 올랐을 때 경관 좋은 능선에 쉼터가 있다. 바로 계곡 건너편 앞쪽에 해발 6,000m 이상 되는 이름 모를 설산이 무척이나 아름답다. 다시 출발하니 이제는 계단이 없는 그냥 경사진 언덕이 끝이 없다. 물기가 있는 구간에 노새와 야크가 배출한 배설물과 진흙이 섞여 냄새가 나고 범벅이 되 지나기가 더욱 불편하다. 중간을 지나자 해발고도 3,200m를 지났다. 아직까지 호흡도, 체력도 문제가 없다.

에베레스트 뷰포인트에서

남체 도착 전에 작은 마을을 지나 높은 계단언덕을 어렵게 넘었다. 숨이 턱까지 오른다. 바로 건너 남체바자르(바자르 : 시장이라는 뜻), 해발 3,400m의 고도에 지상 최고의 시장이 있었네. 한국에서 기껏해야 해발 1,800m를 올랐던 내가 난생 처음 해발 3,400m에 오른 것이다. 그런데 다행히도 아직은 체력도, 호흡도, 식사도 모두 무리가 없다. 다만 약간 간간히 숨이 조금 불편함이 있다. 남체로지에 오니 투숙객이 많다. 로지 공용실 난로 주변에 등산객이 몰려든다. 밤이 되니 고도 때문인지 급격하게 한기가 느껴진다. 일본인도 있었는데 찌질하게 지네들끼리만 어울린다. 방으로 오니 한기가 한층 더 심하다. 벽은 있으나 마나 하여 한마디로 얼음장이다. 오늘도 나를 지켜줄 것은 침낭과 나의 자체 발열 체온이다.

2월 24일

남체바자르~쿰중

쿰부의 여신, 쿰부예나산이 품은 쿰중이 오늘의 목적지다. 쿰부히말라야는 에베레스트 정상을 포함한 지역이다. 오늘도 역시 새벽 5시에 기상, 6시에 가이드가 간밤의 냉골에서 보낸 얼어붙은 몸을 녹이라고 따뜻한 홍차로 아침을 깨운다. 새벽부터 짐을 정리하는데 어제보다 수월하다. 간단하게 아침을 해결하고 다시 6시 30분에 출발했다. 남체바자르 해발 3,400m에서 고도가 급상승하는 뒤쪽 산의 언덕은 끝없는 돌계단이 이어지니 가슴이 터질 듯하다. 그런데 이 와중에 언덕의 중간 정도에서 화장실이 궁금하다. 급경사와 바위, 그리고 잡목뿐인 언덕인데, 도저히 참다가 안 되어 어쩔 수 없이 적당한 곳에 배낭을 벗어놓고 비탈진 나무숲을 뚫고 들어갔다. 꽤나 깊이 들어간 것 같다. 왜냐면 오가는 사람들한테 들키지 않아야 하니까. 급하다. 급경사 지역인지라 멀리 밑으로 남체마을 전체가 보인다. 급하게 일을 보는데 아래로 굴러떨어지지 않기 위해 위쪽의 잡목 가지를 잡고 시원하게 일을 보았다. 속으로 위험한 절벽 산에서 용변을 무사히 보았으니 '히말라야 여신께서 등반을 허락하신 모양이다'라고 생각하고, 한동안 앞서간 일행을 맨 뒤에서 따라잡았다.

아침부터 무려 고도 500m 이상을 급하게 올라섰다. 이곳이 히말라야 트래킹의 첫 번째 고산병 관문인데 걱정이 되었다. 중간중간에 호흡이 급하면 쉬고, 또 호흡을 가능한 깊게 하려고 애쓰며 따듯한 차를 마시면서 컨디션 조절을 했다. 다행히도 호흡만 가쁘지 조금 쉬면 정상으로 돌아온다. 거의 고도 3,900m까지 올라왔다가 한동안 약간 하향길의 산등성이를 지나는데 야크들이 풀을 뜯고 멀리 독수리가 난다.

한참을 지나 히말라야 최고의 경관 포인트인 '에베레스트 뷰 포인트 호텔'(해발 3,860m)에 도착했다. 이 고도에 호텔이라니! 히말라야에서 쿰부예나산, 아마다블람, 로체남벽, 에베레스트 정상까지 히말라야의 명산을 모두 볼 수 있는 최고의 위치에 1901년도에 일본인에 의해 건축되었다고 한다.

호텔 밖 야외 가든에서 보니 그야말로 '천상의 정원'이다.

시시각각 구름이 바뀌어 설산 고봉들 사이로 에베레스트 정상이 나타났다 사라지는 등 파노라마처럼 그 모습을 바꾼다. 우리 팀은 여기서 네팔 밀크차를 한잔하며 여유를 즐긴다. 그러다 이 천상의 경관을 그냥 보낼 수 없다고 해서 고산병 걱정에도 맥주를 한잔하며 히말라야 트랙킹의 피로를 잠시나마 풀었다. 물론 기가 막힌 사방팔방 설산의 아름다움을 카메라에 후회 없이 담았다.

오늘의 목적지인 쿰중마을은 여기서 30여 분 거리. 마을로 내려오면서 보니까 쿰부의 여신이란 이름의 '쿰부예나산'이 포근히 감싼 조용하지만 제법 큰 마을이다. 에베레스트를 최초 등정한 힐러리 경이 세운 학교가 있다. 점심식사 후 오후는 고소적응을 위한 휴식시간이다. 동행한 동생이 고산병이 왔기 때문이기도 하다. 다행히도 자고 나니 산소포화도가 올라온다. 나도 산소포화도를 측정해보니 85~87 정도 상당히 좋은 수준이다.

2월 25일

쿰중~탱보체

기록이 없다. 헐! 다음 기회에?

2월 26일

탱보체~팡보체~딩보체

탱보체 로지에서의 아침은 이상하게 입에 맞지 않는다. 억지로 현지인들이 먹는다는 밀가루빵에 꿀을 발라 약간 먹었다. 밖은 지난밤부터 눈이 와 온 세상이 설국이다. 생전 처음 눈을 막기 위해 스패츠도 착용했지만, 등산화는 평상시 신던 것이라 방수가 잘 안 되는 상태인지라 약간의 걱정을 하면서 출발했다.

오늘은 해발고도 3,700m에서 4,200m까지 오른다. 길은 처음에는 평탄하지만 그래도 눈 덮인 설산은 쉽지 않다. 미끄러지기도 하고 눈도 계속 오고 구름도 끼어 주변 고봉들이 보이질 않는다. 오늘은 사실 히말라야 고봉 중에서 가장 아름답고 신비로운 '아마다불람'(엄마의 보석이라는 의미)이라는 고봉을 보면서 걷는 것이다. 기대했던 아마다불람은 구름 속에서 화장하느라 모습은 간데없고 온통 백색의 대지뿐이다.

아침에 별로 컨디션이 좋지 않았던지라 초반에는 약간 흔들거린다. 거기다가 보이는 것은 온통 흰색뿐이니 더욱 헷갈린다. 점점 고도는 은근히 올라가고 발은 미끄럽고 호흡도 가빠온다. 그러는 와중에 걱정했던 등산화는 물이 스미기 시작해 발은 이미 물로 흥건하다. 속으로는 동상도 걱정이 된다.

그러는 중에 평상시 불교 공부하면서 외웠던 '옴마니반메훔(모든 죄악이 소멸되고 공덕이 생겨난다는 뜻)' 주문이 생각났다. 여기와서 보니 '옴마니반메훔' 주문이 동네입구에서, 길가의 돌에도, 사당의 마니에도 조각되어 있다. 안팎으로 힘든 와중에 불편한 호흡을 해결하기 위해 "옴마니반메훔" 주문을 외우면서 호흡을 시도했다. 한참 하다 보니 컨디션도 돌아오고 호흡도 좋아진다. 특히 지속적으로 고도가 오르는 언덕 구간에서는 더욱이 이 방법이 좋다. 해발 4,000m 정도의 팡보체 마을을 지나는데 산악인 엄홍길 대장의 휴먼스쿨 표지가 보인다. 반갑다. 사진도 찍었다.

어느덧 해발 4,000m도 무사히 통과하고 계속해서 설산을 오른다. 설산고봉의 신들이 오늘은 그 모양을 드러내지 않는다. 그저 보이는 것은 황량한 산들과 백설뿐! 그저 있는 그대로 받아들이고 걸을 뿐이다. 어느 덧 점심장소 도착이다.

눈도 오고 바람 불어 날씨가 궂으니 로지식당이 외국인들로 붐빈다. 현지 여주인이 키는 작지만 웃음으로 손님을 맞는 라이족 여인이다. 낮인데도 인심 좋게 손님들을 위해 귀한 난롯불을 지펴준다. 아시겠지만 이곳은 땔감이 귀해서 추운 저녁시간 잠시 동안만 난로를 핀다. 이것은 특별한 경우다. 오늘 점심은 한국의 신라면이다. 오랜만에 고향의 칼칼한 맛을 보니 반갑다. 컨디션도 어느새 정상이다.

기분 좋게 다시 출발이다. 여기서 목적지인 딩보체 해발 4,450m까지 두 시간 반 거리다. 식당 출발 때부터 동네 개들이 따른다. 아시다시피 네팔은 개를 존중해 준다. 대부분 검은 개들인데 전생에 사람이었다가 개로 태어났다고 믿고 있어 잘 대해 준다. 그런 개들이 계속 쫓아온다. 어느 지점 높은 절벽 근처에 도달하니 저 멀리서 또 다른 무리의 개들이 달려내려온다. 짖어대며 서로 싸운다. 아마도 자기영역으로 넘어오지 못하도록 싸우는 것 같다. 끝까지 따라오는 개 한 마리는 아까부터 내 주변을 따른다. 숨이 목에까지 차서 쉴 때 내가 먹던 육포를 조금 주었다. 이제는 길 안내라도 하듯이 앞서거니 뒤서거니 하면서 언덕을 오른다. 계곡 밑의 다리를 건너 이제 마지막 언덕 구간이다.

보기에는 조금마한 언덕같이 보이지만 작은 언덕을 넘는 데 두 시간 이상이 걸린다. 왜냐하면 주변 배경 산들이 7,000~8,000m 이상의 고봉이다 보니 낮게 보이지만 사실은 엄청 길고 높은 언덕인 것이다. 중간까지 오르니 고도상승에 가슴이 벌렁인다. 적당히 쉴 만한 곳에서 멋진 포즈로 사진도 찍으며 쉬어간다. 다시 출발, 드디어 딩보체 마을 해발

4,450m에 도착했다.

이곳 로지에서 숙소를 잡고 내일까지 고소적응훈련을 가질 예정이다. 그래도 지금까지 머문 로지 중에서는 시설이 좋은 편이다. 나는 아직까지 고산병 증세가 심하지 않다. 우리 팀의 노련한 셰르파 가이드가 히말라야 초보자인 나를 해발 4,000m 이상 고도에도 잘 견디도록 하니 대단하다고 생각되었다.

2월 27일

딩보체 고소훈련

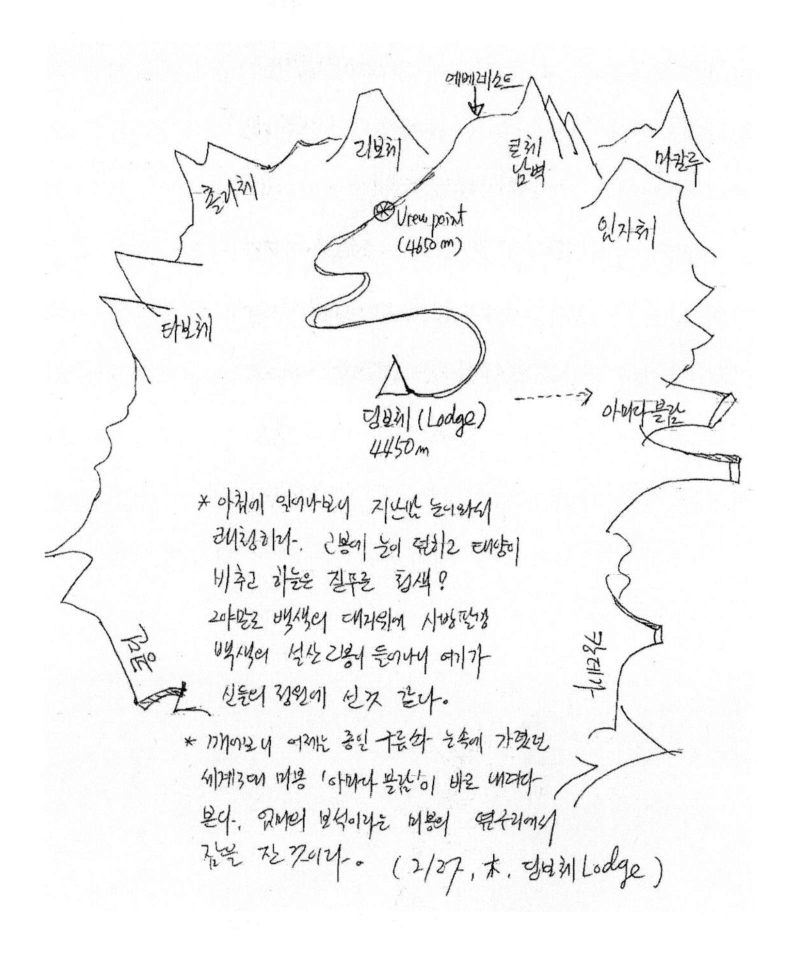

2월 28일

딩보체~로보체(해발 5,050m)

고소적응훈련 후 오전 7시 30분에 출발, 날씨는 춥지만 쾌청하다. 어제 고소적응을 위해 왔던 언덕을 지나 조금 더 오르니 어제와는 또 다른 설산고봉의 파노라마가 펼쳐진다. 왼쪽으로는 아마다블람, 캉데가, 그리고 남쪽 멀리 콩딘, 바로 앞의 타보체 그리고 촐라체의 영봉들이 펼치는 장관에 그야말로 정신이 없다. 설산의 영봉들이 보여 주는 신들의 파노라마를 한동안 감상하고 한참 동안 타보체와 촐라체가 내려다 보이는 길을 따라 서서히 고도를 높혀 갔다. 한 두 시간 반 정도 등반하고 투쿨라 로지 해발 4,620m에서 점심을 했다.

만년빙하 계곡 옆에서

투쿨라 산장 도착 전에 처음으로 에베레스트 정상에서 녹아내린 빙하물이 흐르는 강을 건넜다. 온통 돌밭임에도 강물은 약간 흐리다.

점심식사 후 바로 한 시간 반 정도의 끝없는 언덕이 기다린다.

오늘 등정의 최고의 난관 구간이다. 해발 4,620m에서 4,850m로 고도를 급격하게 올리는 구간이다. 식사 후 출발하는 것이라 힘들기도 한데 끝없는 고도상승 구간이라 그야말로 까딱하면 고소병이 바로 오는 구간, 그저 땅만 보고 호흡의 한계를 넘지 않으려고 근근이 헐떡이면서 올랐다. 고도가 4,700~4,800m이니 확실히 호흡하기가 불편하다. 한 시간 반만의 사투 끝에 언덕 끝에 다다랐다. 언덕에 올라서니 히말라야 등반에서 돌아가신 분들을 모신 추모공원이 네팔식으로 등산로 옆으로 조성되어 있다. 중국, 불가리아, 네팔 등 세계 각국의 산악인들이 영면하고 있었다.

지금부터 로보체까지는 급경사 없이 점진적인 언덕구간, 3시간 정도 소요되는 롱랠리 구간, 길에는 눈이 쌓여있는 평지의 언덕 구간이지만 고도가 4,800m 이상이니 이것도 헐떡거리고 숨이 차온다. 끝나지 않을 것 같았던 평지 언덕 구간도 마지막 고개를 올라서자 로보체 마을이 내려다보인다. 마침내 해발 5,050m에 도착했다. 해발 5,000m이상에 가까워지자 지금까지 몰랐던 머리가 약간씩 지끈거린다. 그러나 아직까지는 약간의 두통 이외에 고소증상은 없다. 다행히도 해발

5,000m 고지의 로지시설이 나쁘지 않다. 이곳은 해만 지면 바로 지독한 냉골이다. 오늘 밤도 전기나 난방 등 문명의 이기는 생각하지도 못하는 이곳 히말라야 냉골을 이기기 위해서는 오직 온수병과 침낭에 의지해 해발 5,050m 극한의 칠흑 같은 밤을 극복해야 한다.

온수병! 의아해할 것 같아 말씀드리면 이곳은 잠자는 방에 아예 난방이라고는 찾아 볼 수가 없는 상황이라, 그나마 등산객이 갖고 다니는 물병에 이곳 로지주인이 잠자러 가기 전에 따듯한 물을 넣어 주는데 이것을 침낭 안에 두고 온기를 유지하면서 긴긴밤을 견디는 용도인 것이다.

2월 29일

고락셉~칼라파트라 정상(해발 5,650m)

뒤로 3대미봉 아미다블람을 배경으로

그래도 그중 제일 좋았던 산장 로보체의 밤을 무사히 지내고 7시 30분에 출발했다. 오늘의 여정은 에베레스트 등정의 마지막 병참기지인 고락셉 로지를 찍고 최종 목적지인 칼라파트라를 오르는 것이다. 출발하자마자 돌투성이의 돌산 언덕이다. 이곳은 이미 식생한계선 4,000m를 훌쩍 넘은 지역이라 보이는 것이라고는 검은색의 바위와 돌들뿐이다. 고도가 5,000m를 넘은 상태에서 언덕을 오르는 일이라 숨이 금방 가빠온다. 특히 주변의 고봉들이 대부분 7,000m 이상의 산들이라 눈앞에 보이는 언덕들이 작아 보인다.

하지만 막상 넘으려면 작아 보이는 언덕도 한 시간 이상이 족히 걸린다. 한 시간 이상을 지나자 고락셉에 오르기 위한 최대의 언덕이 기다린다. 중간중간 쉬면서 한 시간 반 만에 언덕꼭대기에 오르니 숨이 턱까지 차온다. 그런데도 아직은 고산병 증세가 없다. 여기서도 돌무더기로 이루어진 비탈진 경사지를 여러 번 돌고 나니 푸도리(7,140m), 링턴, 쿰부체, 장체(중국 지역), 눕체 등 8,000m 가까운 고봉들에 둘러싸인 움푹 파인 분지에 몇 채의 집이 보인다.

이곳이 에베레스트 등정의 마지막 병참기지인 유명한 고락셉 산장이다. 도착해보니 다행히도 날씨는 쾌청하고 따뜻하다. 조금 쉬었다가 신라면으로 간단하게 요기한 후 정오경에 목적지인 칼라파트라를 향해 바로 출발했다.

약간은 급하게 출발한 이유가 오후나 새벽은 아시는 것처럼 기온이 급강하하고 강풍도 엄청 세게 불어오니까 조금이라도 날씨 좋을 때 도전하기 위해서이다. 아직까지는 에베레스트 영봉이 보이지 않는다. 칼라파트라는 에베레스트 정상의 바로 건너편에 있는 작은 봉우리로 '검은색 바위'라는 의미인데 고락셉 로지 주변에서는 주변 봉우리가 검게 보인다. 여기가 해발 5,100m이니 단번에 고도를 550m를 올려야 한다.

고락셉 산장을 떠나 모래로 된 평지의 강을 지나 언덕에 진입한다. 그런데 이상하게 언덕에 들어서 서너 걸음 옮기자마자 급격하게 숨이 막혀온다. 처음에는 그러거니 하면서 오르는데 이상하게 숨이 빠르게 가빠온다.

그래도 비록 숨은 가쁘지만 옴마니반메훔! 주문을 하면서 들숨은 코로 날숨은 입으로 길게 뱉으면서 한 중간 정도까지는 선두에서 올랐다. 그런데 고도가 5,400m 근처에 오면서는 더 이상 호흡조절로는 전진이 안 된다. 워낙 산소가 희박하다 보니 호흡을 조정해도 금방 가슴이 터질 듯하다. 어느 때부터인가 다른 동료들이 앞서서

가고 내가 맨 후미이다. 사실 그때까지만 해도 내 배낭은 끝까지 내가 지고 올라간다는 생각으로 왔는데 이젠 이것마저도 귀찮아져서 현지 요리사한테 넘기고 이동했다. 사실 동료들은 처음부터 힘든 코스이니까 자신들의 배낭도 포터들에게 맡기고 등산했다. 이후부터는 50발자국 옮기고 한 번 쉬기로 하고 계속 오르는데 이것도 곧바로 한계에 부딪힌다.

한 번 쉬는 주기를 50걸음에서 30걸음으로 줄여도, 아니 20걸음, 다시 20걸음에서 10걸음 단위마다 서서 일정시간 호흡을 가다듬고 다시 오르기를 반복한다. 쉬고 나면 호흡은 안정되는데 한 10걸음 전진하면 바로 가슴이 터질 듯한 한계상황이 온다. 아직도 정상은 한참이고 엄청나게 불어오는 냉풍에 몸을 가누기도 힘들다. 한계가 온다. 차가운 바람에 방한복 바지를 뚫고 한기가 전해오고 바람과 추위로 코와 입이 난리다, 콧물은 얼어붙고 입술은 터지고 한마디로 입술 주변이 검게 얼어붙었다. 이제야 목과 입을 동시에 가리는 바람막이가 왜 필요한지를 절감하고 내 손이 얼어붙어 동작이 잘 안되기 때문에 같이 간 동생한테 부탁해서 바람막이를 하니 한결 살 만했다. 나는 속으로 한 걸음 옮기고 쉬더라도 끝까지 간다는 마음으로 전진하고 또 전진했다. 포터와 가이드 그리고 동료들이 먼저 와서 다들 기다린다. 기어코 칼라파트라 정상이다. 오르면서 간간이 보니까 에베레스트 정상이 보이기도 하고, 에베레스트 베이스캠프가 멀리 발아래로 보인다. 정상에 오르니 바람이 엄청나게 강하고 춥다. 두꺼운 바지와 등산용 외투를 뚫고 곧바로 한기가 전해진다. 여기가 바로 히말라야 트래킹 코스의 마지막 해발 5,650m 칼라파트라 정상이다.

칼라파트라 6,560m 정상에서

3월 1일

하산길 : 칼라파트라~페리체

오늘부터 하산이다. 등산 시 왔던 길을 돌아가는 것이다. 올 때 보았기 때문에 별것이 없다. 대신 오늘은 이곳의 밤을 얘기할까 한다. 어젯밤은 고랍셉 로지에서 잤다.

이곳은 고도가 5,100m이고 주변 설산 고봉들은 7,000~8,000m 급으로 둘러싸여 있다.

오전에 해가 떠 있을 때는 제법 따뜻하다. 일단 해가 넘어가면 주변 설산에서 불어오는 냉풍으로 인해 곧바로 냉기가 스민다. 이곳 로지 풍경은 이렇다. 에베레스트 정상을 공격하거나 우리가 갔던 칼라파트라 등반을 준비하거나 마친 사람들이 대개 오후 3~4시경이면 이곳 로지로 모여든다. 왜냐면 해가 지고 어두우면 기온이 급강하하기도 해서 위험하기 때문이다. 문제는 이곳이 히말라야 해발 5,000m 이상 되는 장소라는 것이다. 전기는 정상적인 공급은 아예 안 되고 일부 있는 것이 태양광에 의한 발전이다. 구름이라도 끼면 발전량이 부족해 거의 불을 밝힐 수가 없기 때문에 저녁만 먹고 금보다 비싸다는 야크 똥을 때는 난롯가에 옹기종기 모여든다. 참고로 이곳은 나무가 없으므로 말린 야크 똥이 유일한 땔감이다.

그도 그럴 것이 밖은 칠흑 같은 어둠이고 온기라고는 그나마 불 때는 난로 주변이다 보니 길게 가야 2시간 때 주는 난롯가에 난롯불이 꺼지고 남은 열기마저도 사라질 때까지 자리를 떠나지 못한다. 좋은 자리라도 차지하면 화장실이 급해도 가기가 싫어진다. 그러는 동안 등반과정에서 젖은 등산화, 등산 양말과 옷가지 등을 말리느라 자리가 없을 지경이다. 이곳 산장의 방은 그야말로 판자로 지은 방이다. 온기라고는 전혀 없고 밖의 냉풍이 술술 들어오는 환경이다. 그 때문에 식당의 난롯불이 꺼지고 한참 있다가 마지못해 각자의 방으로 이동하면 곧바로 엄청난 냉기와 마주친다. 이때가 대개 밤 8시 전후이다. 이때부터 다음 날 아침 7시경까지 근 11시간 동안을 온기 하나 없는 극한의 방에서 견디어야 한다. 물론 난방도 전깃불도 없는 그야말로 진정한 어둠과 추위의 지속이다.

그나마 각자의 물병에 주인이 담아주는 뜨거운 물통으로 밤새도록 최대한 침낭 속의 온기를 유지해야 한다. 문제는 한두 시간도 아니고 온전하게 자기 자신의 체온과 물통의 온기로 침낭 속에서 극한의 추위를 10시간 이상 견디어야 한다는 것이다. 그야말로 칠흑 같은 어둠 속에서 극한의 냉기가 흐르는 감방과 다름없다.

새벽 2~3시에 깨면 견디기가 갑갑하다. 그렇다고 조급증을 내면 밖으로 나와야 하는데 나가면 바로 냉골이다. 오죽하면 잠자면서 침낭 밖으로 머리를 내밀어 호흡하면 방 안의 공기가 차가워 숨쉬기가 매우 불편하다. 그렇기 때문에 얼굴과 머리를 침낭 속에 다 넣고서 호흡을 하고 내가 내뱉은 공기를 침낭 안에서 다시 들이쉬어야 좀 견딜만하다. 물론 잘 때에도 머리에는 두툼한 모자를 쓰고 자야 체온을 유지할 수 있다. 온전하게 문명의 이기를 벗어나 적응해야 이 밤을 견딜 수 있는 것이다. 새벽에 화장실 신호가 온다. 나오면 춥고 칠흑 같은 어둠이다. 간신히 핸드폰 불빛으로 수세식 화장실을 찾고 이용한다. 수세식 화장실 바닥과 물통이 온통 얼음으로 꽁꽁 얼어붙어 있다. 모든 걸 무시하고 얼른 일을 보고 방으로 복귀해야 한다. 히말라야 등산은 낮에는 육체적인 한계에 도전하지만, 이곳에서의 밤은 정신적인 한계를 극복해야 하는 또 다른 나 자신과의 싸움이다. 오늘은 하산길이라 16km를 이동하고 강풍으로 유명한 강가의 로지 페리체에 도착했다.

하산길 뒤로 에베레스트를 배경으로

3월2일

페리체~캉주마

설산과 빙하의 강변에 있는 페리체 산장, 바람 세기로 유명하다. 페리체의 밤을 무사히 넘기고 출발, 하산길에 강기슭 바위에 새긴 고故 박영석 대장의 묘비에 들러 잠시나마 히말라야를 등산한 사람으로서 인사를 올렸다. 상업적인 등정주의가 아닌 순수하게 새로운 코스를 오르는 등로주의 정신을 고수했던 진정한 알파인니스트로서의 고故 박 대장의 숭고한 정신을 잠시나마 떠올렸다. 하산길은 좀 쉬울 거로 생각하지만, 대신 하루의 이동거리가 매우 길다. 예를 들면 페리체를 벗어나 기나긴 강가를 이동하는 데 2시간 이상이 걸리고 이때 세차게 불어오는 강풍이 걸음을 방해한다. 강을 벗어나 딩보체 언덕에 선다. 등산 시 그렇게 힘들었던 고갯길, 이제는 내려간다.

하산길도 역시 만만찮다. 내가 이렇게 높고 긴 언덕길을 어떻게 올랐을까? 하는 생각이 들 정도로 많이도 올랐구나 하는 생각이 여러 번 들었다. 딩보체에서 탱보체 구간 막바지에 눈이 많이 쌓인 언덕 구간이 있다. 나와 후배 되는 친구와 먼저 앞서 내려오다가 눈 구간을 만났지만 아이젠 없이 어느 정도 그냥 지나쳤다. 나중 언덕구간에 다다르자 얼음과 눈이 많아 결국 아이젠을 꺼내 신었다. 등반 시에는 내려가는 눈길 구간이 별로 힘든 줄 몰랐으나 하산길에 언덕구간의 눈길이라 정말 힘들다. 등반 시에는 거의 모든 언덕구간을 내가 가장 먼저 올랐는데 하산길은 그 반대로 맨 후미에서 마지막으로 올랐다. 근근이 오르니 에베레스트 영봉이 보였던 탱보체 언덕이다.

탱보체의 언덕 위에 라마승의 큰 사원이 있는데 에베레스트 등반자들이 무사 등반을 기원하는 곳이다. 이곳 탱보체 언덕 위에서 계곡 아래 풍기탱기까지 역시 등산 시 가장 긴 언덕 구간이었다. 내려가 보니 역시 이 언덕 구간을 어떻게 올랐나 싶을 정도로 기나긴 구간이다. 내려갈 때 반대로 오르는 서양인들을 본다. 다들 웃고 있기도 한데 나는 속으로 '너희들이 칼라파트라까지의 험난한 지옥 맛을 안 봐서 웃는구나.' 라고 생각하며 이 긴 언덕을 언제 올라가나 하는 생각이 들었다. 나도 한 10일 전에 같은 코스를 올랐음에도 상황이 바뀌니 측은한 생각이 들 정도이다.

해발 4,000m 고지에서 물이 흐르는 계곡까지 내려갔다가 또다시 한 3,800m까지 다시 올라야 한다. 오늘의 중간 목적지는 캉주마 로지이다. 물론 전체적으로 서서히 고도는 낮아지지만, 하산길의 언덕은 유난히도 힘이 든다. 해발 5,650m를 올랐지만 역시 눈앞의 언덕길은 여전히 힘들다. 저녁이 다 돼서야 캉주마 로지에 도착했다. 이곳은 남체바자르의 동북쪽 능선에 위치한 곳이라 세계 3대 미봉의 하나인 아마다블람이 정면으로 보이는 풍경이 좋은 곳이다. 경관이 워낙 좋아서 영국의 왕세자도 머문 곳이라고 한다. 오늘 하산길은 거의 20km 이상을 걸었다.

3월 3일

캉주마~루크라 공항

오늘 하산의 목적지는 출발지인 루크라 공항이다. 원래는 이틀에 가야 할 거리인데 산에서 일정을 하루 줄일 목적으로 무리하게 잡은 것이다. 등산 시에는 남체바자르 뒷산을 올라 바로 에베레스트 뷰포인트 호텔을 지나 쿰중에서 고소훈련을 했었다. 그에 반해 하산길은 남체바자르 동북쪽 능선을 타고 바로 남체에 이르는 코스다. 이 동북쪽 능선이 경관도 좋고 오전 날씨도 좋고 해서 멀리 에베레스트 정상과 주변 설산고봉들이 파노라마처럼 드러났다. 셰르파 가이드의 말에 의하면 히말라야 여신께서 허락하여 에베레스트 정상봉을 등산과 하산 시에 두 번 다 볼 수 있는 것은 정말 운이 좋은 경우라고 한다.

캉주마를 출발하여 2시간여 만에 남체바자르에 도착, 하산길인지라 여유를 가지고 차를 한잔했다. 이 고산 3,400m에 시장이 열린 것은 옛날부터 티베트 사람들이 넘어와 물물교환도 했지만, 이 높은 곳에 마실 수 있는 식용수가 솟아오르는 우물이 있었기 때문에 남체라는 이름도 생겼다고 한다. 정말로 올라갈 때는 몰랐는데 내려오다 보니 많은 양의 마시는 물이 지금도 넘쳐흐른다. 남체를 떠나 본격적인 하행길이다. 사실 남체가 해발 3,400m에서 가장 낮은 계곡이 2,600m 정도이니 고도 차이가 800m 정도인데 내려와도 내려와도 끝이 없다.

중간쯤부터 비가 오기 시작한다. 사실 나는 모자가 어느 정도 방수가 되는 카우보이 모자를 쓰고 있어서 비옷을 갈아입지 않고 그냥 걸었다. 모자 얘기가 나왔으니 말인데, 사실 사람들이 내 모자가 햇빛도 잘 가리고 어울린다고 하기도 하고 약간은 부러워하는 분위기였다. 한데 이 모자는 사실 내가 젊은 날 호주 출장 가서 매우 싼 것을 사 왔는데, 그동안 사실 방치되다시피 하다가 이번 등반길에 제대로 쓰게 된 것이다. 비록 싼 물건이지만 이런 일생일대의 등반에서 제 역할을 톡톡하게 하고 있으니 물건이나 사람이나 역시 때와 상황이 맞아야 쓰임이 있다는 옛 성현의 말이 생각났다.

어느 정도 걷다 보니 계곡 맨 아래 하천까지 오게 되었고 이제는 일행들이 모두 흩어졌다. 나는 중간쯤에서 앞쪽으로 계속 이동했다. 하도 오랫동안 비 오는 날씨에 돌밭 길을 걸어서 다리에 힘도 없어지는 와중에 끝도 없이 길은 계속된다. 또 얘기하지만 올라갈 때는 몰랐지만 정말로 먼 길을 올라갔구나 하는 생각이 들었다.

어느 정도 오니까 '사가르마타 국립공원' 입구가 나왔다. 히말라야 국립공원 입구와 같은 곳으로 들어갈 때 입산검사를 했던 곳이다. 이제 거의 다 온 것 같다. 여기서 쉬었다가 다시 걷기 시작하여 루크라 공항까지 다시 고도가 2,800m로 점진적으로 높아진다. 온몸에 힘이 다 빠져서 그런지 몰라도 언덕을 넘어 고개를 돌아도 공항 주변과 유사한 산 모양이 나타나질 않는다. 비가 와서 옷은 다 젖고 언덕은 계속되고 그야말로 거꾸로 5,650m 칼라파트라 정상을 오를 때와 유사한 정신상태가 지속되었다. 출발지임에도 마치 돌아갈 목표가 된 것처럼 힘이 든다. 고도로 인한 산소희박은 아니지만, 너무 오랜 시간 트래킹으로 거의 체력이 바닥나고 가까스로 걸음을 옮겼다. 마침내 꿈에도 그리던 눈에 익은 비탈진 경사와 집단마을이다. 비행기 소리가 들린다. 왜 이리도 비행기 소리가 반가운지! 드디어 루크라 공항마을이다.

오늘은 장장 7시간 동안 70리(28km)를 걸었다.

3월 4~6일

루크라 공항~카트만두

루크라 공항은 해발 2,800m 세상 최고 높이에 있는 공항이다. 물론 험악한 산중에 있으니 여러 가지 위험이 있다. 첫째는 고산준령을 넘어 계곡 사이를 비행하기 때문에 갑작스런 강풍에 언제든지 추락사고가 날 위험! 다른 하나는 험난한 산악지형상 활주로가 매우 짧다는 것이다. 아마도 길어야

300~400m 정도. 이렇다 보니 착륙 시 정지거리를 줄이기 위해 활주로가 경사진 언덕구조이다.

한마디로 비행기가 착륙하자마자 바로 언덕을 오르는 구조. 비행기가 무슨 매미가 나뭇가지에 붙어 있듯이 활주로에 붙는 것처럼 보인다. 이렇다 보니 비행기는 착륙하자마자 어느 순간 속도가 급격하게 줄게 되고, 바로 조그만 운동장 같은 승차장으로 승용차가 들어오듯 금방 들어온다. 이런 지형적인 구조이다 보니 까딱 잘못하면 활주로 끝의 경계벽에 비행기가 부딪치는 일도 빈번하다.

그럼에도 이 공항은 히말라야 쿰부지역을 오가는 네팔족, 등산객 등의 여러 가지 생필품을 공급하고 이동을 책임지는 중요한 역할을 하고 있다. 이제 문명 세계로 다시 나가기 위한 이 공항까지 돌아오기가 정상 등반만큼이나 힘들었다. 출발 전날 그동안 생사고락을 함께한 포터, 가이드 등과 함께 진한 파티를 한 기억이 지금도 생생하다. 공항을 떠나 30~40분 만에 카트만두 공항 도착이다. 카트만두 시내는 우리나라 60년대 후반 수준이다. 그래도 호텔은 국제적인 체인을 갖춘 곳이라 수준급이다.

지금부터 전혀 예상치 못한 에피소드를 소개하고자 한다.

아시다시피 히말라야는 고산의 청정지역이다. 예로부터 히말라야 고산족만이 채취하는 석청이라는 꿀이 유명하다. 그래서 우리일행도 셰르 파가이드를 통해 석청원액을 구매하게 되었다. 나는 등반과정에서 추위와 피곤함으로 입술과 코가 심하게 뭉개져 있는 상태였다. 그래서 뚜껑에 조금 맛보라고 준 석청 원액을 맛도 보고 입술과 코에 바르기도 했다. 나중에 우리 팀원 중 제일 막내가 와서 석청을 구입하고 일부 맛도 보면서 석청을 운반하기 좋게 날진 물병으로 옮기고 원래 병에 남아 있는 꿀이 아까워서 내가 물을 부어 흔들어서 몇 번 마시고 막내에게 넘겨주었다. 그 젊은 후배도 남은 것을 마시고 좋다고 하면서 조금 있다가 신호가 온다면서 좋아했다.

그런데 문제가 갑작스레 발생했다. 그 친구가 갑갑한지 호텔 밖의 벤치로 나갔다. 우리 일행도 조금 있다가 별일 있겠나 하면서 나가보니 이 친구가 땀을 흘리고 불편해 보였다. 조금 있으니 갑자기 콧구멍에서 누런 코가 흘러나오고, 나중에는 검은색의 콧물까지 나오면서 갑자기 손을 앞으로 뻗으면서 온몸이 경직되어 갔다. 다들 어쩔 줄 몰라서 당황했다. 나는 그때서야 급해져서 셰르파 가이드를 불러서 병원! 하고 소리 질러 빨리 병원으로 옮기라고 외쳤다.

아시는 것처럼 여기는 네팔, 우리나라 60년대 후반 수준의 나라이니 급하게 택시를 부르고 골목에서 택시까지 이 친구를 질질 끌고 나갔는데 택시가 너무 작다. 억지로 꾸겨 넣듯이 태워 병원으로 급하게 이동했다. 나는 한 시간 정도 지나서 병원의 위치를 확인하고 찾아갔다. 가보니 생식기에 오줌

배출용 호스를 달고 산소호흡기까지 차고 누워있다. 아직까지 정상이 아니다. 이곳 병원은 거의 야전 전쟁터 수준의 낙후된 시설이다. 나중에 시간이 소요될 것 같아 응급실에서 4층 입원실로 이동했다. 그런데 이동방법이 대단했다. 환자를 이동식 휠체어에 태우고 4사람이 각각 다리를 들고 4층 계단을 오르는 것이다. 한마디로 환자용 엘리베이터가 없는 것이다. 아니 이 친구 내가 가자고 해서 이곳 히말라야에 왔는데 혹시 무슨 사고라도 날까봐서 심히 걱정이 되었다. 이렇게 밖에서 걱정하는 시간이 흘러 점차 안정을 찾기 시작했다.

그날 저녁 무렵, 어느 정도 안정이 되어서 억지로 퇴원하려고 하니, 병원 측에서는 만약의 사고에 대비하여 재정적, 신체적 위험을 무릅쓴다는 서명을 하라고 한다. 다들 책임 안 지려고 하니 결국은 내가 책임지기로 서명하고 병원에서 퇴원시켜 아수라장과 같은 병원을 나왔다. 그날 오전 10시경부터 오후 6시경까지 석청사건으로 하루가 갔다. 그래도 퇴원길에 그 친구한테 먹고 싶은 것이 무엇이냐 물으니, 전날 갔던 오래전부터 한국의 엄홍길, 박영석 등 유명산악인들이 즐겨 갔던 네팔식 한국식당에 가고 싶다 하여 삼겹살에 소주 한잔하며 어려운 시간을 얘기했던 생각이 난다.

돌이켜 보면 석청원액이 독하기도 하고 히말라야 고산지대의 독이 있는 야생약초의 꽃에서 벌들이 꿀을 모았기 때문에 독기운이 약간 들어있었던 것 같다. 카트만두에서의 석청사

건은 이렇게 마무리가 된다. 먹기는 내가 오히려 더 많이 먹었는데 나는 멀쩡하고 왜 이 젊은 친구만 호흡곤란과 경련을 일으켰는지 모를 일이다. 지금도 그 친구 제대로 석청약발 받아 회춘했다고 하는 말에는 나도 모르게 실소가 나온다.

홍석환 대표(홍석환의 HR전략 컨설팅)

힘든 시기이다. 그러나 더 힘든 시기를 살아온 한사람의 인생을 보며 우리는 자신의 과거, 현재 그리고 미래를 돌아보게 된다.

이 책은 저자의 치열한 삶을 보며 3가지 교훈을 얻게 한다.

첫째, 꿈이 있는 사람은 어려운 환경에서도 악착같은 실행을 한다.
둘째, 일의 의미를 알고 최고의 성과를 창출하고 있는가?
셋째, 옳다고 여기는 일은 끝까지 밀고 나가는 용기이다.

저자인 박신철이라는 한 사람의 삶의 여정을 통해 나는 왜, 무엇을, 어떻게 해야 하는가 반성하게 하는 지침서이다.

박신철이 건너온

인생의 강

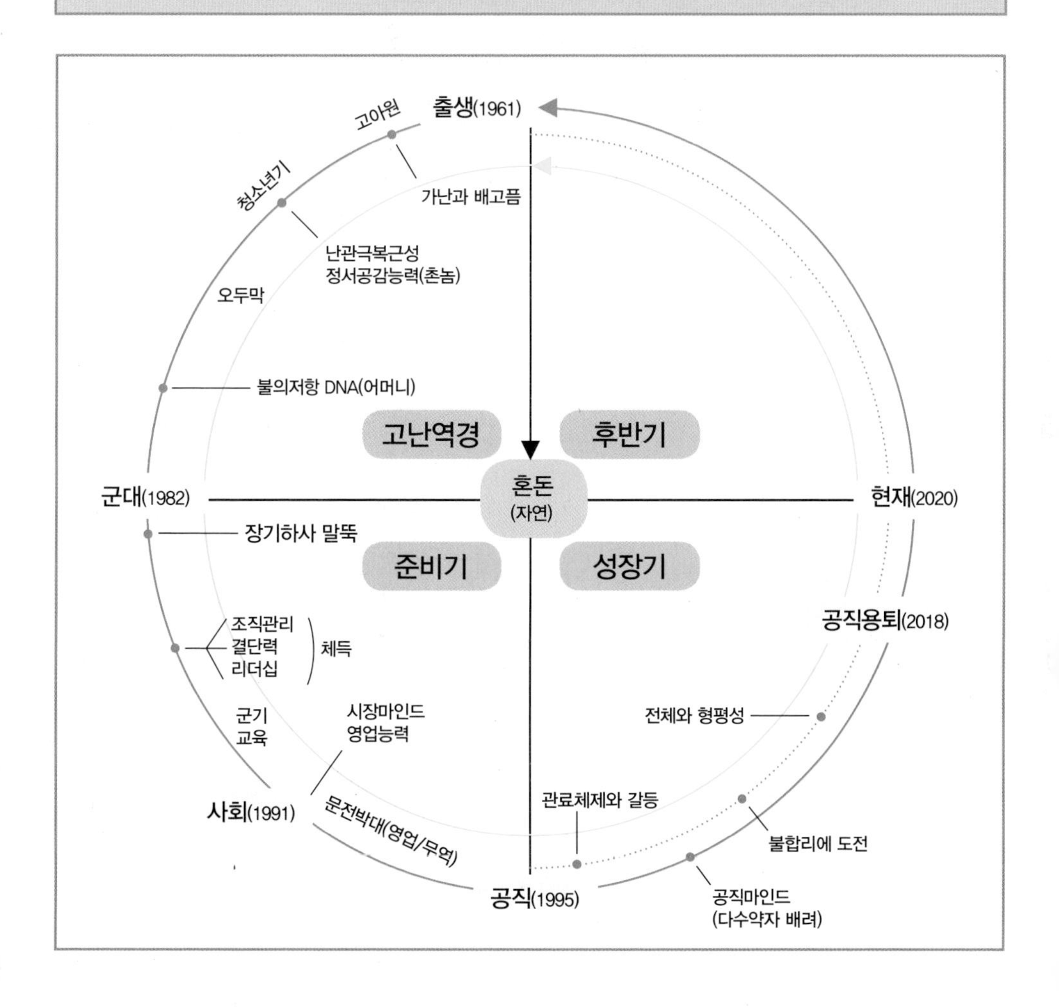

출간후기

박신철 수협중앙회 조합감사위원장의 인간승리 기록

도서출판행복에너지
대표이사 권선복

'인생은 정면돌파, 소신이 답'이라는 박신철 수협중앙회 조합감사위원장이 주인공이다. 해양수산부 국립수산물품질관리원 원장을 역임한 그는 육군 중사에서 중앙부처 국장이 되기까지 매사를 '정직'과 '우직', '정면돌파'라는 나름의 세 가지 무기로 버티며 이 풍진 세상과 맞짱을 떴다.

그리곤 연전연승했다. 지금도 현대인의 고전으로 읽히는 병법서 손자병법의 '삼십육계' 제11계에 이대도강李代桃僵이 나온다. 이는 '작은 손해를 보는 대신 큰 승리를 쟁취하는 전략'이다.

박신철 저자가 바로 그런 사람이다. 찢어지는 가난을 겪었으나 고아원에서 익힌 한글솜씨를 바탕으로 우수한 성적을 뽐낸다. 최전방 고성 3군단에서 어쩔 수 없이 하사관으로 군 복무 중에도 어려움이 많았지만 그는 특유의 난관 돌파력과 긍정마인드로 이를 퇴치했다.

군대후임병의 이야기를 듣고 부산수산대에 입학하여 1등으로 졸업한 후 원양어업회사에 취업했으나 사고가 빈번하여 가족을 잃은 유족들의 슬퍼하는 모습을 접하다 보니 회사를 더 다닐 마음이 증발했다.

현대자동차 영업사원으로 내공을 닦아 톱 세일즈맨으로도 활동하였으나 더 큰 무대에서 활약하고자 주경야독으로 공부를 시작해 기술고시에 합격하여 공직자의 길에 입문했다. 그 어렵다는 카이스트 MBA 코스까지 일취월장으로 질주했다. 그러나 막상 공직에 들어서고 보니 여기저기 누수되는 부분이 적지 않았다. 박봉이고 매일 밤늦게 귀가하는 강행군의 나날이었지만 부도옹不倒翁 박신철 저자는 아랑곳하지 않았다.

행정력이 누수되고 방치되는 부분까지를 조목조목 체크하여 이의 해결에도 크게 활약했다. 기존의 폐해를 해결하고자 노력하다 보니 부딪치는 일도 많았다. 하지만 뚝심 있게 '정면돌파'하는 방법으로 굽히지 않았다. 기존의 불합리와 타협하기보다 제대로 된 혁신을 밀어붙였다.

그는 매사를 허투루 보지 않았다. '문제엔 반드시 해답이 있다.'는 주인의식으로 해당 주민들의 애로사항 타파에도 앞장서 해결사로 나섰다. 이처럼 남다른 쾌걸남아의 진면목은 대통령 앞에서의 브리핑 때도 거침없이 드러났다. 덕분에 그가 근무하던 곳의 직원들은 전무후무의 가장 많은 승진자를 기록하기까지 했다.

미국 FDA에 의해 수출중단이 되어 최소 3~4년은 소요되어야 우리 농수산물의 수출이 재개되는 것을 불과 1년 만에 정상으로 치환한 공적도 저자였기에 가능한 능력이었다. 전인미답前人未踏의 '대중국 불법어업 방지대책 30년'의 근간까지 세운 그는 항상 정의감과 함께 "공직자는 국민이라는 소비자를 위해 존재한다."는 철학으로 무장한 명실상부 '정면돌파의 달인'이었다.

'세월호' 사건 때에는 유가족 앞에서 브리핑을 진행하며 성난 유가족들의 마음을 달래고자 최선을 다했다. 원래 담당한 일이 아니었는데도 무리 없이 해내서 '팽목항에 영웅이 났다.'는 말까지 들었다. 그 외에도 그가 해낸 업적은 다양하다. 일본과의 어업협상을 성공적으로 이끌어 내었고 영세어업인들을 위해 활약하였으며 각종 어업분쟁을 해결했다.

'삼십육계'의 '이대도강'처럼 유년과 소년시절에 겪었던 파란만장의 고단했던 삶은 작은 손해로 치부하고, 마찬가지로 자신이 받았던 부당한 대우도 가볍게 넘겨버리는 대신 원대한 승리를 쟁취한 그는 이 세상에 빛과 소금이 되는 삶을 살았다.

가히 '바다 사나이'라 할 만하다. '인생은 정면돌파!' 꾸밈없고 솔직담백한 박신철 저자의 자전적 에세이가 그 무엇보다 진실성 있게 울림을 주는 이유를 알 만하다. 많은 독자 여러분들이 흥미진진한 이야기에서 통쾌한 깨달음을 얻을 수 있을 것이다! 차가운 겨울에 뜨거운 마음을 가진 저자의 바른 말, 바른 사람, 바른 일 이야기를 소개하며 모두 위풍당당한 정면돌파의 교훈을 되새김할 수 있기를 바라고, 기운찬 행복 에너지가 선한 영향력과 함께 대한민국 방방곡곡에 전파되길 기원하며 본 서를 세상에 내놓는다.

번아웃: 이론, 사례 및 대응전략

이명호, 성기정 지음 | 값 25000원

최근 사회적으로 큰 이슈를 불러일으키고 있는 '번아웃 증후군'에 학문적으로 접근하여 이론적인 기반을 세우는 한편 사례조사를 통한 대응 원칙을 세우는 것을 목표로 하고 있는 책이다. 번아웃의 원인, 결과, 그리고 이에 대한 대응전략이라는 큰 틀 속에서 번아웃의 증상을 유형화하고, 번아웃 이론을 소개하였으며, 번아웃의 측정문제를 다루었다. 특히 의사들을 연구대상으로 한 저자의 박사학위논문 연구결과를 사례로 제시하여 현장성을 높였다.

초심으로 읽는 글로벌 시대 손자兵法 해설

신병호 지음 | 값 25000원

이 책은 2500년이 지나도 그 가치가 퇴색되지 않는 고전 중의 고전, 손자병법을 깔끔한 해설과 학습자료를 구비하여 재탄생시킨 저서이다. 저자 신병호 장군의 군 복무 및 강의 경력에 기반해 한글뿐만 아니라 중국어 원문과 영어해석을 곁들이고 '러블리 팁'과 오늘의 사유(思惟)를 통해 자기계발과 인문학적 지식을 모두 가져갈 수 있도록 돕는 신개념의 손자병법 해설서다.

리콴유가 전하는 이중언어 교육 이야기

리콴유 지음, 송바우나 옮김 | 값 22000원

이번에 번역 출간되는 『리콴유가 전하는 이중언어 교육 이야기』는 리콴유 초대 싱가포르 총리가 싱가포르 건국 후 적지 않은 반대에도 불구하고 싱가포르를 이중언어 사용 국가로 변모시켜 나가는 과정, 그리고 그 후의 평가를 담고 있다. 비록 많은 점이 다르긴 하나 정치, 경제, 문화의 세 가지 차원에서 과감하게 전개된 싱가포르 이중언어 교육 정책의 역사는 대한민국에도 큰 화두가 될 수 있을 것이다.

코로나 이후의 삶

권기헌 지음 | 값 16,000원

본서는 2020년 COVID-19 사태를 맞이해 이미 시작되고 있는 전 세계적 새로운 패러다임 속에서 참된 나를 찾아가는 여정을 설명하고 있다. 나는 육신에 갇힌 좁은 존재가 아니라 무한하고 완전한 존재라는 것이 이 책이 담고 있는 생의 비밀이자 핵심이다. 저자가 소개하는 마음수련의 원리를 따라가면 어느새 본서에서 제시하는 몸과 마음에 관한 비밀에 매료되는 자신을 발견하게 될 것이다.

'행복에너지'의 **해피 대한민국** 프로젝트!

〈모교 책 보내기 운동〉

대한민국의 뿌리, 대한민국의 미래 **청소년·청년**들에게 **책**을 보내주세요.

많은 학교의 도서관이 가난해지고 있습니다. 그만큼 많은 학생들의 마음 또한 가난해지고 있습니다. 학교 도서관에는 색이 바래고 찢어진 책들이 나뒹굽니다. 더럽고 먼지만 앉은 책을 과연 누가 읽고 싶어 할까요?
게임과 스마트폰에 중독된 초·중고생들. 입시의 문턱 앞에서 문제집에만 매달리는 고등학생들. 험난한 취업 준비에 책 읽을 시간조차 없는 대학생들. 아무런 꿈도 없이 정해진 길을 따라서만 가는 젊은이들이 과연 대한민국을 이끌 수 있을까요?

한 권의 책은 한 사람의 인생을 바꾸는 힘을 가지고 있습니다. 한 사람의 인생이 바뀌면 한 나라의 국운이 바뀝니다. **저희 행복에너지에서는 베스트셀러와 각종 기관에서 우수도서로 선정된 도서를 중심으로 〈모교 책 보내기 운동〉을 펼치고 있습니다.** 대한민국의 미래, 젊은이들에게 좋은 책을 보내주십시오. 독자 여러분의 자랑스러운 모교에 보내진 한 권의 책은 더 크게 성장할 대한민국의 발판이 될 것입니다.

도서출판 행복에너지를 성원해주시는 독자 여러분의 많은 관심과 참여 부탁드리겠습니다.

도서출판 **행복에너지** 임직원 일동